EL CLUB DE LECTURA DEL REFUGIO ANTIAÉREO

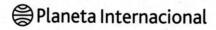
Planeta Internacional

ANNIE LYONS

EL CLUB DE LECTURA
DEL REFUGIO ANTIAÉREO

 Planeta

Título original: *The Air Raid Book Club*

© 2023, Annie Lyons

Diseño de portada: Planeta Arte & Diseño
Fotografía de portada: © Magdalena Russocka y © Alexander Vinogradov / Trevillion
Images
Fotografía de la autora: © Harriet Buckingham
Traducido por: Sandra Gómez Amador

Derechos reservados

© 2023, Editorial Planeta Mexicana, S.A. de C.V.
Bajo el sello editorial PLANETA M.R.
Avenida Presidente Masarik núm. 111,
Piso 2, Polanco V Sección, Miguel Hidalgo
C.P. 11560, Ciudad de México
www.planetadelibros.com.mx

Primera edición en formato epub en México: octubre de 2023
ISBN: 978-607-39-0677-7

Primera edición impresa en México: octubre de 2023
ISBN: 978-607-39-0676-0

Impreso en los talleres de Litográfica Ingramex, S.A. de C.V.
Centeno núm. 162-1, colonia Granjas Esmeralda, Ciudad de México
Impreso y hecho en México – *Printed and made in Mexico*

*Para Helen, mi muy extrañada gran amiga,
con infinito amor y agradecimiento.*

Una vez que está «en la sangre», como se dice, la venta de libros es una enfermedad de la que uno nunca se recupera del todo.

The Truth About Bookselling
THOMAS JOY

La lectura nos trae amigos desconocidos.
HONORÉ DE BALZAC

Londres, 1911
Prólogo

Gertie Bingham estaba parada haciendo fila en la carnicería de Piddock, contemplando las vísceras, cuando sintió un escalofrío de nostalgia que le recordó un poco a la sensación de estar enamorada. La reconoció de inmediato, ya que era apenas la segunda vez que la experimentaba en su vida. Algunas personas pensaban que enamorarse tomaba tiempo, que el amor era como desenmarañar un carrete de hilo, pero para Gertie fue instantáneo. Un rayo atravesó su corazón. Inesperado. Inmediato. Eterno.

Sus ojos viajaron desde las bandejas de corazones de oveja de color vino y trozos de hígado de cerdo de color ciruela hasta la tienda de enfrente y, más específicamente, hacia el letrero de alquileres que había dentro. Gertie dejó escapar un pequeño grito involuntario de emoción. La mujer que estaba delante de ella en la fila, la señorita Crow, cuyo nombre correspondía con su apariencia de ojos pequeños y brillantes, como los de los cuervos, chasqueó sus dedos, provocando un sonido fuerte.

—Lo siento —dijo Gertie, abandonando su lugar y dirigiéndose a la puerta—. Es sólo que lo he encontrado. ¡Lo he encontrado!

El «lo» al que se refería era de una tienda de sombreros. Buckingham Sombrereros. Tienda de sombreros para damas elegantes, para ser precisos. La calle Beechwood contaba no con una, sino con dos tiendas de sombreros, además de una carnicería, una panadería e, incluso, una fábrica de velas, aunque este establecimiento era conocido bajo el término más amplio de *ferretería*. A Gertie le desesperaba la poca oferta de tiendas interesantes. Habiendo crecido en el centro de Londres, pensaba que la vida de casada en este rincón del sureste de la capital era bastante aburrida a veces. Añoraba la existencia de un teatro o una sala de conciertos o, mejor aún, una librería que le diera un poco de distracción cultural. Las tiendas eran muy agradables, por supuesto, pero en gran parte sólo funcionales. La señora Perkins, quien para Gertie hacía el mejor caramelo casero que jamás había probado, dirigía una sastrería, una farmacia y una pastelería. También disfrutaba visitar Travers, la frutería dirigida por Gerald y su esposa Beryl; el señor Piddock era un excelente carnicero, pero Gertie anhelaba más y, en esa luminosa mañana de junio, parecía que podría estar a punto de obtenerlo.

Se apresuró colina arriba hasta llegar a la biblioteca pública donde trabajaba su esposo Harry, impaciente por darle la buena noticia. Gertie irrumpió a través de las pesadas puertas de caoba y recibió un fuerte reproche de parte de la la bibliotecaria principal, la señorita Snipp, quien miró a la intrusa por encima de sus lentes.

—Permítame recordarle que esto es una biblioteca, señora Bingham —masculló—. No es una de sus estridentes reuniones de sufragistas.

—Lo siento —susurró Gertie—. Quería hablar con Harry, si está disponible.

La señorita Snipp abrió la boca, lista para regañar a Gertie por su atrevimiento, cuando la puerta de la oficina del jefe de la biblioteca se abrió y apareció Harry, con una taza, un platito y un ejemplar de una novela de P. G. Wodehouse. No se percató de la presencia de Gertie al principio y ella recordó esa deliciosa sensación embriagadora que había experimentado cuando se conocieron por primera vez. Para el observador promedio, la apariencia de Harry Bingham podría describirse generosamente como incómoda. Parecía un hombre cuyos brazos y piernas habían crecido demasiado para su cuerpo, dándole el aire salvaje de un potro que apenas estaba aprendiendo a caminar. Su corbata siempre estaba torcida y sus manos cubiertas de manchas de tinta, pero ésto sólo hizo que Gertie lo amara aún más. De hecho, había sido uno de los factores clave que la atrajeron hacia ese hombre, encantador y desaliñado, cuando entró por primera vez en la librería de su padre hacía tantos años.

Gertie Bingham tuvo la suerte de nacer en una familia de pensadores progresistas. Su padre, Arthur Arnold, había fundado la Librería Arnold en Cecil Court, Londres, con su hermano Thomas, a finales del siglo pasado. Para Arthur y su esposa Lilian nunca hubo ninguna distinción entre la educación de Gertie y la de su hermano menor Jack. Uno de los primeros libros que su madre le enseñó a leer fue *Relatos originales de la vida real* de Mary Wollstonecraft. Lilian Arnold era una sufragista acérrima, por lo que Gertie fue criada para desarrollar una mente aguda y un instinto de sabueso para detectar las injusticias. Todo esto estaba muy bien en los confines de su hogar, donde los debates y charlas eran comunes. Sin embargo, cuando su madre decidió enviarla a una escuela exclusiva para niñas, a menudo no estaba en sintonía con sus compañeras, quienes se sorprendieron al saber que no anhelaba una vida doméstica y sumisa.

—¿Por qué diablos tengo un cerebro si no es para usarlo? —se quejaba con frecuencia con su madre.

—Paciencia, mi amor. No todos ven el mundo como tú.

Pero Gertie tenía poca paciencia. Siempre tenía prisa, ansiosa por leer el próximo libro, por absorber una nueva idea y después liberarla en el mundo como a una mariposa atrapada en una red. Su madre le sugirió que asistiera a la universidad, pero Gertie no tenía tiempo. Quería vivir, estar afuera, en la realidad. Así que le pidió trabajo a su padre en la librería y fue allí donde las estrellas se alinearon y conoció a Harry.

—Gertie, tengo un nuevo recluta para ti —afirmó su tío Thomas un día—. ¿Podrías mostrarle cómo se hacen las cosas, por favor? —Gertie levantó la vista de las fichas que estaba archivando y supo que miraba los asombrosos ojos azules del hombre con el que se casaría—. Harry Bingham, ella es Gertrude Arnold.

—Llámame Gertie —dijo poniéndose de pie y extendiendo la mano.

Una oleada de rojo escarlata se extendió hasta el cuello de Harry cuando tomó la mano de Gertie.

—Encantado de conocerte —contestó, apartando la mano tan pronto como era cortés hacerlo y acomodando sus grandes lentes redondos, que se le habían resbalado por el puente de la nariz. Le daban una apariencia similar a la de un búho y esto, en conjunto con su cuerpo alto y desgarbado, sólo hizo que a Gertie le gustara más.

Era un aprendiz tímido, pero Gertie descubrió que tan pronto como comenzaba a hablar de libros, todo rastro de timidez desaparecía. Los unió un amor mutuo por Charles Dickens y Emily Brontë. No pasó mucho tiempo antes de que los días trabajando juntos se convirtieran en tardes de teatro y paseos de fin de semana por el parque. Gertie a veces pensaba que enamorarse de Harry había sido tan fácil como lo pintaban en las canciones.

Se casaron unos años más tarde y se mudaron al sur del río cuando Harry se graduó como bibliotecario. Los Bingham, recién casados, habían asumido que su casita acogedora pronto resonaría con ruidos provocados por niños, pero años de desilusión desgarradora los llevaron a resignarse, hasta que admitieron que las cosas no se darían como las habían pensado. Siempre estoica y práctica, Gertie continuó con su vida como mejor sabía y cuando vio el cartel de «Se alquila» en la tienda de sombreros de la calle principal de Buckingham, su mente impaciente vio una solución y un futuro nuevo y emocionante para ambos.

—¿Una librería? —preguntó Harry mientras ella entrelazaba uno de sus brazos con otro de él y lo guiaba en su paseo por el jardín de rosas junto a la biblioteca, a la hora del almuerzo.

—¿Por qué no? Podríamos dirigirla con los ojos cerrados y, además, ¿no te gustaría trabajar en un lugar donde no tengas que susurrar todo el tiempo o en el que no tengas que aguantar los regaños de Snipp?

—Vamos, Gertie, la señorita Snipp no es tan mala.

—Sí, pero ella no le llega ni a los talones a tu esposa —aseveró Gertie, llevándolo detrás de un roble fuera de la vista y plantándole un beso en los labios.

Harry sonrió y la besó de nuevo.

—¿Dónde estaría yo sin ti, Gertie Bingham?

—Trágicamente solo y con el corazón terriblemente roto —contestó ella.

Solicitaron alquilar el negocio con las señoritas Maud y Violet Buckingham, las hermanas que dirigían la tienda de sombreros Buckingham desde que su padre había muerto treinta años atrás. El par parecía muy cautivado por la joven pareja que estaba frente a ellas; de hecho, felicitaron a Gertie por su elección de sombrero, el cual les parecía «elegantemente recatado».

—Ay, ¿no son una pareja encantadora, Maud?

—Absolutamente cariñosa, Vi.

—¿Y cuál será su negocio, queridos corazones?

—Libros —dijo Gertie.

—Ah, libros. Qué maravilloso. ¿No es maravilloso, Vi?

—Maravilloso —confirmó Violet.

Y de hecho, fue tan maravilloso que Violet y Maud no sólo aceptaron firmar el contrato de arrendamiento, sino que también se convirtieron en clientes frecuentes de los Bingham. Gertie siempre disfrutaba enviarles los romances recién publicados a las dos jubiladas en Suffolk. Se las imaginaba felices, en una acogedora casa de campo rodeada por un jardín lleno de flores de lavanda, espuelas de caballero y rosas fragantes que se ajustaban a la perfección a las dos románticas devotas.

El día que abrieron las puertas de su nuevo negocio, Gertie inhaló el rico aroma de los libros nuevos, más embriagador que el champán francés, y no pudo imaginar querer estar en ningún otro lugar del mundo. Harry tomó su mano y la besó.

—Bienvenida a la Librería Bingham, mi amor.

PRIMERA PARTE

Londres, 1938
1

Nuestras obras nos acompañan aún desde lejos,
y lo que hemos sido nos convierte en lo que somos.

George Eliot, *Middlemarch*

Gertie llegó temprano a la tienda esa mañana. No había dormido mucho los cinco días anteriores. Era una fastidio, pero ahí estaba. Hemingway, el labrador amarillo de buenos modales, estaba a su lado como de costumbre. Se había convertido en una especie de celebridad local desde su incorporación al personal hacía cuatro años. Gertie notó que tenía la capacidad de hacer sonreír incluso a los clientes más austeros, y se sabía que varias madres se desviaban durante sus mandados para que sus hijos, emocionados, pudieran acariciar su cabeza de oso.

Poco había cambiado en la ciudad de Beechwood desde que Harry y Gertie abrieron por primera vez las puertas de la Librería Bingham hacía tantos años. La familia Tweedy todavía dirigía la panadería y el señor Piddock, el carnicero, se había jubilado el año pasado, dejando sus cuchillos impecablemente afilados para su hijo Harold, quien, de acuerdo con la chismosa local, la señorita Crow, dejaba demasiado tendón en su pierna de res. Gertie miró a lo largo de la calle principal. Sus hombros se hundieron al ver las letras color miel de la pastelería Perkins.

Harry compraba una bolsa de turrón recién hecho por la señora Perkins todas las semanas sin falta para compartirla con Gertie durante las tardes junto a la radio.

—Vamos, Hemingway. Buen chico —expresó Gertie, guiando al perro hacia adentro de la tienda, agradecida como siempre por su presencia distractora.

Los primeros rayos del sol proyectaban una luz a través de la ventana mientras que las pequeñas partículas de polvo bailaban y daban vueltas como luciérnagas. Gertie hizo una pausa para inhalar la exquisita posibilidad de los libros sin abrir, como lo había hecho todas las mañanas durante casi treinta años. Este lugar le había traído tanta alegría durante tanto tiempo. Ella y Harry habían construido algo maravilloso, su propio mundo lleno de ideas e historias. En un punto de su vida, pensó que cambiaría el mundo de una manera pública y dinámica, pero pronto se dio cuenta de que podía hacer lo mismo con los libros. Eran poderosos. Forjaban ideas e inspiraban la historia.

Sin embargo, esa alegría estaba empezando a disminuir. Miró hacia la puerta en la parte trasera de la tienda e imaginó a Harry parado allí, con los brazos llenos de libros, sonriéndole. De manera instintiva, se inclinó para acariciar una de las orejas de terciopelo de Hemingway mientras el recuerdo le oprimía el corazón. El perro la miró con ojos tristes.

Había sido su condición médica la que le ganó a Harry su exención de la Gran Guerra, la cual también había causado su muerte dos años atrás. Gertie se consideró afortunada cuando a Harry se le otorgó la exención por motivos médicos, a pesar de que la señorita Crow no había perdido la oportunidad de llamarlo un «haragán» frente a cualquiera que estuviera dispuesto a escuchar. Si Harry estaba herido por estos comentarios, no lo demostró nunca. Su servicio silencioso como guardián antiaéreo voluntario hizo que Gertie sintiera un orgullo ardiente en el pecho. Pero la vida tiene una forma de ponerse al día eventualmente y la enfermedad respiratoria que Harry había soportado desde su infancia hizo que su cuerpo no pudiera combatir la tuberculosis que al final le robó la vida. Gertie todavía no podía creerlo. ¿Cómo podía ser que ya no estuviera? Todavía les quedaba mucha vida por vivir.

—No es lo mismo sin él, ¿verdad? —preguntó Gertie, su voz parecía demasiado fuerte para este espacio sagrado, como si estuviera gritando en la iglesia. Hemingway suspiró, mostrando que estaba de acuerdo mientras Gertie se secaba una lágrima—. Bien. No sirve de nada pensar en cosas que no podemos cambiar. Ven. Ya sólo tenemos un último ejemplar de Wodehouse y a Harry no le gustaría ni un poco.

Cuando llegó Betty, la asistente de librería que contrató después de la muerte de Harry, Gertie había quitado el polvo, ordenado y reabastecido los estantes, dejando todo listo para la reapertura.

—Debo decir que se ve impecable, señora B —dijo Betty, quitándose el abrigo y poniéndolo en su hombro—. ¿Quiere que nos prepare un poco de té?

—Gracias, querida. Estoy sedienta.

Betty reapareció poco tiempo después con dos tazas y platillos que no coincidían entre ellos.

—Aquí estamos. Por cierto, todavía estoy pensando en el título del club de lectura del próximo mes y me preguntaba si tenía alguna idea.

Gertie hizo un gesto casual con la mano.

—Estoy segura de que lo que decidas será espléndido.

—Bueno, me gusta mucho la idea de llamarle *Middlemarch*.

—Buena idea —exclamó Gertie—. No puedo recordar la última vez que elegimos una novela de George Eliot.

—Por desgracia, la señorita Snipp no está tan segura.

—¿Está tratando de convencerlos de leer otro libro de Thomas Hardy, de casualidad?

Betty asintió.

—No quiero hablar de más, señora Bingham, porque es un escritor maravilloso, pero leímos *Tess, la de los d'Urberville* hace dos meses y, perdóneme por decir esto, pero a algunos de los miembros no les gustó la forma en que la señorita Snipp condujo la reunión.

Esto no sorprendió a Gertie. El estilo de comunicación de la señorita Snipp podría describirse con mayor precisión como abrupto, rozando con lo grosero. Cuando se conocieron, Gertie supuso que a la señorita Snipp simplemente no le agradaba. Sin embargo, pronto se dio cuenta de que le desagradaban casi todos. Sin contar a Harry, pero bueno, todos habían amado a Harry.

—Ya veo. ¿Y qué propone que leamos?

—*Jude el oscuro.*

Gertie hizo una mueca.

—Que el cielo nos ayude a todos.

—El señor Reynolds estaba tan molesto por lo que le pasó a Tess que no estoy segura de que pueda soportarlo.

—Hablaré con la señorita Snipp.

Betty exhaló.

—Se lo agradecería, señora Bingham. Ya de por sí estoy preocupada por nuestra membresía. Sé que tenemos nuestros miembros de las postales, pero la reunión del mes pasado tuvo muy poca asistencia. El señor Reynolds dijo que ni siquiera solía haber espacio para caminar cuando usted y el Señor Bingham estaban a cargo. No quiero decepcionarla.

Gertie le dedicó una sonrisa reconfortante.

—Ay, Betty. No me estás decepcionando. El mundo ha cambiado y la gente está distraída en este momento. Hablaré con la señorita Snipp, pero por favor, no pienses más en ello. El Club de Lectura de la Librería Bingham es la menor de nuestras preocupaciones —Gertie no podía decir lo que en realidad sentía.

Su mundo había cambiado, estaba bastante distraída y el club de lectura era la menor de sus preocupaciones porque no se atrevía a pensar en ello. No había asistido a una sola reunión desde la muerte de Harry. De hecho, Gertie se ausentó de manera intencional por el simple hecho de que no soportaba asistir al club sin él.

Ambos habían creado el Club de Lectura de la Librería Bingham y lo habían dirigido juntos, disfrutando del desafío mensual de seleccionar el libro perfecto y presidir las discusiones más estimulantes. El señor Reynolds tenía razón. La gente viajaba desde los pueblos de los alrededores para participar. Incluso habían atraído a autores para que vinieran a hablar de sus obras, logrando algo similar a un triunfo literario cuando Dorothy L. Sayers accedió a asistir, lo que resultó en una reunión particularmente animada.

Ahora eso parecía un recuerdo lejano para Gertie. Se había ido la chispa de emoción que solía zumbar en su cerebro mientras ella y Harry elegían con cuidado el título mensual para el club de lectura. Apenas podía evocar el ímpetu para leer en estos días y lo cierto era que carecía de entusiasmo por algo nuevo u original. Esta fue la razón por la que había delegado el papel a Betty. Ella era una ávida lectora con mucho más entusiasmo juvenil del que Gertie poseía.

Betty no sólo fue una adición bienvenida al personal de la Librería Bingham, sino que también sirvió como un agradable antídoto para la señorita Snipp, quien había pasado su vida forjando una carrera exitosa en el arte de la literatura y en el de quejarse. Por supuesto, había sido Harry quien insistió en que la contrataran después de que se retiró de la biblioteca.

—Su conocimiento bibliográfico es enciclopédico, Gertie —dijo—. No hay nadie mejor calificado para buscar libros para nuestros clientes. —Él había tenido razón, por supuesto, pero aún así, Gertie se sintió aliviada de que la señorita Snipp sólo trabajara dos días por la mañana y que en gran parte estuviera confinada a la oficina improvisada en la esquina del almacén.

Su corazón se hundió cuando vio a la señorita Snipp en la puerta, su rostro tan agrio como si estuviera chupando la cáscara de un limón. Decidió tratar de adoptar la actitud amistosa de Harry, a la vez que comenzaba a sentir un mareo, presagiando la conversación que se avecinaba.

—Buenos días, señorita Snipp —saludó Gertie con tanta emoción como pudo—. Está todo bien, ¿cierto?

—No en particular —respondió ella con el ceño fruncido—. Mi frágil cadera me ha causado dolores terribles.

—Lamento mucho oír eso —contestó Gertie—. ¿Ha probado las sales de Epsom?

—Por supuesto. Es este mal clima, esta terrible humedad —dijo acusadoramente, como si Gertie tuviera la culpa de alguna manera.

—Ah sí, bueno, no hay mucho que podamos hacer al respecto.

—Mmm. Supongo que no. Bueno, señora Bingham. ¿Me puede dar un momento de su tiempo?

—Por supuesto.

La señorita Snipp volvió a colocarse las gafas en la nariz.

—Es sobre el club de lectura.

—Oh, sí —respondió Gertie con una creciente sensación de temor.

La señorita Snipp se cruzó de brazos.

—Me temo que tendré que renunciar a mi cargo de presidenta.

—¿Presidenta? —cuestionó Gertie, sorprendida.

La señorita Snipp asintió.

—Es demasiado para mí a mi edad y, francamente, las personas que asisten a las reuniones en estos días me parecen totalmente indignas de mis esfuerzos.

24

—Lamento escuchar eso.

La señorita Snipp miró a lo lejos y sacudió la cabeza.

—No logran apreciar la magnitud de algunos de nuestros más grandes escritores. Así no puedo ayudarles.

—¡Ay, Dios!

—En efecto. Así que creo que sería mejor si la señorita Godwin toma las riendas.

—Ya veo. Bueno, si usted cree que eso es lo mejor.

La señorita Snipp levantó la vista de forma brusca.

—Debo decir que se está tomando esto muy a la ligera, señora Bingham.

Gertie suspiró con lo que esperaba mostrara suficiente seriedad.

—Créame, señorita Snipp, me entristece mucho, pero apoyo por completo su decisión.

La señorita Snipp la miró por encima de sus gafas de media luna.

—Bien. Será mejor que me vaya —expresó mientras se fue cojeando hacia la parte trasera de la tienda.

—¡Buenos días, señorita Snipp! —exclamó Betty cuando se encontraron en la puerta.

—¿Qué tienen de buenos? —murmuró antes de desaparecer en la parte de atrás de la habitación.

—¿Ella está bien? —preguntó Betty, acercándose al mostrador.

—Está perfectamente bien. Acaba de delegar sus responsabilidades del club de lectura para otorgártelas, así que leeremos a George Eliot este mes. ¿Espero que te parezca bien?

—No la decepcionaré, señora B.

Gertie le dio unas palmaditas en la mano.

—Sé que no lo harás, querida.

El día parecía estirarse como un líquido viscoso a través del suelo, hasta la media mañana cuando apareció Barnaby Salmon, un joven con anteojos que era representante de una editorial. Gertie se había dado cuenta de que cada vez que él entraba a la tienda, Betty se enderezaba, se alisaba el vestido y se peinaba con rapidez; de la misma forma, el señor Salmón siempre se aseguraba de que sus citas cayeran en los días en los que Betty estaba trabajando.

—Buenos días —saludó Gertie.

Barnaby se quitó el sombrero a modo de saludo.

—Buenos días, señora Bingham, señorita Godwin.

—Señor Salmon —dijo Betty, quien pareció crecer unos centímetros bajo su mirada.

Gertie volteó a ver al joven.

—Bien, señor Salmon. ¿Cree que podría dejarlo en las hábiles manos de la señorita Godwin esta mañana? En últimos días ha estado asumiendo más responsabilidades y estoy deseosa de recompensar sus esfuerzos.

El señor Salmon se veía tan feliz como si alguien le hubiera entregado las llaves para entrar al mismo cielo.

—Por supuesto, señora Bingham. Sería un gran placer para mí —se volvió hacia Betty—. Tengo un maravilloso libro nuevo del señor George Orwell que sé que le va a gustar, señorita Godwin.

—¡Qué maravilloso! —clamó Betty con brillo en los ojos.

Gertie sonrió. Disfrutó ver cómo se desarrollaba el encantador romance bibliófilo. La transportó a los días en los que ella y Harry se conocieron. ¡Qué recuerdos tan alegres! ¡Cómo extrañaba su presencia desaliñada!

Estaba agradecida de que Betty aceptara responsabilidades adicionales con facilidad cada vez que se las ofreciera. Se dijo a sí misma que era importante animar a las generaciones más jóvenes, pero en el fondo, Gertie sabía que más bien comenzaba a retirarse. La venta de libros había sido su mundo entero en algún punto, pero sin Harry en el panorama, la actividad había perdido el brillo mágico que la caracterizaba. De hecho, cada aspecto de su vida lo había perdido. Su ausencia fue la compañera más constante de Gertie. De repente se daba cuenta de que había preparado dos tazas para el té sin querer; o escuchaba algo importante o preocupante en la radio y volteaba, buscándolo, para discutirlo con él; o si un cliente pedía una recomendación de un libro, ella pensaba en Harry de inmediato. Él habría sabido por instinto lo que cada tipo de cliente disfrutaría leyendo, desde el pequeño niño que amaba las historias de piratas hasta el anciano jubilado apasionado por Shakespeare. Gertie también tenía instinto para esto, por supuesto, pero a Harry le venía de forma natural. Ella era quien trataba con los editores y él quien se encargaba de los clientes. Todavía había personas que entraban a la tienda y pedían hablar con él dos años después, y que parecían del todo angustiadas cuando Gertie decía que Harry había muerto. Ella estaba familiarizada con ese sentimiento. A veces pasaba las manos por los lomos de los libros de las estanterías y Gertie veía a Harry en cada libro, en cada página, en cada palabra. Esta actividad le ofrecía algo de consuelo, pero también le hacía sentir un fuerte tirón de tristeza en el estómago. Gertie amaba su tienda, pero la amaba más cuando Harry estaba en ella.

—¿Me escuchó, señora B?

Gertie parpadeó, dejando de soñar despierta.

—Lo siento, querida. ¿Qué dijiste?

Betty se rio entre dientes.

—La perdí por unos segundos, señora B. Justo le estaba diciendo que el señor Salmon se va ahora. ¿Quiere revisar la orden? Pensé que podíamos organizar algo grande con el nuevo libro de George Orwell. Puedo acomodar algunos de ellos cerca de la ventana, si usted quiere.

Gertie miró el papeleo, agradecida de que alguien más tomara las decisiones por ella.

—Esto se ve espléndido. Gracias a los dos

El señor Salmon hizo una cortés reverencia.

—Gracias señora Bingham. Señorita Godwin, ¿la veré el sábado?

Betty lo miro a los ojos.

—Ya quiero que llegue el día.

—Tengan un buen día, señoritas —replicó deteniéndose en la puerta para inclinar la cabeza hacia Betty a modo de despedida.

— ¿El sábado? —preguntó Gertie después de que él se fuera.

Betty asintió.

—Me invitó al cine. Vamos a ver la nueva película de James Stewart. Por lo general, ni siquiera vería alguna de sus películas, pero en este momento eso es lo que menos me importa.

—Me alegro por ti, querida.

Betty dio un suspiro feliz.

—Es simplemente maravilloso encontrar a alguien que ama las mismas cosas que tú, ¿no? Barnaby y yo...

—Oh, con que ahora lo llamas Barnaby.

Betty parecía tímida.

—Bueno, decirle «señor Salmon» es un poco formal, ¿no? Ya no estamos en 1900. Él y yo decíamos que no se nos ocurre nada mejor que vender libros. En realidad es una curita para el alma. Quiero decir, mire a P. G. Wodehouse, por ejemplo. Los fascistas se apoderan de Europa y él crea a Roderick Spode para hacerlos ver como unos idiotas.

Mientras Gertie escuchaba a Betty exponer sus teorías sobre cómo todos los autores, desde Charlotte Brontë hasta Charles Dickens, habían mejorado su vida, se le ocurrió una idea. Betty y Barnaby eran la generación nueva. Tenían la pasión que tanto le faltaba a ella en estos días. Tal vez era momento de ceder el mando, como el señor Piddock lo había hecho con su carnicería.

Gertie había estado dándole vueltas a esta idea durante los últimos meses, pero ahora le parecía obvio. Era tiempo de seguir adelante, incluso de alejarse. Le gustaba la idea de mudarse a Rye o quizás a Hastings. Se acercaba a los sesenta y, a pesar de lo que había dicho el señor Chamberlain, parecía que el país bien podría estar de nuevo camino a la guerra. Gertie quería estar a salvo, lejos de Londres, en caso de que algo sucediera. No podía enfrentarse a otra guerra en Londres. Ni siquiera estaba segura de poder enfrentarse a otra guerra, punto final. Sobre todo, quería escapar del constante recordatorio de que Harry se había ido y de la dolorosa realidad de una vida sin él.

2

El pasado y el presente están dentro de los límites
de la investigación, pero es muy difícil contestar la pregunta
de qué cosas puede hacer un hombre en el futuro.

Arthur Conan Doyle, *El sabueso de los Baskerville*

Thomas Arnold era todo un personaje dentro de la esfera literaria. A la edad de setenta y ocho aún dirigía la Librería Arnold,
declarándose a sí mismo como el librero más viejo de Londres.
Era fuerte como un roble; lo atribuía a su nado diario en el lago
Serpentine y al hecho de que «tuvo el sentido común suficiente como para no casarse nunca». Thomas había establecido la
Librería Arnold con su hermano Arthur, en el siglo anterior,
sobreviviendo a los obstáculos y los dramas de los últimos cincuenta años para convertirse en una de las librerías más exitosas
del país. Era conocido por tener un temperamento explosivo y
un corazón amable.

Los distinguidos editores de Londres lo veían con gran es-
tima o lo consideraban una molestia bendita. Escritores y artistas se abrían paso hasta su puerta con la esperanza de ser
invitados a uno de sus legendarios almuerzos literarios. Desde cualquier perspectiva, Thomas Arnold era aclamado, tanto por gran excéntrico como por ser el más perspicaz de los

hombres de negocios. Esto quedó ilustrado de manera concisa en el telegrama que envió a Hitler en 1932, preguntando si podía comprar los libros que tenía planeado quemar.

—¡Qué desperdicio tan criminal! —les había dicho a Gertie y a Harry durante una de sus caminatas dominicales mensuales por el parque de Greenwich.

No hace falta decir que Gertie adoraba a su tío. Después de haber perdido a su hermano, padre y madre, él era su último pariente vivo y asumió el papel con certeza. Sus caminatas mensuales eran sagradas para Gertie, mucho más después de la muerte de Harry. Hablaban de negocios, de libros y de la familia que extrañaban.

—Sabes que si hubiera tenido una hija, me hubiera gustado que fuera como tú —le confesó mientras subían la empinada colina hacia la cima del parque, listos para ser recompensados con la impresionante vista de Londres que se desplegaba ante ellos como el lienzo de un maestro antiguo.

—Eres un encanto —contestó Gertie, deteniéndose para recuperar el aliento.

—Por supuesto, soy un viejo miserable, así que hubiera sido un padre terrible. Y luego está el problema de que no soporto a los niños. Nunca lo he hecho. Nunca lo haré.

—Siempre has sido amable conmigo.

—Ay, pero tú eres diferente, Gertie. Eres un tesoro.

Se detuvieron en un banco del parque para contemplar la vista espectacular, mientras los rayos dorados del sol enmarcaban el horizonte a la perfección. Más allá de la colina ondulante, podían ver la casa de la Reina y el colegio militar, el río Támesis se extendía en su pasaje sinuoso hacia la catedral de San Pablo y más allá. Era como si toda la ciudad estuviera desplegada ante ellos.

—Como el doctor Johnson y yo acordamos, si uno se cansa de Londres, se cansa de la vida —dijo Thomas—. Toma nota, querida sobrina. Me gustaría que ese epigrama estuviera en mi lápida.

—Me niego a discutir tu fallecimiento —sentenció Gertie—. Eres la única familia que me queda.

Thomas tomó su mano y la besó.

—Querida, no pretendía molestarte. Perdona a este viejo tonto.

—No pasa nada. Sólo estoy un poco desanimada hoy.

—¿Qué te pasa, Gertie? Te ves pálida. ¿No estás durmiendo?

El tío Thomas estaba obsesionado con dormir. Creía que cada hombre, mujer y niño necesitaba ocho horas exactas de sueño cada noche. Ni más, ni menos.

—Estoy bien —admitió—, un poco cansada, pero no más de lo habitual.

Esto era una mentira, por supuesto, pero no tenía sentido preocuparse confesando que, a menudo, Gertie se quedaba despierta angustiada, con la mente enredada en un espeso torbellino de tristeza. Algunas noches dormía y al despertar experimentaba, sólo por un momento, una fugaz alegría, antes de girar en la cama y enfrentarse de nuevo al espacio vacío donde antes estaba Harry. La mayoría de las mañanas, se alegraba de que Hemingway estuviera allí para darle el impulso de seguir adelante.

—¿Y el negocio sigue bien?

—Ah, sí. Va muy bien.

—Entonces, ¿qué te sucede, mi niña?

Gertie se aclaró la garganta.

—He estado pensando en vender el negocio y mudarme a la costa. Tal vez a Sussex Oriental.

—Ya veo —Thomas miró hacia el río. Gertie estaba acostumbrada a los estallidos de furia y las reacciones explosivas de su tío. Se preparó para la tormenta, pero él permaneció tranquilo, con la mirada fija hacia enfrente.

Ella respiró profundamente y continuó.

—Creo que es hora de que me jubile. Harry y yo dirigíamos la tienda juntos y ahora que él se ha ido, no estoy segura de querer continuar sola. Me gustaría estar en algún lugar tranquilo. Creo que a Hemingway le gustaría pasear por la playa y, por supuesto, podrías venir a quedarte siempre que quisieras. Te haría bien escapar de Londres de vez en cuando.

—¿Es eso lo que estás haciendo, entonces? —preguntó Thomas— ¿Escapar de Londres? —sonaba casi herido.

—No lo sé. Estoy cansada, tío Thomas. Y extraño a Harry. No sé cómo vivir mi vida sin él. —Las lágrimas goteaban por las comisuras de sus ojos.

Thomas sacó un pañuelo verde de seda y se lo ofreció.

—Oh, mi querida niña. Lo siento. Lo entiendo. Es sólo que te echaría de menos. Estoy siendo egoísta. Perdona mi petulancia.

Gertie aceptó el pañuelo y se secó los ojos.

—Seguiríamos viéndonos. Puedo venir a Londres de visita.

Él acarició su mano y dirigió su mirada hacia la ciudad.

—No te culpo por querer escapar de Londres, Gertie. La perspectiva de otra guerra me llena de temor.

—¿Crees que es probable?

Thomas encogió los hombros.

—Alguien tiene que hacerle frente a ese loco. Es impactante lo que le está sucediendo con los judíos en Alemania. Negocios destrozados y saqueados, sinagogas incendiadas, hombres arrestados como animales. Es monstruoso

Gertie asintió.

—Es terrible. Desearía poder hacer algo más para ayudar.

—Debes hacer lo que sea mejor para ti, querida. Y si eso implica jubilarte, que así sea —dijo Thomas volteando hacia ella.

Gertie suspiró.

—Parte de mí siente como si estuviera renunciando. Nunca pensé que terminaría así. Solía tener mucha más determinación en mi juventud.

Thomas se rio.

—Cierto, eras una joven con un espíritu rebelde. Era un desafío para tu madre y tu padre seguirte el ritmo. Tenías tantas ideas y opiniones. Suficientes como para cambiar el mundo.

—Sabes tan bien como yo cómo la vida le arrebata eso a las personas.

—Mi querida Gertrude, tienes cincuenta y nueve años, no ochenta y nueve.

—Entonces, ¿crees que debería quedarme?

—Lo único que te diría es que no tomes decisiones precipitadas de las que puedas arrepentirte después. Se acerca una tormenta. Estoy seguro de ello. Tal vez necesitemos a alguien como Gertie Bingham para hacerle frente y luchar.

—No estoy segura de poder hacerlo sola.

—Yo estoy aquí, Gertie.

—Lo sé. Y te lo agradezco —se inclinó para darle un beso en la mejilla antes de enlazar su brazo con el suyo—. Ahora, cuéntame los chismes de la esfera literaria.

Los ojos de Thomas brillaron.

—Bueno, digamos que hay cierta autora cuyo esposo está solicitando el divorcio después de que la descubrieron en una situación comprometedora con un famoso actor shakesperiano.

La lluvia comenzaba a caer cuando Gertie entró de nuevo por la puerta principal esa tarde. Sacudió su paraguas y lo dejó en el porche.

—La lluvia está cayendo como si fueran barras de hierro —le comentó a Hemingway, quien salió corriendo a recibirla. Le dio un beso en la parte superior de su cabeza peluda.

—¿Has tenido un buen día, mi querido?

La gente tal vez pensaría que Gertie estaba loca, pero ella sabía que este gentil gigante era uno de los pocos seres que la mantenían en pie en estos días. La idea de mudarse a ese refugio campestre con él, pasar sus días junto a la costa, dar paseos tranquilos juntos y contemplar el mar era muy atractiva.

—Podría dedicarme a escribir —exclamó mientras encendía el fuego en el salón. Hemingway inclinó la cabeza hacia un lado como si estuviera pendiente de cada palabra—. Hasta podría competir con Georgette Heyer. —Gertie sonrió ante la idea.

Era una noción romántica en todos los sentidos de la palabra, pero ¿cuál era la alternativa? Quedarse en medio del silencio opresivo de una casa demasiado grande para ella o mudarse a algún lugar más tranquilo, donde pudiera pensar en otras cosas y no recordar constantemente la ausencia de Harry. Se dispuso a preparar té, poniendo la tetera al fuego y sacando una taza y un platillo de la alacena.

—Aquí tienes, mi chico —dijo al perro, sirviendo comida en su plato. Hemingway olfateó la comida antes de mirarla con un suspiro profundo.

—Sé cómo te sientes —dijo acariciando la parte superior de su cabeza—. Yo tampoco tengo ni un poco de hambre

Estaba a punto de preparar su té cuando llamaron a la puerta. Hemingway gruñó a medias.

—Creo que quizás necesites mejorar tus habilidades de perro guardián —le dijo, echando un vistazo al reloj. Casi eran las seis y estaba oscuro afuera. Gertie se dirigió al salón y miró a través de la cortina de encaje. Su rostro se relajó al reconocer al visitante—. Señor Ashford, ya se lo he dicho antes. No recibo visitas masculinas después del anochecer —dijo mientras abría la puerta principal.

Charles Ashford era el amigo más antiguo de su esposo. Se habían conocido en la escuela y cuando Harry comenzó su carrera en el mundo de los libros, Charles se adentró en el mundo de las finanzas. Su tiempo como oficial en la guerra había alterado su opinión sobre la humanidad y regresó como un hombre cambiado. Abandonó el mundo financiero para ocupar un puesto en el Comité Internacional de la Cruz Roja antes de continuar trabajando para varias organizaciones humanitarias. Harry siempre sostenía que Charles era una de las personas más auténticas y amables que uno podía conocer.

El corazón de Gertie se alegró al ver a este amable hombre parado en su puerta. Su cabello era más fino cerca de las sienes, pero su rostro era tan abierto y amable como siempre. Le recordaba a Harry de la mejor manera posible; pensaba en los momentos valiosos que habían vivido los tres en su juventud. Pasaron muchas noches alegres en el teatro o saliendo a cenar juntos. Charles siempre se divertía mucho con los intentos de Gertie de emparejarlo con cualquier mujer que le hiciera ojitos.

—Prefiero mi propia compañía —solía decir—, o la tuya o la de Harry. Soy demasiado egoísta para ser un buen esposo.

Sin embargo, Charles se mostraba más serio que de costumbre.

—Perdona por venir tan tarde, Gertie. ¿Puedo pasar? Necesito hablar contigo.

—Por supuesto —contestó llevándolo hacia el salón—. ¿Está todo bien?

—No realmente —confesó él mientras Hemingway entraba, meneando la cola tan pronto como vio al visitante. Charles acarició su cabeza—. Hola, viejo amigo.

—Estaba preparando té. ¿Te gustaría una taza?

—No creo que tengas *whisky*, ¿verdad? —En la penumbra del salón, Charles lucía demacrado y agotado.

—Creo que aún tengo una botella de Harry por ahí —mencionó Gertie. Abrió el mueble de bebidas y sirvió dos vasos—. Ven y siéntate. Pareces asustado. ¿Qué sucede? —Se sentaron juntos en el sofá. Gertie dio un sorbo a su bebida, disfrutando del ardor intenso.

Charles movió el líquido ámbar en su vaso en pequeños círculos antes de dar un gran trago.

—Supongo que has oído hablar de lo que les está sucediendo a los judíos en Alemania.

Gertie se estremeció.

—Sí, por supuesto. Es un asunto terrible.

—Voy a ir a ayudarlos.

Gertie lo miró fijo.

—Ayudarlos. Pero, ¿cómo?

Charles bebió otro sorbo de su vaso de *whisky*.

—Hay una delegación que va a hablar con Chamberlain y el secretario del Interior la próxima semana. Quieren rescatar a tantos niños como sea posible. El gobierno birtánico seguro les permitirá venir aquí.

—Vaya, Charles. ¿Pero no será peligroso para ti ir allí?

Gertie no podía soportar la idea de perder a otra persona a quien amaba.

Charles mantuvo una expresión imperturbable.

—No tan peligroso como será para los pobrecillos si los dejamos en manos de Hitler y sus secuaces.

Gertie asintió.

—Por supuesto. ¿Te irás por mucho tiempo?

—Por el tiempo que sea necesario.

Gertie puso una mano en el brazo de Charles.

—Agradezco a Dios por personas como tú, Charles. ¿Cómo encontrarás hogares para ellos?

Él le lanzó una mirada de reojo.

—Le estoy pidiendo a todos mis conocidos que acojan a un niño.

Gertie lo miró durante un momento, sin estar segura de qué decir.

—Pero, Charles, estoy a punto de jubilarme —sabía que esto sonaba vano, egoísta incluso. Aquí estaba este hombre a punto de arriesgar su vida por un grupo de desconocidos, y ella obsesionada con sus propias necesidades fantasiosas.

Los ojos de Charles no se apartaron de su rostro ni por un segundo.

—¿Sabes qué pensé cuando Harry te presentó ante mí todos esos años atrás?

—¿Esta mujer no deja de hablar nunca? —sugirió Gertie levantando las cejas. Charles rio.

—Bueno, sí, pero sobre todo pensé en lo afortunado que era por haber encontrado a alguien con tanta pasión y determinación en su interior.

Gertie contempló su vaso de *whisky*.

—Soy demasiado vieja como para luchar, Charles.

—Nadie es demasiado viejo como para luchar, Gertie, y eres demasiado joven para rendirte —sentenció Charles.

Gertie frunció el ceño.

—¿Quién dijo que me estaba rindiendo? Sólo estoy planeando el siguiente paso en mi vida. —Su mente retrocedió a la conversación anterior que había tenido con su tío. «No tomes decisiones precipitadas de las que te puedas arrepentir...».

—Digamos, de forma simple, que nunca pensé que Gertie Bingham sería una mujer que estaría conforme con jubilarse mientras el mundo la necesita —admitió Charles.

Gertie vio de reojo la fotografía de ella y Harry en el día de su boda. Se estaban riendo cuando el fotógrafo tomó la imagen. Había brillo en sus ojos. No podían esperar para comenzar su vida juntos.

—Estoy cansada, Charles. Ya he tenido suficiente de todo esto.

Charles siguió la mirada de Gertie.

—Lo extrañas, ¿verdad?

Gertie se sorprendió de lo rápido que se formaron las lágrimas en sus ojos.

—Por supuesto. Él era el mejor de todos los hombres.

Charles tomó su mano y la besó.

—Y tú eres la mejor de las mujeres. Por eso te pido que hagas esto.

Gertie se secó una lágrima.

—¿Qué tipo de lugar sería éste para un niño?

Charles miró alrededor de la habitación; los estantes estaban llenos de libros, la chimenea brillaba y el perro roncaba con suavidad a los pies de Gertie.

—El mejor lugar que puedo imaginar —dijo y bebió otro sorbo de *whisky*—, sólo te pido que lo consideres seriamente. El mundo está al borde de algo terrible. La pregunta es, ¿nos quedamos de brazos cruzados y observamos o nos levantamos y ayudamos?

Gertie miró fijamente el fuego. Ella sabía que él tenía razón y si fuera treinta años más joven, habría aceptado de inmediato. Pero mientras el mundo se oscurecía a su alrededor, Gertie sintió cómo su propia existencia se contraía. Ya no se sentía fuerte, ni capaz, ni con opiniones tercas como lo había hecho en su juventud. La vida le había causado heridas y tenía la duda de si aún contaba con la fuerza de voluntad como para ofrecerle esperanza a alguien, en especial a sí misma.

3

Eres parte de mi existencia, de mí mismo.
Has estado presente en cada una de las líneas que he leído.

Charles Dickens, *Grandes esperanzas*

—¿Y cuál dijo que era su profesión, señor Higgins?

El hombre corpulento acarició su barba abundante. A Gertie le recordaba a un oso.

—Soy horticultor y vendedor de semillas; esa es mi profesión, señora Bingham —le dijo—. Pero me pienso, en términos más generales, como un naturalista.

—¡Ah! —exclamó Gertie—. Como nuestro famoso y antiguo residente local, el señor Darwin.

Sacó una copia de *El origen de las especies* de la estantería y se la mostró.

—Oh, sí. Un gran hombre, —afirmó el Señor Higgins con una mirada perdida en sus ojos.

—Y supongo que venderá todo lo que requiere un horticultor aficionado, ¿cierto?

El rostro sonrojado del señor Higgins se volvió serio.

—Oh no, querida señora. Mi verdadera pasión es la taxidermia.

—¿Taxidermia?

El hombre asintió.

—Soy un experto en el arte. Las personas están muy interesadas en preservar a sus mascotas fallecidas, ¿sabía?

Hemingway emitió un gemido involuntario desde su posición detrás del mostrador

—Ya veo —dijo Gertie, deseando en el fondo que Harry pudiera escuchar esto. Se imaginó sus ojos brillando con picardía ante el giro que había tomado la conversación.

—También vendo champú en seco para perros —agregó con tono alegre—. Aquí tiene, tome una muestra gratis. —Sacó un frasco marrón oscuro de su bolsillo y se lo ofreció a Gertie.

—Gracias —contestó Gertie, aceptando la botella con una sonrisa forzada.

El señor Higgins tocó el ala de su sombrero.

—Mejor me voy. Esperaré noticias de la señorita Crisp, ¿de acuerdo?

—Sí, si fuera tan amable. Gracias por tomarse el tiempo de pasar.

Gertie exhaló en cuanto se fue.

—Bueno, eso ciertamente da qué pensar, ¿verdad, chico? —preguntó mirando a Hemingway—. No estoy segura de lo que los residentes locales pensarían de un taxidermista, pero bueno, les llevó un tiempo acostumbrarse a mí.

Eso era muy cierto. *Bohemios* fue una de las palabras más amables que Gertie había escuchado murmurar cuando ella y Harry establecieron la Librería Bingham. La gente la miraba con sospecha, como si en cualquier momento pudiera maldecirlos con un hechizo que llenara sus mentes de nuevas ideas. Nunca dejó de sorprenderse por ello; a pesar de vivir a menos de diez millas de distancia de donde creció, la visión del mundo de las personas ahí era a menudo tan diferente, como si vivieran en la luna. Al final terminaron aceptando, pero algunas personas, como la incansable señorita Crow, aún evitaban la tienda.

Gertie levantó la vista cuando sonó la campanilla sobre la puerta y una mujer mayor entró, apoyándose con un bastón. La señora Constantine era una mujer elegante y digna que le recordaba a la reina Mary. Siempre llevaba un collar de perlas con el pelo recogido en un elegante moño. Al ver a la señora Constantine, Hemingway hizo un considerable esfuerzo por levantarse y acercarse a ella, moviendo la cola.

—Ah, mi querido señor Hemingway. Tengo un premio para ti —aseguró ofreciéndole una bolsa con jugosos trozos de pollo—. No puedo comer una pechuga entera yo sola, así que me gusta compartirla con uno de mis amigos —le dijo observando con satisfacción cómo devoraba la ofrenda en cuestión de segundos.

—Ese perro es un consentido —dijo Gertie.

—Se lo merece —opinó la señora Constantine—, ¿verdad que sí, señor Hemingway? —El perro ladró a manera de afirmación—. Y también es muy inteligente. Como el propio Hércules Poirot. Lo cual me recuerda, ¿ya llegó mi libro, señora Bingham?

—Así es —contestó Gertie, sacando una copia de *Cita con la muerte* de la estantería—. Creo que disfrutará éste. Me pareció mejor que *Muerte en el Nilo*.

—Ese es un gran elogio, querida —expresó la señora Constantine, levantando el libro para admirarlo—. Es una escritora magnífica. Siempre me mantiene con el alma en vilo. ¡Nunca he adivinado el final correctamente…, ni una vez!

Gertie sonrió. La señora Constantine era una de las clientas a las cuales extrañaría. Se había mudado sola al área hacía casi veinte años. Había un rumor de que ella había sido miembro de la aristocracia rusa y obligada a huir de Moscú tras la Revolución. Gertie siempre pensó que esa historia podría ser un libro que le encantaría leer.

—Eso es lo que distingue a una excelente escritora de crímenes —dijo.

—Fue tu querido Harry quien me introdujo a la grandiosa señora Christie —afirmó la señora Constantine.

—Él tenía un don para combinar a los lectores con el libro perfecto —respondió Gertie, con los ojos brillando ante el recuerdo.

La anciana estudió su rostro.

—¿Cuánto tiempo ha pasado, querida?

Algunas personas habrían considerado esta pregunta entrometida, pero Gertie conocía a la señora Constantine lo suficiente como para darse cuenta de que su pregunta mostraba preocupación sincera.

—Dos años. Es mucho tiempo.

La señora Constantine negó con la cabeza.

—Eso son tan sólo minutos cuando has amado y perdido. Créeme, lo sé. —Extendió una mano enguantada para acariciar el brazo de Gertie antes de irse—. Las mujeres cargamos con muchas cruces. Intenta no cargar demasiado, querida.

Gertie sabía que tenía razón. Aún así, el dolor la perseguía como si fuera el fantasma de las navidades pasadas, presentes y futuras y ella no tenía idea de cómo hacerlo desaparecer.

A las 11:30 en punto, la campanilla sobre la puerta anunció la llegada de la señorita Alfreda Crisp. A Gertie le caía bien la señorita Crisp. Era una mujer joven y ambiciosa cuyo padre había establecido su agencia inmobiliaria poco antes de la guerra, cuando su esposa esperaba a su primer hijo. No obstante, se encontró en la posición inconveniente de tener una hija tras otra. Crisp e Hijas, su negocio, se convirtió en una de las principales agencias de bienes raíces y alquiler de la zona, dirigida por el amable señor Crisp y tres de sus cinco hijas. Alfreda era la más joven y tenía un vigor juvenil que Gertie admiraba demasiado. Ella se había comprometido a hacer todo lo posible por encontrar los inquilinos ideales que se hicieran cargo de su espléndido establecimiento de venta de libros.

—Buenos días, señora Bingham —dijo la joven con una sonrisa aguda y eficiente—. ¿Puedo preguntar cómo estuvo su entrevista con el señor Higgins?

Gertie dudó. Desearía haber podido consultar con Harry para asegurarse de que lo que sentía en su corazón era una representación precisa de los hechos.

—Bueno, es un hombre absolutamente encantador.

—Oh, por supuesto —contestó la señorita Crisp—. Muy encantador.

—Pero si soy completamente honesta, esperaba encontrar a alguien que continúe dirigiendo la tienda tal como hasta ahora.

—¿Como una librería?

—¡Exacto!

El rostro de la señorita Crisp se entristeció.

—Lo siento muchísimo, señora Bingham, pero temo que eso puede ser un desafío dada la situación actual. Tomar el control de un negocio existente, incluso uno tan exitoso como éste, es una tarea difícil, en especial cuando no tenemos idea de cómo estará el país dentro de seis meses.

—Pero, ¿qué debo hacer entonces? —exclamó Gertie con una creciente desesperación de la que se arrepintió de inmediato.

La señorita Crisp levantó las cejas.

—Seguiré intentando, por supuesto. Nunca se sabe, pero siento que es mi deber ser honesta.

—Por supuesto —dijo Gertie, avergonzada de haber mostrado sus sentimientos.

—Por favor, tenga la seguridad de que seguiré trabajando de manera ardua para usted.

—Gracias, querida.

La señorita Crisp le dio una mirada compasiva a la que Gertie se había acostumbrado en los últimos años. Se trataba de la mirada que la gente ofrecía cuando recordaba que era viuda. Viuda. Una palabra tan oscura, deprimente. Tan definitiva.

—No pierda la esperanza, señora Bingham —sugirió antes de irse.

—Creo que puede ser un poco tarde para eso, ¿no crees, Hemingway? —respondió Gertie.

El perro levantó la mirada hacia ella y bostezó.

—Estoy de acuerdo. El duelo es terriblemente aburrido. —Miró el reloj—. Vamos, es mejor que cerremos. Betty llegará pronto para la reunión del club de lectura. Hoy nos toca Dickens —Hemingway bostezó de nuevo—. Para ser un perro literario, eres muy irrespetuoso, ¿sabes?

—¡Hola, señora B! —exclamó Betty, entrando por la puerta tan rápido como un cometa.

—Hola, querida. Hemingway y yo estábamos a punto de cerrar la tienda para no estorbarte.

—Por favor, no tenga prisa por mi culpa. De hecho, ¡usted es bienvenida a quedarse para el debate sobre el libro si quiere! Estaremos discutiendo *Grandes esperanzas* y, como ya sabe, es una lectura fantástica.

—En efecto —dijo Gertie—. Pero siempre visitamos a Harry los lunes.

Betty se llevó una mano a la frente.

—Claro que sí. Perdóneme, señora B. A veces soy una completa idiota.

Gertie hizo un gesto con las manos para indicarle que no había nada de qué preocuparse.

—¿Esperas que venga mucha gente?

—No estoy segura. El señor Reynolds tiene un resfriado fuerte y la señora Constantine tiene un compromiso previo. Espero que la señorita Pettigrew venga, aunque es difícil convencerla de que lea algo que no sea Georgette Heyer. Así que en realidad sólo quedarían...

—Buenas tardes —saludó la señorita Snipp en un tono monótono al cruzar la puerta—. ¿Dónde está todo el mundo?

—Algunos de nuestros miembros habituales no pudieron venir —contestó Betty.

—Oh, querida mía —exclamó la señorita Snipp—. Temía que esto pudiera suceder ahora que el señor Bingham ya no está con nosotros, que Dios lo cuide.

La indignación hizo que la espalda de Gertie se pusiera tensa. «No te dejes llevar, Gertie». Se imaginó a Harry apoyando una mano en su brazo para consolarla y se concentró en contar las ganancias del día.

La puerta de la tienda se abrió de nuevo y esta vez una mujer pequeña como un ratón, que llevaba un gorro color rojo cereza, se quedó parpadeando ante ellos como si estuviera asombrada por su propia entrada.

—¡Señorita Pettigrew! ¡Ha venido! Me alegra tanto verla —exclamó Betty con una emoción excesiva que hizo fruncir el ceño de la señorita Snipp—. Entre, traeré unas sillas del almacén. Seremos un grupo de discusión pequeño pero perfecto. —Betty les indicó que se sentaran junto a la sección de poesía y sacó su ejemplar del libro—. Entonces —prosiguió—, ¿qué opinan de la novela?

Gertie observó a Betty con el corazón pesado mientras hacía lo posible por animar a la imperturbable señorita Snipp y a la desconcertada señorita Pettigrew. La señorita Snipp suspiró con fuerza.

—Debo decir que siempre me ha parecido bastante floja.

—Oh —expresó Betty—. ¿Por qué piensa eso?

—No me conecté con estos personajes. Pip es un cobarde y Estella es toda una Jezabel.

Gertie notó un raro destello de irritación en la expresión de Betty.

—Sí, pero ¿qué piensan de la historia? Es muy dramática y el personaje de Pip pasa por tantos giros y vueltas, y por supuesto está Miss Havisham y la historia de amor con Estella. ¿Y qué tal el final?

—Disculpa, querida —intervino la señorita Pettigrew.

—¿Sí? —preguntó Betty, del todo aliviada por la interrupción.

—¿Cuándo vamos a discutir *Oliver Twist*?

La señorita Snipp puso los ojos en blanco.

—¿*Oliver Twist*? —cuestionó Betty.

La señorita Pettigrew asintió.

—Dijiste que estábamos leyendo a Dickens, así que elegí leer *Oliver Twist*. Me encanta ese pillastre. Es un niño tan travieso.

Betty miró a Gertie, quien hizo una mueca de simpatía.

—Bueno —prosiguió la señorita Snipp con obvia satisfacción—. Eso es todo, entonces.

Betty parecía haber entrado en pánico antes de que una idea brillante le viniera a la mente.

—No. No, está bien. Podemos simplemente hablar de Dickens. Señorita Pettigrew cuéntenos sobre Oliver Twist.

Gertie le dedicó una sonrisa alentadora a Betty antes de despedirse. Sabía que estaba siendo cobarde al retirarse, pero sintió que no tenía otra opción. Gertie no podía involucrarse en el club de lectura o, de hecho, en la librería si planeaba alejarse de ella. Recogió sus cosas y se despidió alegremente de Betty con la mano antes de salir con sigilo por la puerta, llevando al perro por la calle principal para subir la colina hacia el cementerio.

Vio el letrero de Beechwood con su particular insignia de un caballo blanco galopante y un árbol de hayas; se preguntó cómo se sentiría dejar un lugar que había sido su hogar durante tanto tiempo. Era un pueblito encantador. Los comerciantes se enorgullecían de mantener sus escaparates relucientes, brillando bajo un lienzo de colores brillantes.

Dos niños pequeños estaban parados con la nariz pegada al ventanal de la Farmacia Stevens, con su intrigante exhibición de botellas cónicas llenas de líquido, esperando a que su madre reapareciera. Se voltearon cuando Gertie pasó detrás de ellos.

—Hola, Señora Bingham. Hola, Hemingway el perro —dijo el más grande de los dos niños—. ¿Podemos acariciarlo, por favor? —Gertie estaba acostumbrada a esas interacciones. El estatus de Hemingway en su pequeño pueblo significaba que a menudo tenía que detenerse para que tanto niños como adultos pudieran acariciarlo.

—Por supuesto —respondió Gertie, observando cómo los niños llenaban de amor y afecto al perro agradecido.

—Mira, está sonriendo —exclamó emocionado el más pequeño de los dos niños antes de besar la cabeza de Hemingway—. Eres el mejor perro del mundo.

Gertie levantó la vista hacia el gran reloj cuadrado que colgaba afuera de la Zapatería Robinson.

—Bueno, si me disculpan, jóvenes caballeros, Hemingway y yo tenemos un compromiso que atender.

Se sentía cansada hasta los huesos mientras subía la colina hacia el cementerio. Cuando llegó a la puerta, Gertie pausó para recuperar el aliento y contemplar el paisaje. Como lugar de descanso eterno, resultaba espléndido, rodeado de jardines podados con mucho cuidado y envuelto por todos lados por imponentes árboles de hayas y castaños de Indias. Sus ramas estaban en su mayoría desnudas, pero algunas hojas sueltas se aferraban resueltamente a los árboles, ondeando como banderas anaranjadas y rojas contra un cielo zafiro. Gertie cerró los ojos y volteó el rostro hacia arriba para sentir el cálido sol en su piel. Siempre le había desagradado el otoño; prefería mucho más la esperanza ardiente del verano, cuando el mundo parecía tan vivo, los jardines rebosantes de color, los parques y las playas llenas de una humanidad alegre. El otoño hacía que el mundo desapareciera bajo tierra, descomponiéndose y marchitándose ante sus ojos. Por supuesto, era la estación favorita de Harry.

«Pero todo está muriendo», se quejaba Gertie.

Harry le extendía la mano y la guiaba hacia el jardín. «No, cariño», decía señalando un capullo en el árbol de magnolia. «Todo está durmiendo. Descansando hasta la primavera, cuando el mundo empieza de nuevo». Gertie abrió los ojos y se dirigió hacia su tumba.

—El problema es —dijo cuando llegaron— que moriste en otoño, pero nunca empezarás de nuevo, mi amor. —Sacó su pañuelo y limpió las letras en la lápida mientras Hemingway permanecía en silencio, sentado y obediente.

> Harry Bingham, esposo devoto de Gertie
> e hijo amado de Wilberforce y Veronica.
> Descanse en paz, 25 de octubre de 1936.

Gertie había estado muy segura acerca de la redacción para la lápida, lo cual sorprendió mucho al señor Wagstaff, el director de la funeraria, un hombre delgado con un bigote aún más delgado.

—¿Puedo sugerirle un enfoque más formal? —había dicho él—. Es habitual al menos usar los nombres completos para añadir un sentido de gravedad.

Puede hacerlo si quiere, pero rechazaré su sugerencia —dijo Gertie con firmeza—. Mi esposo era Harry para todos los que lo conocían. Su muerte me ha dado toda la gravedad que necesito. Y dado que seré la única que cuidará y visitará su tumba, creo que debería poder elegir las palabras que me recibirán, ¿no le parece?

El señor Wagstaff había mirado a Gertie horrorizado, como esperando que se disculpara por tal estallido. Se llevó una gran decepción cuando Gertie se levantó y lo miró con determinación.

—Supongo que esto es todo lo que usted necesitaba de mi parte. Tenga un buen día.

—Ciertamente le dije lo que pensaba —admitió mientras sacaba las viejas flores del jarrón sobre la tumba de Harry reemplazándolas con las rosas que había cortado del jardín esa mañana—. Aquí tienes, cariño. Un ramo sorpresa para ti, gracias al clima templado. —Hemingway se acercó para olfatear el arreglo antes de rozar a Gertie con su nariz. Ella acarició sus orejas y rodeó su cabeza con los brazos, abrazándolo mientras las lágrimas se formaban en sus ojos. El perro se inclinó de forma instintiva hacia ella—. ¿Qué vamos a hacer, eh, chico? —susurró contra el pelo del animal.

Una brisa danzante se levantó a su alrededor, haciendo que Gertie tuviera que aferrarse a su sombrero mientras algunas de las últimas hojas se dispersaban por el cementerio como confeti. Un par de páginas de un viejo periódico, atrapadas por el viento, se levantaron en el aire, haciendo que Hemingway ladrara de emoción. Hemingway se levantó con un entusiasmo sorprendente, persiguiendo las hojas de papel como si fueran versiones gigantes de las mariposas que le gustaba perseguir con poco éxito. Esta vez, sin embargo, logró atrapar una de las grandes hojas con los dientes y se detuvo asombrado por su victoria, antes de gruñir y sacudirla en su mandíbula como si fuera una presa que necesitaba ser domada.

—¿Qué tienes ahí, perro bobo? —dijo Gertie divertida, agachándose para quitárselo. Hemingway gruñó, dudoso.

—¡Hemingway! —advirtió Gertie. El perro apartó la mirada como evaluando sus opciones antes de soltar las páginas medio masticadas a sus pies—. Gracias, creo —dijo Gertie, frunciendo la nariz y recogiéndolo con las puntas de sus dedos enguantados—. No queremos que comas periódico, ¿verdad? ¿Recuerdas lo que pasó cuando comiste esos caramelos de regaliz junto con la bolsa de papel? —Hemingway inclinó la cabeza como si recordara aquel viaje particular al veterinario.

—Vamos. Es hora de ir a casa.

Estaba a punto de doblar el periódico para tirarlo a la basura cuando vio la palabra «¡Ayuda!». Las letras que la rodeaban habían sido arrancadas por los dientes de Hemingway, pero al alisar el papel, el sorprendente texto saltó ante sus ojos:

HUMANIDAD A FAVOR

DEL RESCATE DE LOS JUDÍOS ALEMANES

¡AYÚDANOS!

ANTES DE QUE SEA DEMASIADO TARDE

Observó las palabras por un momento antes de mirar de reojo la tumba de Harry, los capullos de rosas rosas asintieron con la brisa. Gertie Bingham no era una mujer supersticiosa, pero creía haber estado en el lugar correcto en el momento adecuado. Puede llamarse destino o suerte, había sido una característica en la que había creído con mucho fervor la mayor parte de su vida. Ya fuera en su primer encuentro con Harry o cuando descubrió la tienda en la calle principal, Gertie siempre había seguido lo que su corazón le decía que hiciera. A veces la metía en problemas, pero invariablemente la llevaba a donde debía estar. Ahora que estaba de pie, sujetando el periódico y leyendo estas palabras, sabía lo que debía hacer. Además, sabía que Harry estaría de acuerdo con ella. Gertie se sintió tonta por no haberlo visto de inmediato. Doblando con cuidado el periódico, lo deslizó en el bolsillo de su abrigo.

—Vamos, Hemingway. Tenemos asuntos pendientes. —Volteó una vez más hacia la tumba—. Adiós, cariño. Nos vemos la próxima semana —se despidió, apresurándose hacia la reja mientras el viento se hacía más fuerte.

Aceleró el paso con Hemingway trotando a su lado. Cuando llegaron a casa, una lluvia ligera les pisaba los talones. Gertie entró rápido por la puerta, quitando las gotas de lluvia de su cabello mientras Hemingway se sacudía. Gertie encendió de inmediato la chimenea y tomó el teléfono. Esperó a que la pusieran en línea y se relajó al escuchar la voz responder.

—Habla usted a Purberry 4532.

—¿Charles? Soy Gertie.

—Gertie, me alegra escucharte. ¿Estás bien?

—Sí, gracias. He estado pensando en nuestra conversación de la otra noche.

Charles aclaró su garganta.

—Yo también lo he estado pensando. Lamento haberte puesto en una situación incómoda, Gertie. Has tenido un par de años terribles. Fue un error de mi parte pedirte eso. No necesitas a un extraño en tu casa. Deberías estar disfrutando tu merecido retiro.

—No, Charles. Me alegra que lo hicieras. Me has hecho darme cuenta de cosas importantes. Cosas que había perdido de vista.

—¿Y has llegado a una conclusión?

—Sí. He tomado una decisión. Quiero ayudar. Adoptaré a un niño, le daré un hogar y haré todo lo posible por él. Es lo menos que puedo hacer.

—¿Estás segura?

Gertie miró el rostro de Harry, sonriente en su fotografía de bodas, los ojos brillantes, llenos de esperanza.

—Nunca he estado más segura.

1939

4

Había una vez un hombre rico que tenía una esposa amable
y hermosa. Se amaban mucho, pero no tenían hijos.
Ansiaban desesperadamente tener un hijo y día y
noche la esposa rezaba y rezaba, pero no tenían éxito.

Los hermanos Grimm, «El enebro»

Gertie atravesó un arco de ladrillos sucios, deteniéndose en la parte superior del puente de vigas para contemplar el bullicio de la estación de Liverpool Street. Trató de imaginar cómo sería para un niño llegar solo y ver todo esto por primera vez. Los ornamentados pilares que elevaban la vista hacia el techo acristalado y el cielo encima ofrecían una nota de optimismo, si no fuera por el hecho de que cualquier luz quedaba oscurecida por una espesa capa de hollín. En realidad, toda la estación era oscura y sucia. Gertie observó con melancolía los empinados y sucios escalones que conducían al vestíbulo, donde un constante flujo de pasajeros se apresuraba hacia el tren de vapor que se estaba preparando para partir. El estruendo y el bullicio del espacio cerrado únicamente contribuían a la atmósfera lúgubre. Sólo se podía imaginar que los pobres niños, después de haber soportado un viaje largo y agotador, después de dejar atrás sus hogares y familias, estarían aterrorizados por completo.

Con paso lento, Gertie bajó por los escalones agarrándose del pasamanos para apoyarse. Ahora encontraba abrumador el bullicio de Londres. Ya habían pasado los días en los que disfrutaba de una excursión a Londres; un paseo por una galería de arte, tomar el té por la tarde con una amiga y, por supuesto, una visita a Cecil Court para ver a su tío Thomas.

Pisó el vestíbulo y se acercó al quiosco de caoba que vendía periódicos y libros de bolsillo. Gertie sonrió para sí misma al recordar la reacción explosiva de su tío el día que descubrió que Allen Lane iba a introducir los libros de bolsillo en el mundo.

—Es un ultraje a la esencia misma de nuestra sociedad civilizada, Gertie. Nada más, nada menos. Nunca tendrán éxito y el señor Lane quedará en ridículo. Ridículo, te lo digo yo.

El tío Thomas se mantuvo firme hasta que el editor le ofreció un trato muy favorable para probar algunos de esos volúmenes monstruosos. Al fin y al cabo, él era un hombre de negocios. Continuó vendiendo ambos formatos a sus clientes, pero se regocijaba en el hecho de que los libros de tapa dura seguían siendo la parte principal de su negocio.

—Intenté decírselo al señor Lane, pero estos editores de hoy en día creen que lo saben todo —solía decir a cualquiera que quisiera escucharle, ignorando de manera evidente el hecho de que esta innovación había cambiado para siempre el mundo de la lectura.

Gertie recorrió con la mirada el vestíbulo. Vio una pancarta que mostraba las palabras «Movimiento para el Cuidado de los Niños de Alemania», con una mesa instalada debajo, donde varias personas estaban sentadas con sus portapapeles listos. Reconoció a una de ellas como Agnes Wellington, la mujer que había venido a inspeccionar su casa unas semanas antes. Gertie se sentía tan nerviosa ahora como lo había estado entonces, cuando Agnes recorría habitación por habitación, observando todo con ojo crítico.

—¿Vives aquí sola?

—Bueno, está Hemingway —dijo Gertie, señalando al perro que ya se había avergonzado al recibir a la señorita Wellington con una sucesión de ladridos ensordecedores.

—Mmm —dudó Agnes, subiendo las escaleras—. ¿No tienes hijos?

La pregunta parecía, más que nada, un reproche.

—No —replicó Gertie, su voz era casi un susurro.

—¿Y cuál de estas habitaciones sería para el niño? —Gertie la llevó a una habitación con vistas al jardín.

—Pensé que sería agradable que él o ella tuvieran una linda vista. Por supuesto, redecoraré y ventilaré todo —aseguró abriendo las cortinas y levantando una nube de polvo en el proceso.

—¿Has pensado en las cuestiones prácticas de cuidar a un niño? ¿Podrías cuidar de un bebé, por ejemplo, o de un niño pequeño?

A Gertie se le secó la boca.

—No había pensado mucho en eso —admitió.

Agnes levantó una ceja.

—Probablemente sea hora de que lo hagas.

—Sí, claro —contestó Gertie—. Lo siento. Supongo que estaba pensando en un niño mayor, tal vez de catorce o quince años. Tengo una librería, así que sería maravilloso si le gusta leer.

No creía que fuera el momento de mencionar que estaba tratando de vender el negocio. Por la expresión en el rostro de esta mujer, su desaprobación hacia Gertie ya había alcanzado su punto máximo.

En efecto, Agnes gruñó a manera de reproche.

—Bueno, no podrás elegir. Estos niños están necesitados con urgencia. La pregunta es, señora Bingham, ¿puede satisfacer esa necesidad?

—Creo que sí.

—Creer no es suficiente. Lo que necesitamos es saber.

—Bien…, sé que puedo hacerlo.

—Muy bien. Nos pondremos en contacto.

Gertie llamó a Charles en cuanto Agnes se fue, en un estado de ansiedad.

—¿A quién viste? —preguntó él.

—A Agnes Wellington.

Él rio.

—Oh, no te preocupes por eso. Agnes puede ser un poco brusca, pero tiene buen corazón.

—Lo mantiene bien oculto. Me asustó a muerte.

—No te preocupes, Gertie. Estás haciendo una buena acción. Ella sólo tiene el deber con los niños, pero admito que se toma la responsabilidad muy en serio. —Volvió a reír—. Ojalá hubiera podido ver tu cara

—Hombre horrible. Tienes suerte de que te tenga tanto cariño.

—Te aseguro que el sentimiento es mutuo.

—Buenos días, señorita Wellington —exclamó Gertie, acercándose al escritorio—. Soy Gertie Bingham. Nos conocimos hace unas semanas. —Agnes levantó la vista de su lista. Llevaba puesto un sombrero campana que le quedaba un poco grande y su rostro mostraba una expresión seria. No dio ninguna señal de que reconociera a Gertie mientras escrutaba su lista.

—Bingham. Bingham. Ah, sí, aquí está. Gertrude Bingham. Recogerás a Hedy Fischer. El tren debería llegar en cualquier minuto. Por favor, espera junto a la barrera hasta que llamen tu nombre.

—Gracias —expresó Gertie con cierto alivio—. Estoy deseando conocerla, pero debo confesar que estoy bastante nerviosa.

Agnes levantó una ceja.

—Ten la seguridad de que estos pobres niños estarán mucho más nerviosos que tú.

—Por supuesto —tartamudeó Gertie—. Bueno. Esperaré allí.

Agnes frunció los labios como diciendo «hazlo».

Todo lo que Gertie sabía sobre Hedy Fischer era que tenía quince años y venía de Múnich. Una vez que obtuvo esta información, Gertie se tomó muy en serio los preparativos para su llegada. Contó con la ayuda de Betty, apenas mayor que Hedy, para asegurarse de que todo estuviera en orden. Betty eligió la pintura amarillo mantequilla y ayudó a Gertie a redecorar la habitación. También lavaron las cortinas, sacudieron la alfombra y eliminaron hasta la última partícula de polvo. Con mucho cuidado, seleccionaron algunos libros de la tienda que pensaron que a Hedy le gustarían y que además podrían ayudarla con su inglés. *El jardín secreto*, *Orgullo y prejuicio* y *Mary Poppins* fueron algunos de los seleccionados. Después de que Gertie los colocara con esmero en la repisa de la chimenea, ella y Betty se apartaron para admirar su trabajo.

—¿Crees que será feliz aquí? —preguntó Gertie.

Betty le lanzó una mirada de reojo.

—Si no lo es, puede venir a vivir a mi casa. Cambiaría encantada a mi hermano. ¡Sam es un cerdo!

—¡Betty! —expresó Gertie, riendo—. Gracias por tu ayuda, querida.

—Es un placer, señora Bingham. Y lo digo en serio. Hedy tiene mucha suerte de venir a vivir con usted.

Gertie le dio palmaditas en el hombro y esperaba, con fervor, que tuviera razón.

Ahora observaba cómo el tren de vapor se transformaba de un punto de humo en la distancia a una enorme bestia humeante que silbaba al detenerse junto al andén. El ruido era tremendo y, sin embargo, Gertie aún podía escuchar los sonidos de los niños; un murmullo de conversaciones, un grito angustiado, algunos sollozos lastimeros. Había muchas otras personas expectantes, en su mayoría mujeres, esperando detrás de la barrera junto a ella. Observaron cómo el personal de la estación avanzaba para abrir las puertas y un puñado de adultos emergían, guiando a cada pequeño grupo de niños hacia ellos. Gertie se sorprendió de inmediato por la gran variedad de edades. Iban desde bebés en brazos hasta niños y niñas que casi parecían adultos. Portaban todas las expresiones que Gertie podía imaginar. Algunos lucían emocionados como si se estuvieran embarcando en una aventura, otros parecían aterrados, con los ojos buscando por todos lados mientras absorbían el ruidoso caos. Algunos lloraban, con las bocas abiertas de par en par, lamentándose con una tristeza que partía el corazón de Gertie.

—Pobres criaturas —dijo una mujer de la multitud, expresando los pensamientos de todos los presentes, porque esto era, en verdad, lamentable. Todos los niños parecían tan perdidos y tan solos. Un fuego recién encendido de indignación se avivó en lo más profundo del alma de Gertie. ¿Quién podría hacerle algo así a este pobre y desdichado grupo de niños? ¿A niños, por amor de Dios? Obligarlos a abandonar sus hogares y a sus padres para venir a una tierra extraña sin saber qué les espera. ¿Qué tipo de demonio podía hacerle esto a unos niños?

Mientras los conducían por una salida lateral hacia una zona de espera, Gertie divisó una figura familiar que llevaba en brazos a un niño pequeño, que no debía tener más de cuatro o cinco años.

—¡Charles! —exclamó Gertie.

Él se giró y la saludó con la mano antes de pasar al niño que sostenía a otro voluntario y acercarse con prisa a ella. Gertie lo abrazó con fuerza.

—Me alegra tanto verte. No sabía que viajarías con este grupo en particular. ¿Cómo estuvo el viaje?

El rostro de Charles estaba pálido, su barbilla oscurecida con barba de varios días y sus ojos rodeados de sombras grises.

—Es un alivio estar al fin aquí —respondió con palabras que denotaban una lucha interior más profunda—. Dejar Alemania fue difícil, pero se volvió más fácil una vez que llegamos a Holanda. La gente allí fue increíblemente amable con nosotros e incluso les dieron chocolate a los niños. —Miró por encima del hombro—. Debo volver. ¿Cuál es el nombre del niño que vas a recoger?

—Hedy. Hedy Fischer —contestó Gertie, su voz llena de anticipación y un toque de nerviosismo.

Charles asintió.

—La encontraré.

Gertie lo observó mientras desaparecía de su vista. Había conocido a este hombre durante la mayor parte de su vida y, sin embargo, cuando lo vislumbraba en este mundo, adquiría una cualidad enigmática.

«Charles Ashford es un hombre que conozco mejor que a mí mismo», solía decir Harry. «Y sin embargo, hay momentos en los que es un completo misterio para mí. Y me agrada aún más por eso».

Agnes y su ejército de voluntarios con sus portapapeles en mano ya habían entrado en acción, presentando a los niños más pequeños a sus nuevas familias. La mayoría de ellos lucían confundidos mientras los guiaban hacia nuevas vidas con estos desconocidos. Un niño pequeño, con la maleta en mano, llamó la atención de Gertie, con su ceño fruncido mostrando una gran determinación. Ella le dedicó una sonrisa alentadora mientras él pasaba.

—¡Dios salve al Rey! —vitoreó con un acento alemán agudo, provocando risas entre los que estaban cerca.

Momentos después, Charles tocó el brazo de Gertie. Ella sintió un revuelo de nervios en el estómago mientras se giraba para mirarlo.

—Gertie Bingham, ella es Hedy Fischer —dijo él con la misma naturalidad como la de quien presenta a dos personas en una fiesta.

La chica que estaba frente a ella, con una mochila en la espalda, era casi de la misma altura que Gertie. Tenía el cabello castaño ondulado que le llegaba hasta los hombros y ojos del color de la melaza. Vestía un abrigo azul marino de lana con una bufanda color rosa y parecía tan cautelosa como un gatito acorralado contra un rincón.

Gertie extendió una de sus manos enguantadas.

—Mi nombre es Gertie Bingham y me alegra mucho conocerte —contestó notando que las manos de Hedy temblaban mientras aceptaba el saludo con un educado gesto de cabeza.

—Aquí están sus documentos, señora Bingham —indicó Agnes, quien apareció junto a ellos—. Puede recoger el equipaje de Hedy allí. Su maleta tiene una etiqueta con el mismo número que el de su abrigo y mochila. Luego pueden irse.

—Gracias —respondió Gertie.

—*Welche Nummer haben Sie*? —preguntó Charles cuando llegaron a las filas ordenadas de maletas alineadas contra una pared.

—*Neunundfünfzig* —dijo Hedy con una voz titubeante, levantando su etiqueta para que la inspeccionaran.

—Cincuenta y nueve. Perfecto —puntualizó Charles.

Mientras se alejaba para buscar entre el equipaje, Gertie entró momentáneamente en pánico. ¿Cómo iba a comunicarse con ella cuando él no estuviera presente? Buscó con frenesí en su mente algún conocimiento básico de alemán de cuando estaba en la escuela.

—*Neinundfünfzig*— se aventuró, señalando la etiqueta de Hedy—. *Ich bin neunundfünfzig Jahre alt.*

Hedy alzó las cejas en un acto de evidente sorpresa al ver que esta desconocida le compartía su edad sin problemas.

—Aquí está —dijo Charles, regresando con una maleta de color oliva—. ¿Podrán arreglárselas para regresar a casa? ¿Debería buscarles un taxi?

—Oh no. Estaremos bien, gracias, Charles —replicó Gertie en un tono despreocupado que, esperaba, ocultara su aprehensión.

—¿Estás segura? ¿Y la maleta? Es bastante pesada.

—Yo la llevo —respondió Hedy, acercándose para recogerla.

—Entonces ya están listas. Hedy es fuerte como un toro. Vamos a estar estupendamente, ¿verdad? —aseveró Gertie con una alegría forzada. La frente de Hedy se frunció con confusión.

Charles se rio.

—Fuerte como un toro es sólo una expresión que Gertie usa para decir que tú puedes cargar tu maleta, por si te lo preguntabas, Hedy. *Ausgezeichnet!*

La niña asintió con incertidumbre. Gertie sintió un vuelco en el estómago por la preocupación.

Gertie se había decidido a mantener las cosas ligeras y alegres por el bien de ambas, pero ahora parecía estar desconcertando a la pobre niña. Además, el pensamiento de viajar a través de Londres la ponía nerviosa. Gertie sabía que Charles las acompañaría si se lo pidiera, pero notó lo cansado que estaba. «Vamos, Gertie. Ahora no puedes evadir tu responsabilidad», se dijo a sí misma.

—Te llamaré por teléfono, Gertie —dijo Charles, inclinándose para besarle la mejilla—. Gracias por hacer esto. De verdad.

Gertie asintió, mientras sentía una oleada de valor provocada por las palabras de su amigo.

Charles miró a Hedy.

—*Schön Sie kennen zu lernen, Fräulein* Fischer.

—*Sie auch* —contestó Hedy con voz suave.

Charles tomó su sombrero con la mano y agachó la cabeza a modo de despedida antes de desaparecer entre la multitud, mientras Gertie luchaba contra las ganas de llamarlo para que regresara. Observó a Hedy, quien la miraba con expectación.

—Bien —dijo Gertie, el repentino peso de la responsabilidad la mareaba—. Es hora de ir a casa.

Gertie Bingham siempre se había enorgullecido de ser una mujer capaz. A pesar de estar cansada del caos de Londres, sabía perfectamente cómo moverse por la ciudad, pero estaba fuera de práctica. De inmediato se encontraron fuera de sincronía con las corrientes de gente, que parecían moverse en la misma dirección como un obstinado banco de peces, negándose a dejarles pasar. Por supuesto, su progreso se vio obstaculizado en cierta medida por Hedy. No sólo era por su equipaje, que resultaba tan grande como para ocupar el espacio de otra persona, sino también la desconfianza de la niña cuando se enfrentaba a todo, desde las escaleras mecánicas hasta los chirriantes vagones del tren, que llegaban volando desde ambos lados del andén. En una ocasión, un hombre chocó directamente con ella y en lugar de disculparse, gritó:

—¡Hey, mira por dónde vas!

—Espera un momento —exclamó Gertie con una indignación que la sorprendió—. ¿Cómo te atreves a empujar a esta pobre niña después de todo por lo que ha pasado? —Pero el hombre ya había desaparecido entre la multitud. El cuello de Hedy se enrojeció mostrando un tono color escarlata—. Está bien, querida —dijo Gertie—. Londres es muy concurrido. A veces la gente olvida sus modales. —Hedy no respondió, manteniendo la cabeza baja mientras un tren llegaba a la estación.

—Hola, déjeme ayudarle con eso, señorita —manifestó un joven desde dentro del tren, haciendo un gesto hacia la maleta de Hedy. Ella miró a Gertie en busca de aprobación.

—Ay, gracias —dijo Gertie. El vagón estaba lleno y no había asientos disponibles, pero dos hombres se adelantaron para ofrecerles sus asientos y Gertie aceptó con gracia—, ¿Ves, Hedy? ¿Ves, Hedy? Hay personas amables en el mundo.

Hedy no respondió. Gertie siempre se ponía nerviosa durante los períodos largos de silencio y ahora se sentía obligada a llenarlos con charla sin sentido.

—*Mein Deutsch is nicht gut* —dijo con alegría. Un hombre sentado frente a ella, con un sombrero de copa alta, que leía una copia del *Telegraph*, bajó el periódico para fruncir el ceño al escuchar el idioma ofensivo. Gertie se ruborizó al notar lo que había hecho—. Quizás sea mejor para ti si hablo en inglés. Te ayudará a aprender. —Hedy se le quedó mirando mientras Gertie iniciaba una extraña conversación unilateral—. Tengo una librería. ¿Te gustan los libros? —Hedy asintió ligera—. Bien. Eso es bueno. Compré algunos libros para tu habitación que pensé que te podrían gustar. Betty, mi asistente de venta de libros, me ayudó a elegirlos. Te va a caer bien Betty. Es muy amigable y no es mucho mayor que tú. —Hedy parpadeó ante ella—. Y también está Hemingway. Es mi perro. Vivimos en una casa pequeña, pero tenemos un jardín encantador. ¿Te gustan los jardines? A mí sí. Me gusta cultivar muchas flores. Las dalias son mis favoritas. ¿Te gustan las dalias? En verano, cortaré algunas para tu habitación. También cultivo verduras. Papas, cebollas, ejotes, ese tipo de cosas. Solía cultivar zanahorias, pero las moscas siempre se las comían. Son una molestia. Y me gusta cultivar col, pero tienes que cubrirlas, de lo contrario las palomas se las roban por completo. Es terrible.

Gertie notó cómo Hedy movía los labios pronunciando la palabra *col* y recordó la confusión anterior en su conversación con Charles.

—Oh, perdón, la col es básicamente como el repollo. O la coliflor…; también hay col de Bruselas, brócoli, verduras de primavera… —El ceño fruncido de Hedy se profundizó mientras intentaba comprender por qué esta extraña mujer estaba listando verduras. Gertie sabía que estaba hablando tonterías, pero parecía incapaz de detenerse. ¿De verdad le había estado hablando a esta niña sobre las dalias y las moscas de la zanahoria? Escuchó al hombre detrás del *Telegraph* hacer un ruido de desaprobación y cerró la boca hasta que llegaron a su parada.

Gertie guió a Hedy a través de la multitud hasta la estación donde tomarían su tren de conexión. El vestíbulo estaba lleno de un mar de hombres con sombreros altos de copa que regresaban de su jornada de trabajo. Gertie tuvo que luchar contra las ganas de sentarse en medio de ellos para descansar. Podía ver que Hedy también estaba luchando; su rostro mostraba un cansancio que le causó preocupación.

—Vamos —ofreció Gertie—, toma mi brazo. Nuestro tren ya está en la plataforma uno—. Hedy parecía dudosa, pero siguió las instrucciones. Gertie experimentó una pequeña sensación de victoria al descubrir dos asientos vacíos y se dejó caer en el más cercano al pasillo después de colocar la maleta de Hedy en el estante sobre sus cabezas.

—Debes sentarte junto a la ventana —sugirió Gertie—. Así puedes ver Londres en todo su esplendor.

Cuando el tren salió de la estación, Hedy se incorporó más en su asiento, cautivada por el río Támesis, que brillaba bajo el sol de la tarde, con la Catedral de San Pablo como un faro en la distancia, mientras Gertie señalaba los lugares más populares con su dedo. Hedy permaneció en silencio, con la mirada fija en las imágenes que pasaban rápidamente mientras la parte industrial de Londres daba paso a terrazas de ladrillo residenciales con jardines bien cuidados. Gertie agradeció ser capaz de sumergirse en un sueño pacífico, cerrando los ojos por un momento, preguntándose y preocupándose por lo que el futuro podría deparar. No podía creer del todo que esta niña ahora estuviera a su cargo. Entrecerró los ojos y notó a Hedy mirando por la ventana, mordiéndose el labio como si tampoco pudiera creerlo del todo.

Cuando salieron de la estación un rato después y caminaron un poco hacia casa, Gertie sintió un cosquilleo de orgullo al pasear por su vecindario. Observó al señor Travers, el antiguo frutero de Beechwood, que les levantó el sombrero a manera de saludo; Gertie respondió moviendo alegre la mano.

—Creo que te gustará Beechwood. Todos son muy amigables —admitió, dejando de lado por el momento los pensamientos que le recordaban el probable antagonismo de la señorita Snipp o el chismorreo insignificante de la señorita Crow.

Miró a Hedy, pero los ojos de la niña permanecieron fijos hacia adelante como si estuviera en trance. «No es de sorprender», pensó Gertie. «La pobre niña debe estar exhausta».

Al doblar la esquina para llegar a su calle y caminar por el sendero del jardín hasta la puerta principal, el cuerpo de Gertie se llenó de alivio. Siempre había amado su pequeña casa con la puerta color verde bosque y rosas en el jardín. Esperaba que Hedy la encontrara tan acogedora como ella. Gertie se apartó para dejarla pasar hacia adentro.

—Bienvenida a tu nuevo hogar —exclamó tratando de interpretar la expresión de la niña, mientras Hedy miraba a su alrededor, desconcertada. Fueron interrumpidas por Hemingway, que salió corriendo del salón para saludarlas. Gertie agarró su collar mientras Hedy daba un paso atrás—. Tranquilo, Hemingway. Esa no es forma de saludar a las invitadas. —Extendió una mano hacia Hedy—. No te preocupes, cariño. En realidad, es como un gran oso.

Hedy miró al perro por un momento antes de arrodillarse y abrazar su cuerpo peludo, recibiendo una respuesta frenética que se reflejó en el movimiento de cola del perro.

—Me encantan los perros —susurró.

—Creo que has hecho una nueva amiga, Hemingway —comentó Gertie, animada por su encuentro—. ¿Te gustaría ver tu habitación antes de que preparemos algo de té?

—Por favor —dijo Hedy.

Gertie se decía a sí misma que las respuestas monosilábicas de Hedy eran de esperarse. La niña había dejado su hogar y llegado a una tierra extraña después del viaje más arduo del mundo.

«Tienes que seguir adelante, Gertie», pensó, escuchando las palabras que su madre le decía cada vez que la vida le presentaba un desafío. «Encontrarás una manera».

—Sígueme —dijo, guiando a Hedy escaleras arriba hasta el dormitorio recién pintado. Encendió la lámpara de la mesita de noche, encantada de lo acogedor e invitador que lucía el cuarto, bañado en un cálido resplandor albaricoque—. Aquí es —afirmó colocando la maleta de Hedy en la cama. Hedy observó la habitación sin hacer comentarios, así que Gertie continuó—. Espero que estés muy cómoda aquí. Betty y yo intentamos elegir colores agradables. Ah, y estos son los libros de los que te hablé —agregó señalando la repisa de la chimenea. Como no hubo respuesta, Gertie intentó hacer un comentario gracioso para aligerar el ambiente—. Sacudimos la alfombra hasta su último suspiro. —Hedy frunció el ceño, confundida—. Para deshacernos del polvo —explicó, sintiendo cómo el rubor subía a sus mejillas. «Por el amor de Dios, Gertie Deja de hablar».

—Ah —exclamó al fin Hedy—. Gracias.

Gertie no esperaba que Hedy brincara de agradecimiento, pero esperaba algo un poco más efusivo. Se dijo a sí misma que un gracias sería suficiente por ahora.

—Voy a preparar el té —dijo—. ¿Por qué no desempacas tus cosas y bajas cuando estés lista? —Gertie se acercó a la puerta.

—¿Disculpa? —preguntó Hedy.

—¿Sí?

—Estoy muy cansada. Creo que voy a dormir ahora.

Era una afirmación más que una pregunta.

—Por supuesto —contestó Gertie—. Pero, ¿qué hay de la cena? Iba a tostar unos bisquets para nosotras.

Hedy no parecía interesada o quizás no sabía qué eran los bisquets, ya que respondió sin dudar:

—No tengo hambre.

—Oh —dijo Gertie—. Bueno, si estás segura.

Hedy asintió.

—Pero por favor, espera —pidió metiendo la mano en su mochila. Sacó un sobre y un pequeño paquete envuelto en papel marrón atado con una cuerda roja. Le entregó ambos a Gertie—. Mi madre te envió una carta y *ein Geschenk*, un regalo para ti.

Gertie desató el nudo del paquete y sacó un libro de tapa dura de color ciruela.

—«*Kinder und Haus-Märchen?*» —leyó, buscando la ayuda de Hedy para pronunciarlo.

—«*Märchen*» —corrigió Hedy—. «*Gesammelt durch die Brüder Grimm*».

—Oh. Es un libro de cuentos populares de los hermanos Grimm. ¡Qué maravilla!

Hedy asintió.

—Mi madre pensó que te gustaría, a ella también le gustan los libros.

Gertie sostuvo el libro contra su pecho.

—Gracias. En realidad eso es muy amable de su parte. Tal vez sugiera a Betty que elija esto para nuestro próximo club de lectura. Quizás te gustaría ir, aunque es probable que tengamos que leerlo en inglés. —Gertie soltó una pequeña risita. Hedy no dijo nada y juntó las manos, observando a Gertie, claramente deseando que se fuera—. Buenas noches entonces —se despidió Gertie, caminando hacia la puerta.

—Buenas noches. —Respondió Hedy, dándole la espalda.

Mientras Gertie preparaba el té y tostaba los bisquets para ella sola, podía oír a Hedy moverse arriba. Era extraño, sobre todo después de haberse acostumbrado a años de un silencio que resonaba con fuerza desde la muerte de Harry; y era aún más extraño tener a esta desconocida en su hogar.

—Mañana será un mejor día —le dijo a Hemingway, quien bostezó en respuesta. Llevó la bandeja de té al salón, colocándola en la mesita frente a la chimenea y se hundió en su sillón. Observó las llamas saltar y bailar por un momento antes de sacar la carta que Hedy le había dado. Estaba escrita con una elegante caligrafía y un inglés impecable.

Freising, 2 de marzo de 1939

Estimada Señora Bingham:

Le escribo para agradecerle por aceptar cuidar de mi hija, Hedy. Ella es inteligente y amable, a veces obstinada y siempre llena de opiniones, pero sé que trabajará duro en cualquier tarea que usted le encomiende. Es una niña buena con un buen corazón. No sé si usted es madre, señora Bingham, pero sé por sus acciones que es una mujer amable, así que creo que comprenderá cuando le digo lo difícil que ha sido enviar a nuestra hija lejos de nosotros. En estos momentos estamos atravesando una situación muy difícil, pero sigo siendo optimista, pensando que habrá días mejores en el futuro.

Por supuesto, seguiré escribiéndole a Hedy a la dirección de su casa. Tenemos la esperanza de poder reunirnos con ella en Inglaterra pronto. Una vez más, le agradezco su desinteresada amabilidad. Son personas como usted las que me hacen creer que aún hay bondad en el mundo.

Atentamente,
Else Fischer

Gertie contempló el fuego, sintiendo como si todo su cuerpo estuviera hecho de plomo. Cerró los ojos por un momento, la respiración tranquila de Hemingway a sus pies la arrulló hasta quedarse dormida. Despertó un tiempo después para descubrir que el té y los bisquets se habían enfriado y que el perro había desaparecido. La casa estaba en silencio; se levantó con rigidez de su silla y subió las escaleras. La puerta de la habitación de Hedy estaba entreabierta y vio a la niña, aún vestida, durmiendo profundamente en su cama con Hemingway en el suelo junto a ella, montando guardia. La frente de Hedy estaba fruncida como si sus preocupaciones la hubieran seguido hasta sus sueños. Gertie observó el rostro de la niña por un momento y fue consciente de una sensación a propósito olvidada pero familiar que se reavivaba dentro de ella. Si Else Fischer no podía estar aquí por el momento, Gertie debía asumir ese papel. Tomó una manta de la silla en la esquina de la habitación y la colocó con cuidado sobre el cuerpo dormido de Hedy.

—Que descanses —susurró antes de salir de la habitación en puntitas.

5

¡Declaro después de todo que no hay goce igual que la lectura!
¡Uno se cansa cuanto antes de cualquier otra cosa que no sea un libro!
Cuando tenga una casa propia, seré miserable
si no tengo una biblioteca excelente.

Jane Austen, *Orgullo y prejuicio*

Gertie estaba segura de que había cometido un terrible error. Su vida tranquila y ordenada había sido volteada de cabeza de un día para otro y no le gustaba en absoluto. Despertaba durante la noche al escuchar el crujido de las tablas del suelo, los hombros tensándose de miedo, convencida de que había un intruso en la habitación de al lado antes de poder recordar. O entraba en el salón, lista para dejarse caer en su sillón con una taza de té, después de un largo día, y encontraba a Hedy acurrucada y durmiendo allí. La niña parecía tener la habilidad única de dormitar como un gato a cualquier hora del día. Algunas mañanas Gertie ni siquiera la veía antes de que se fuera a la librería. Sin tener experiencia con chicas de quince años, aparte del lejano recuerdo de haber sido una ella misma, Gertie no tenía idea si este era un comportamiento normal. Desesperada, recurrió a Betty en busca de un consejo.

—Ah sí, yo solía dormir durante días y días cuando tenía esa edad. Mi madre se volvía loca —dijo Betty mientras reabastecían la sección de poesía.

—Bueno, eso es un alivio. Me preocupaba aburrirla. Es muy callada.

—¿Cómo está su nivel de inglés?

—Mejor que mi alemán, pero nunca hablamos más allá de las cortesías habituales —dijo Gertie, deslizando un delgado volumen de *Sonetos* de Shakespeare en el estante—. «¿Cómo has dormido? ¿Quieres té? Qué día tan bonito…» y así. Parece que lo más que puedo obtener de ella es el «sí» que hace al mover la cabeza.

—Aún es pronto, señora B. Debe ser un tremendo shock que te aparten de tu familia y amigos. Es probable que sólo tenga nostalgia, tal vez extraña su hogar.

Gertie suspiró.

—Seguro tienes razón. Sólo me preocupa no poder ofrecerle suficiente emoción como la que una chica joven necesita.

—Bueno, estoy segura de que eso no es cierto, pero aquí hay una idea. Barnaby y yo iremos a dar un paseo por Kent durante el fin de semana. Ella podría venir con nosotros. También invitaré a mi hermano Sam. Siempre y cuando usted dé su permiso, por supuesto.

Gertie se sorprendió. A decir verdad, le vendría bien un descanso de los incómodos intercambios monosilábicos con Hedy. Por otro lado, ¿sería del todo apropiado permitir que esta joven saliera con Betty y dos hombres jóvenes? Al final, Gertie decidió que no había nadie en quien pudiera confiar más que en su asistente de venta de libros.

—Sería agradable para ella pasar tiempo con personas más cercanas a su edad — razonó.

—Entonces está decidido. La recogeremos a las once —señaló Betty.

—Gracias, querida. Por cierto, estoy encantada de que las cosas vayan bien entre tú y el señor Salmon. Es un buen joven.

A Betty le brillaron los ojos.

—Me alegra que usted también lo piense, señora B.

El domingo por la mañana, Gertie tocó la puerta de Hedy pasadas las ocho.

—Buenos días, querida. Estoy preparando el desayuno para nosotras. Algo para que empieces bien el día antes de que salgas con Betty. —Hubo un gruñido al otro lado de la puerta—. Estará listo en aproximadamente media hora —Pasó media hora y Hedy no apareció. Gertie se paró al pie de las escaleras—. ¡Hora de desayunar! —exclamó con una impaciencia apenas disimulada. Un minuto después, escuchó a Hedy bajar las escaleras haciendo ruido. Llevaba puesta su bata y su cara mostraba una mueca de desagrado al sentarse en la mesa. Gertie colocó el plato frente a ella—. *Kippers* —expresó—. Son una exquisitez inglesa.

Hedy miró el plato, confundida.

—No tengo hambre —murmuró.

—Tienes que comer. —Gertie trató de imponerse—. Y no podemos desperdiciar comida.

Tomó su cuchillo y tenedor y comenzó a atacar el pescado gomoso. Al llevar un bocado a su boca, sus ojos se abrieron de par en par. Había olvidado lo llenos de espinas que estaban. Era como si su boca estuviera llena de cuero ahumado.

—Permíteme. —Se levantó apresuradamente y salió de la habitación. Cuando regresó, el plato de Hedy estaba vacío y Hemingway se veía más que satisfecho.

—Delicioso —dijo Hedy con una expresión inocente.

—Intenté darle *kippers* de comer, Charles —se lamentó por el teléfono después de que Hedy se fuera—. Ni siquiera a mí me gustan los *kippers*. ¿Qué me pasa?

—Nada, Gertie. Estás haciendo todo lo posible. Quizás estás intentándolo demasiado. Tomará un tiempo acostumbrarse a tener a otra persona en la casa, y también es difícil para Hedy.

—Lo sé, lo sé. Lo siento. Necesito darle tiempo, pero sabes lo impaciente que soy.

—¿Eres impaciente, Gertie Bingham? —bromeó Charles—. No tenía idea.

Gertie rio.

—Ya basta de hablar de mí. ¿Cómo estás tú?

—Ocupado. Vuelvo a Alemania la próxima semana para ayudar a traer otro grupo de niños.

—Eres un buen hombre, Charles Ashford.

—Y tú eres una buena mujer, Gertie Bingham. Dale tiempo a Hedy. Todavía se están conociendo. Ha pasado mucho tiempo desde que compartiste tu espacio vital con alguien más. Serán amigas cercanas en poco tiempo.

—Espero que tengas razón.

—Confía en mí. Te conozco.

Gertie sintió que Charles tenía razón al menos en esa parte. Siempre había sentido que Charles Ashford la conocía mejor de lo que ella misma se conocía. Era como si pudiera ver a través del alma de las personas. Su hermano, Jack, lo resumió a la perfección cuando Gertie los presentó en el opulento lujo del restaurante River, del Hotel Savoy, años atrás.

—Es extraño, pero siento como si ya te conociera de antes —confesó mientras se estrechaban las manos—. O más bien, que tú ya me conoces a mí.

Habían ido a celebrar el vigésimo cuarto cumpleaños de Gertie. Sus padres estaban fuera de la ciudad, asistiendo al funeral de un pariente lejano, así que Jack fue el chaperón de

Gertie. Ella había tenido que tragarse su irritación y persuadido a su padre para que la dejara invitar a Charles para formar un grupo de cuatro con Harry.

La velada no había sido el éxito rotundo que Gertie esperaba. Animada por su madre, había llevado un deslumbrante vestido de seda color crema adornado con cascadas de glicinas lilas y follaje verde salvia, algo atípico para ella. Se había sentido como una emperatriz mientras entraban con elegancia por la puerta del Savoy, pero se había molestado de inmediato cuando Harry no le dijo que se veía maravillosa. Él estaba ocupado ajustándose el cuello del traje de noche que le había pedido prestado al hermano de Charles, evidenciando su incomodidad y proclamando su asombro por lo caro que era todo.

Al final de la noche, cuando Harry fue a buscar sus abrigos y Jack desapareció de forma predecible en el Bar American, tras ver a un viejo amigo. Charles se acercó a ella para preguntarle si había disfrutado la velada. Gertie miró sus cautivadores ojos azules y le reveló su secreto: le dijo que que aún era muy joven, que Harry parecía tan incómodo en este mundo y que le preocupaba que la vida estuviera avanzando demasiado rápido hacia la inevitabilidad del matrimonio. Casi sin aliento, terminó de hablar. Charles sonrió con amabilidad cautelosa mientras hablaba.

—Mi querida Gertie, no puedo decirte qué hacer, pero esto es lo que lo sé. —Gertie enderezó los hombros, lista para escucharlo—. En primer lugar, y confieso que envidio un poco este hecho, no recuerdo haber conocido nunca a una pareja que encaje de forma tan perfecta como ustedes dos. Y, en segundo lugar, puedo decir con toda sinceridad, con la mano en el corazón, que no encontrarás hombre más amable, honesto y noble en ningún otro lugar que Harry Bingham.

—Vaya, eso fue un momento estresante. Pensé que habían perdido tu chal, Gertie —confesó Harry al regresar del guardarropa. Cuando sus ojos se encontraron, Gertie se dio cuenta de dos cosas: que nunca encontraría a un hombre que la amara tanto como él, y que Charles Ashford siempre le diría la verdad.

—Sí confío en ti, Charles —aseveró ahora por teléfono—. Y haré todo lo posible por ser paciente.

—Serás maravillosa, Gertie. Siempre lo eres.

Más tarde, Gertie entró en la habitación de Hedy para quitar el polvo. Quedó impresionada por la forma en que su huésped había tendido la cama, con las esquinas dobladas ordenadamente, las almohadas esponjadas y el edredón alisado. Estaba claro que Else Fischer había enseñado muy bien a su hija. Gertie también se alegró de ver el ejemplar de *Orgullo y prejuicio* boca abajo en la mesita de noche, aunque no pudo resistir la tentación de separar la página que leía Hedy con un listón que encontró en la mesita antes de cerrarlo de nuevo. La versión del infierno de Gertie era una habitación llena de libros con los lomos agrietados.

Mientras pasaba el plumero por las cornisas, Gertie vio la fotografía. Al ver que el hombre que la miraba tenía la misma mirada clara que Hedy, Gertie supuso que debía de ser su padre cuando era joven. Se fijó en su espeso bigote, en su fuerte mandíbula y en su barbilla inclinada hacia adelante en una pose que mostraba seguridad; pero también vislumbró una bondad brillante detrás de sus ojos. Sin embargo, lo que la perturbó fue el hecho de que llevaba puesto un uniforme del ejército. Un uniforme del ejército alemán.

Gertie se dejó caer en la cama con la fotografía en la mano. Podía ser una ingenua, pero nunca se le había ocurrido que el padre de Hedy hubiera sido un soldado en la Gran Guerra, que podría haber luchado y matado a soldados ingleses. Soldados ingleses como su hermano Jack. Gertie miró fijamente sus ojos. No parecía un asesino. Si no fuera por el casco

Pickelhaube y la bayoneta a su lado, parecía el tipo de hombre que te ofrecería su asiento en un tren o te ayudaría con tu equipaje. Un hombre común. Un esposo. Un padre. La historia solía retratar a las personas como héroes o villanos, pero Gertie sabía por experiencia que la vida era mucho menos definitiva. Obligaba a los seres humanos a moverse entre un evento y otro como pequeñas rocas en el mar. Lo único que podías hacer era lidiar con el mundo que te rodeaba. Luchar o huir, proteger a tus seres queridos y tratar de sobrevivir. Era todo lo que cualquiera podía hacer. Pasó el plumero por los bordes exteriores del marco, lo volvió a colocar en la mesita de noche y salió de la habitación, cerrando la puerta tras de ella.

Cuando Hedy regresó más tarde, fue Sam quien la escoltó hasta la puerta. Gertie vio el coche estacionado frente a la casa y se levantó de su asiento, casi tropezando con Hemingway, que tenía mucha prisa por saludar a los visitantes.

—Buenas tardes, señora Bingham —exclamó Sam, inclinando su sombrero a manera de saludo. Gertie había visto al hermano de Betty con anterioridad, una vez, cuando pasó por la librería. Tenía un aire cortés y una apariencia juvenil que le recordaba un poco a Jack—. Le traigo a Fräulein Fischer.

Hizo una reverencia hacia Hedy. Gertie notó un rubor en sus mejillas que no estaba ahí esta mañana.

—*Vielen Dank, Herr Godwin* —dijo Hedy, cruzando la puerta.

—*Bitte schön* —respondió él con una sonrisa.

—¿Tuviste un buen viaje? —preguntó Gertie.

Sam miró a Hedy.

—Bueno, señorita Fischer. ¿Qué opinas?

—Fue estupendo —declaró Hedy triunfal.

Sam y Gertie rieron.

—Hemos estado ayudando a Hedy con su inglés, aunque en realidad no lo necesita —dijo.

—Vamos, Samuel —llamó Betty desde el coche—. No hagas que la señora B se quede en la puerta todo el día.

Sam hizo una mueca.

—Me dijo Samuel en lugar de Sam. Eso significa que estoy en problemas. —Hizo una reverencia elegante—. *Schön dich kennenzulernen*, Hedy. Un placer verla de nuevo, señora Bingham.

—Igualmente, Sam. Gracias por tu amabilidad de hoy. Hedy, ¿te acordaste de darle las gracias a Betty?

Un leve fruncido apareció en el rostro de Hedy.

—Por supuesto.

—Hasta luego —se despidió Sam—. Espero verte la próxima semana en el cine.

—Adiós, Sam —contestó Hedy con una sonrisa.

—¿Un viaje al cine? —preguntó Gertie mientras los despedían.

—Sí —expresó Hedy, con la sonrisa desapareciendo de su rostro—. Betty me invitó.

—¡Oh! Eso suena encantador.

—Sí —Hedy ya estaba subiendo las escaleras.

—Me encantaría saber sobre tu día —solicitó Gertie—. ¿Quizás tomando algo de té?

Hedy no se dio la vuelta.

—No, gracias. Estoy muy cansada —continuó subiendo las escaleras con Hemingway siguiéndola.

Gertie se quedó parada al pie de las escaleras por un momento, mientras la sombra de la soledad descendía sobre ella. Anhelaba seguir a Hedy, preguntarle sobre el viaje, compartir su alegría, pero algo se lo impedía. Gertie sabía que no era suficiente para Hedy. Ella era una mujer desaliñada y mayor, que cocinaba *kippers* y no recordaba cómo divertirse. ¿Por qué esta joven querría pasar tiempo con ella? Charles afirmaba que tomaría tiempo para que se hicieran amigas, pero Gertie no podía imaginar que eso sucediera alguna vez. Además, existía una buena posibilidad de que la familia de Hedy se uniera a ella en Inglaterra y entonces su papel como anfitriona habría terminado. Tal vez era mejor que su relación permaneciera lejana, fugaz. Como barcos que se cruzan durante la noche.

Una atmósfera tan opresiva como la de la niebla de Londres se instaló en la casa esa noche. Gertie se sentó sola en la sala sin siquiera la compañía de Hemingway. Hedy no bajó de su habitación, a pesar de la insistencia de Gertie de que necesitaba comer. La chica era terca. Obstinada, como su madre había advertido en su carta. Gertie reconocía a una chica similar en su pasado lejano, pero no podía decir que disfrutaba compartir la casa con ella.

Hedy ni siquiera le deseó las buenas noches a Gertie, así que Gertie se fue a la cama sintiéndose desanimada. Ni siquiera el volumen de emergencia de Wodehouse, que tenía junto a su cama para días como estos, podía consolarla esa noche. Todas las historias de las travesuras de Bertie fueron hechas de lado y reemplazadas por pensamientos febriles de que Gertie había cometido un error. Rezó para que los esfuerzos de Else Fischer por traer a su familia a Inglaterra y reunirse con su hija se cumplieran cuanto antes.

Eventualmente, Gertie se quedó dormida pero despertó poco después de la una de la mañana, por un grito de miedo que atravesaba la oscuridad. Al principio pensó que eran zorros en el jardín, pero luego escuchó una voz desesperada pidiendo ayuda y se dio cuenta de que venía de la habitación de Hedy. Gertie se puso las zapatillas y se envolvió en su bata antes de salir al pasillo y asomarse por la puerta entreabierta. La luna llena proyectaba una luz lechosa a través de una rendija en las cortinas, iluminando el rostro ansioso de Hedy. La chica murmuraba para sí misma, dando vueltas con inquietud en su sueño. Hemingway, que ahora parecía haber asumido un papel a tiempo completo como protector de Hedy, estaba despierto, con los ojos fijos en ella, listo para atacar a cualquier enemigo que pudiera surgir de sus sueños. Los gemidos de Hedy se volvieron más fuertes hasta que gritó.

—¡*Nein, nein, nein! Lass meinen Bruder gehen!*

Gertie reconoció las palabras gracias a su alemán de la escuela.

«¡Deja ir a mi hermano!».

Hemingway ladró y Hedy despertó de golpe, frotándose los ojos. Bajó las manos para abrazar la enorme cabeza del perro mientras sollozaba.

—*Hemingway, du bist mein bester Freund. Danke. Danke!* Eres mi mejor amigo.

Gertie regresó sigilosamente a su habitación. El crudo eco de ese lenguaje le recordó que tenía una alemana viviendo bajo su techo. Los alemanes eran sus enemigos y, sin embargo, ella era tan sólo una niña. Una niña que sentía dolor. Gertie estaba acostumbrada a escuchar el alemán a gritos de Hitler en los fragmentos de sus discursos transmitidos por la radio, pero esto era diferente. Hedy no tenía nada que ver con la Alemania de las botas altas y el fascismo. Gertie dio vueltas en la cama durante el resto de la noche, avergonzada de haber permitido que una intolerancia arraigada saliera a la superficie de su ser. Finalmente se quedó dormida alrededor de las cinco y se despertó un par de horas más tarde con un inesperado sentido de propósito.

A las ocho en punto, Gertie llamó a la puerta de Hedy.

—¿Te gustaría venir a la librería hoy? Betty está dirigiendo la reunión del club de lectura más tarde y van a discutir *Orgullo y prejuicio*. Tal vez puedas compartir tus pensamientos sobre la historia. —Del otro lado de la puerta reinaba un silencio total.

Gertie se quedó helada, dándose cuenta de que, sin percatarse, reconoció el hecho de haber entrado a la habitación de Hedy—. Estaba limpiando el otro día y noté que lo estabas leyendo —añadió con un gesto de dolor.

El siguiente sonido que Gertie escuchó fue un gemido poco entusiasta y el sonido de dos pies tocando el suelo. Momentos después, Hedy abrió la puerta un poco.

—Sí —dijo—. Me gustaría. *Danke.*

Los hombros de Gertie se relajaron un poco.

—Espléndido. Prepararé el desayuno para nosotras.

—¿Le puedo pedir un favor, señora Bingham?

—¿Sí?

—No haga *kippers* hoy.

Gertie vio un destello de travesura en sus ojos.

—Oh, pero creí que habías dicho que estaban deliciosos.

Hedy encogió los hombros.

—Deberíamos guardarlos para ocasiones especiales.

Gertie frunció los labios con una sonrisa.

—Entonces té y tostadas será.

—Debo decir que su nueva huésped es encantadora —aseveró la señora Constantine, mirando hacia donde Betty y Hedy estaban colocando sillas para la reunión del club de lectura—. Es una buena mujer por ofrecerle refugio, señora Bingham. Fue la amabilidad de los desconocidos la que me salvó cuando llegué por primera vez a este país.

—No puedo evitar pensar que estaría mejor con una familia adecuada —señaló Gertie mientras envolvía la última novela de Agatha Christie de la señora Constantine en papel café.

—¿Una familia adecuada, dice? ¿Y qué es exactamente eso?

—La señora Constantine miró fijo a Gertie, sus ojos brillaban como zafiros.

—Oh, no lo sé. Algún lugar con una madre y un padre, tal vez algunos hermanos —respondió Gertie.

La señora Constantine le lanzó a Gertie una mirada irónica.

—A veces, lo que estás buscando está justo frente a tus narices.

Gertie la miró con asombro.

—Nunca me atrevería a actuar como madre de Hedy y sé que ella lo odiaría —afirmó recordando la mirada que Hedy le había dado cuando de forma educada le sugirió que quitara los codos de la mesa durante el desayuno.

—Querida señora Bingham, nadie le está pidiendo que asuma ese papel. Todo lo que cualquiera necesita, sobre todo en estos tiempos oscuros, es amabilidad humana.

Gertie miró a Betty y Hedy, que estaban riendo juntas.

—Sé que tiene razón, pero no puedo evitar pensar que Hedy necesita estar rodeada de personas de su edad.

—Bueno, ¿por qué no la inscribe a la escuela Santa Úrsula? Conozco a una niña que vino de Polonia y estuvo allí por un tiempo. La directora es una mujer maravillosa.

Los ojos de Gertie se abrieron de par en par.

—Señora Constantine, es usted brillante. Conozco a la señorita Huffingham. La llamaré más tarde.

La anciana asintió aprobando, tomó el paquete envuelto en papel y se dirigió hacia la parte trasera de la tienda.

—Bueno, chicas —dijo—, me emociona mucho el debate. Me considero tan obstinada y testaruda como la señorita Elizabeth Darcy.

Gertie observó cómo llegaban los demás. Por fortuna, la señorita Snipp no estaba presente debido a una cita con el médico, por sus juanetes. La señorita Pettigrew acudía de nuevo y, en apariencia, había leído el libro correcto esta vez, mientras que el señor Reynolds se había recuperado de su resfriado y le hablaba a una desconcertada Hedy acerca de su colección de gorras prusianas del siglo XVIII.

—Son artefactos ornamentados de manera increíble —señaló, sacudiendo la cabeza asombrado—. Como la mitra de un arzobispo.

—Entonces te dejo a cargo, Betty —indicó Gertie recogiendo sus cosas—. Vamos, Hemingway.

El perro miró a Gertie desde su posición, a los pies de Hedy, antes de volver a cerrar los ojos para continuar con su siesta de la tarde.

—Él puede quedarse conmigo —propuso Hedy.

—Oh —dijo Gertie sorprendida—. ¿Estás segura?

Hedy asintió.

—Y yo puedo acompañarlos a casa, señora B. No se preocupe. Estaremos bien —aseguró Betty.

—De acuerdo —contestó Gertie—. Gracias. Nos vemos luego, entonces.

Se despidió mientras escuchaba el eco de sus conversaciones y risas en sus oídos.

—Siento que soy bastante prescindible —le contó a Harry más tarde mientras colocaba el delicado ramo de prímulas de un suave color limón sobre su tumba—. Hedy parece conectar con todos menos conmigo. No sé cómo hablarle. ¡Ay, Harry!, todo esto sería mucho más fácil si estuvieras aquí. Sabrías con exactitud qué decir, nos animarías a todos y... —Su voz se fue apagando mientras el dolor del pasado volvía a aflorar en su pecho—. No puedo evitar pensar que no hubiera sido una gran madre después de todo.

Las lágrimas brotaron de la nada mientras recordaba los interminables embarazos fallidos que había tenido y, en particular, el último.

Gertie lo había mantenido en secreto, incluso a Harry. Este secreto le asustaba un poco y quería asegurarse de que todo estuviera bien antes de decírselo. Gertie se había familiarizado con el reconocimiento de las señales de que estaba esperando un bebé. Siempre parecía desarrollar un apetito voraz y la fatiga la envolvía como una gran ola. Durante uno de los embarazos, experimentó un antojo incontrolable por los bisquets calientes con mantequilla. Otra vez, desarrolló un inexplicable deseo de oler las encuadernaciones de los libros de tapa dura.

En esa ocasión, Gertie experimentaba náuseas leves y parecía haber desarrollado una debilidad por el regaliz, así que no fue evidente de inmediato, pero ella lo sabía. Reconocía la sensación de su cuerpo cambiando en preparación para la nueva vida que crecía dentro de ella como una semilla en tierra cálida. Se imaginaba a la miniatura dentro de ella exactamente de esa manera. Una pequeña semilla germinando, lista para brotar en vida. Todo lo que ella tenía que hacer era proporcionar los nutrientes y el refugio para que eso sucediera. Por supuesto, ahí radicaba el problema.

«Es la naturaleza siendo cruel». Solía decir Harry mientras lamentaban la pérdida de otro hijo. «Serías una madre maravillosa. Pero mientras nos tengamos el uno al otro no necesito nada más».

El maravilloso Harry. Él hacía sentir tan feliz a Gertie, pero a pesar de sus palabras suaves y su amabilidad, ella se culpaba a sí misma. Así que aquella vez estaba cuidándose de manera extra especial: como una madre gallina en su nido, quedándose siempre cerca del gallinero. Un día fue de compras como de costumbre y después del almuerzo se tomó su habitual siesta de la tarde. Tenía un ejemplar de *Una habitación con vistas* que Harry recién le había traído de la biblioteca y empezó a leer. Rápido sintió cómo sus párpados se volvían pesados y dejó el libro a un lado, permitiendo que un delicioso sueño la envolviera. Despertó horas después al oír la puerta principal abrirse.

—¡Hola! —exclamó Harry.

Gertie se incorporó bruscamente en la cama cuando un agudo calambre le punzó el abdomen. «Es indigestión», murmuró para sí misma. «Sólo es indigestión». Se maldecía a sí misma por haber dormido tanto tiempo. Gertie quería esperar a Harry cuando llegara a casa, sentada en la mesa de la cocina, lista para compartir su precioso secreto. Colocó los pies en el suelo, sintiendo dolor mientras se levantaba.

—Bajaré en un momento—, dijo en voz alta.

—¡Claro!

Gertie se dirigió al baño. El dolor se volvió más intenso y también su tristeza. Sabía lo que eso significaba incluso antes de ver la sangre. Gertie había vuelto a fracasar. Le había fallado a Harry y se había fallado a sí misma. Nunca sería madre, nunca disfrutaría el sonido de su casa llena de risas de niños, nunca se deleitaría viendo cómo se les iluminaban sus rostros mientras Harry les leía historias. Eso era lo que más la lastimaba. La idea de esos hijos fantasmas que nunca conocerían su amor.

Gertie se limpió las lágrimas con la palma de la mano y apoyó una mano sobre la lápida de Harry.

—Simplemente no estaba destinado a ser, ¿verdad, cariño?

Gertie había estado en casa un buen rato antes de que Hedy y Betty regresaran con Hemingway. Las escuchó reír mientras caminaban por el sendero del jardín y se dirigió al vestíbulo para recibirlas. Hemingway, tal vez sintiéndose culpable por haber abandonado a su dueña, se acercó con prisa a saludarla, con su cola moviéndose de un lado a otro, emocionado.

—¿Cómo estuvo la reunión? —preguntó Gertie.

—Oh, señora B, tuvimos un debate maravilloso, ¿verdad, Hedy? —dijo Betty. Hedy asintió.

—Me gustaría volver otra vez.

—Maravilloso —exclamó Gertie—. Acabo de preparar té. ¿Les gustaría tomar una taza?

—Gracias, pero mejor no —contestó Betty—. Mi madre me está esperando. —Se alejó por el sendero agitando la mano—. ¡Hasta luego!

—Adiós, Betty. Y gracias —dijo Gertie, cerrando la puerta y volviéndose hacia Hedy—. ¿Te gustaría tomar té? —agregó esperanzada.

—No —respondió Hedy—. Gracias. Creo que iré a mi habitación ahora.

—Espera —Gertie tocó el hombro de Hedy. La niña inmediatamente se quedó quieta y Gertie retrocedió—. Sólo quería decirte que esta tarde llamé por teléfono al colegio local de niñas y hablé con la directora. Tienen un lugar disponible para ti, por si quieres ir, claro.

Hedy dio un giro para mirar a Gertie, sus ojos se veían salvajes y brillantes.

—*Wirklich?*

Gertie asintió.

—De verdad. Puedes empezar la próxima semana.

Hedy parpadeó, observándola.

—Gracias —dijo casi en un susurro—. Extraño la escuela. Mi madre me prohibió ir porque una amiga mía me escupió. —Hedy miró fijamente el suelo—. Es difícil de entender.

—Sí. Lo es —admitió Gertie, animada por la confianza compartida—. Eso debe haber sido muy preocupante para ti y tu familia.

Hedy estudió su rostro por un momento como si buscara una respuesta.

—¿Te gustaría ver una fotografía de ellos? —preguntó.

—Me encantaría —contestó Gertie—. Tal vez podamos tomar esa taza de té y me la podrías enseñar.

Hedy asintió con brevedad antes de desaparecer, subiendo las escaleras. Cuando regresó, Gertie ya había preparado el té y lo llevaba en una bandeja a la sala. Hedy le entregó la fotografía con un orgullo tierno y Gertie la aceptó con cuidado. Era un retrato familiar sepia, como cualquier otro, excepto que había una alegría informal en éste que le recordaba a Gertie a los momentos en los que ella y Harry posaban para fotografías. Hedy y su familia sonreían desde donde estaban sentados, en un largo sofá de terciopelo, con los codos tocándose de manera familiar. Un elegante labrador negro se encontraba a su lado.

Hedy se sentó junto a Gertie, con el rostro animado mientras hablaba.

—Ella es mi madre, se llama Else y se dedica a la música. Tocaba en la orquesta de Munich. —Gertie se entristeció al oír a Hedy hablar en pasado del antiguo empleo de su madre—. También es muy buena cosiendo, de hecho, ella hizo casi todas mis prendas. —Hedy alisó la tela de su falda verde bosque mientras hablaba.

—Parece muy talentosa —dijo Gertie—. ¿Y éste es tu padre? Hedy asintió.

—Johann. Era profesor de música y es un excelente cantante. Y éste es mi hermano, Arno. Estaba estudiando para ser... —Su voz se desvaneció mientras buscaba la palabra adecuada— *Architekt?*

—¿Arquitecto? —preguntó Gertie—. ¿Una persona que hace los dibujos de los edificios?

—Sí, arquitecto —respondió Hedy.

—¿Y cuántos años tiene Arno?

—Diecinueve años.

—Es un joven apuesto —aseguró Gertie, mirando al chico con cabello salvaje y ojos risueños.

—Él lo sabe —comentó Hedy con una expresión vívida de diversión—. A muchas chicas les gusta.

—Y, ¿quién es este hermoso perro?

—Mischa —dijo Hedy—. La extraño mucho. —Hemingway se acercó, olfateando y lamiendo la parte posterior de su mano como si sintiera que lo necesitaba. Hedy se agachó para besar la parte superior de su cabeza.

A Gertie le impactó lo despreocupados que parecían. Eran una familia que claramente disfrutaba de la compañía mutua. Podía ver que Hedy había heredado la belleza de su madre y que Arno era como su padre, con cabello oscuro y rizado y ojos brillantes. Hedy suspiró como si anhelara traerlos a través de la fotografía y abrazarlos.

—Esperemos que pronto tu familia pueda reunirse contigo en Inglaterra —dijo Gertie.

—Yo también lo espero —replicó Hedy. Señaló hacia la fotografía de la boda de Gertie, colocada en la repisa de la chimenea—. ¿Ese era tu esposo?

—Sí. Esos somos Harry y yo. Falleció —señaló Gertie, su voz parecía demasiado fuerte en medio del silencio.

—Lo siento —dijo Hedy. Gertie asintió mientras se sentaban juntas mirando hacia la distancia. Ambas solas. Ambas extrañando a quienes no podían estar con ellas. Ninguna de las dos había elegido esta situación y, sin embargo, allí estaban, juntas. Dos extrañas solitarias, aferrándose al mismo salvavidas mientras la tormenta rugía a su alrededor.

—Voy a servirnos un poco de té —dijo Gertie.

6

No habrás vivido hasta que hayas hecho algo
por alguien que nunca podrá pagarte.
John Bunyan

—Vamos, Hedy —exclamó Gertie con un tono de exasperación—. No querrás llegar tarde en tu primer día.

Hedy apareció al inicio de las escaleras, vestía una blusa blanca planchada, combinada con un delantal azul marino oscuro y
un ceño fruncido.

—Nunca uso uniforme en mi escuela alemana —insinuó
mientras bajaba las escaleras con pesadez—. Los soldados usan
uniforme, no las niñas que van a la escuela.

—Bueno, te ves muy elegante —comentó Gertie, tratando de
mantener un tono ligero y alentador. No recordaba lo obstina-
das que podían ser las chicas de quince años. Ni de lo cambian-
te que podía ser su humor, como una moneda que, de manera
constante, volteaba de cara a cruz. Gertie había decidido que lo
mejor era mantener la calma y dirigir el barco hasta que llegaran
los padres de Hedy. Después de eso, podría entregárselas, segura
de haber hecho lo mejor posible.

—Me... ¿cómo se dice, *kratzig*? —preguntó Hedy, tirando de
su cuello.

—¿Te provoca comezón?

—Sí. Mucha comezón.

—Puede ser que sólo estés un poco nerviosa y apresurada. Te acostumbrarás. Espera un momento.

Gertie vio una pelusa en la espalda de Hedy y extendió un dedo para quitársela. La chica se apartó con una mueca de disgusto. Gertie respiró profundamente. Else Fischer no podía llegar lo suficientemente pronto.

—Muy bien. ¡De prisa, como diría Mary Poppins!

Hedy puso los ojos en blanco antes de salir por la puerta, detrás de Gertie.

El exterior de ladrillo rojo de la Escuela de Santa Úrsula para niñas era tan brillante y elegante como los grupos alegres de chicas que llenaban sus pasillos de mármol pulido. Gertie podía ver la emoción en el rostro de Hedy mientras subían los escalones hacia el amplio vestíbulo, donde Dorothy Huffingham las recibió como si se conocieran de toda la vida.

—Creo que disfrutarás tu tiempo aquí, Hedy. Sin duda esperamos que sobresalgas en la clase de alemán. Ahora, si me sigues, te daré el recorrido y luego te llevaré a tu grupo —dijo mientras las guiaba por la escuela. Gertie alcanzó a vislumbrar aulas de chicas recitando francés y alcanzó a ver un enérgico partido de hockey a través de la ventana—. Animamos a nuestras chicas a participar en actividades académicas y extracurriculares —dijo la Señora Huffingham—. En mi opinión, ambas son importantes para el desarrollo del cerebro de una joven. Además, no creo que debamos limitarnos sólo por el hecho de ser el llamado «sexo débil». —Gertie deseó con fervor que esta mujer hubiera sido su maestra cuando ella era niña. Dorothy y la escuela que dirigía parecían rebosar de ideas y posibilidades esperanzadoras.

Los recuerdos de Gertie sobre su tiempo como estudiante estaban algo distorsionados por las circunstancias bajo las cuales se vio obligada a asistir. La primera parte de su educación estuvo a cargo de una institutriz, una mujer austera pero bien informada llamada la señorita Gibb, cuyas fosas nasales se ensanchaban como las de un caballo de carrera cada vez que Gertie hacía algo que la disgustaba. En la memoria de Gertie, siempre estaban ensanchadas. Un día, la paciencia de la señorita Gibb se agotó.

—Lo siento, señora Arnold, pero la insolencia de su hija es por completo insoportable. Cuestiona todo lo que digo. No me queda otra opción que presentar mi renuncia.

Gertie, que estaba escuchando todo detrás de la puerta, se escondió detrás del gran perchero de madera cuando la señorita Gibb salió de la habitación. Después de que se fue, Gertie subió corriendo las escaleras para contarle a Jack la buena noticia.

—Me he librado de la vieja Gibcarota—, exclamó, bailando de alegría a lo largo de la habitación.

—Caramba. Apuesto a que mamá está furiosa como un volcán.

—Gertrude —dijo su madre, cuando cruzó la puerta. Gertie saltó. Su madre nunca la llamaba Gertrude. Su padre usaba su nombre completo de manera semirregular, por lo general cuando ella llevaba un libro a la mesa a la hora de la cena o si alimentaba a Gladstone, su viejo y regordete *cocker spaniel*, con trocitos de su propio plato. Gertie podía percibir que Lilian había escuchado las palabras de su hija. Parecía irradiar una ira incandescente.

—¿Sí, mamá? —preguntó Gertie, intentando lucir lo más alegre e inocente posible.

La voz de Lilian fue rápida y cortante.

—Dado que ya no tienes institutriz, he llamado a la Escuela Santa Margaret para niñas. Empezarás allí mañana.

—¿Santa Margaret? Oh mamá, por favor, no.

Lilian levantó la mano.

—Está decidido, Gertie. Tienes una curiosidad magnífica, hija mía, y es hora de que vayas a la escuela con tus compañeras para que puedas desarrollar esa curiosidad.

—Pero me gusta aprender en casa.

El rostro de Lilian se suavizó un poco.

—Ya eres lo suficientemente grande, Gertie. Necesitas desafíos y las maestras y niñas allí te desafiarán. No será fácil, pero te transformará. Lo prometo.

Jack susurró detrás de su mano.

—Apuesto a que ahora mismo desearías haber sido más amable con la vieja Gibcarota.

Se detuvieron afuera de una puerta con un letrero que decía «5B».

—Llegamos. Esta es tu clase, Hedy —indicó la señora Huffingham mientras abría la puerta.

Las veinte chicas que estaban sentadas en sus escritorios se levantaron al unísono.

—Buenos días, señora Huffingham —saludaron en coro.

—Buenos días, chicas. Buenos días, señorita Peacock —dijo a la maestra—. Ella es Hedy Fischer, quien se unirá a su clase.

La señorita Peacock, una joven delgada con una expresión amable y la nariz más delicada que Gertie había visto en su vida, se acercó para recibirla.

—Bienvenida, Hedy. Entra. Le he pedido a Audrey que se encargue de ti.

Audrey llevaba gafas redondas doradas, dos trenzas perfectas y era varios centímetros más alta que su diminuta maestra. Se acercó hacia ellas con un gesto amigable. Hedy se unió a su nueva amiga sin mirar atrás, mientras Gertie hacía lo posible por dejar de lado su orgullo herido. «¿Qué esperabas?», se dijo a sí misma. «No eres su madre. Además, está justo donde debe de estar».

—No se preocupe, señora Bingham —afirmó la señora Huffin-gham mientras caminaban de regreso por el pasillo—. Cuidaremos bien de Hedy.

—Gracias —respondió Gertie—. No ha ido a la escuela durante mucho tiempo. Su madre tenía demasiado miedo de enviarla.

La directora negó con la cabeza.

—Un asunto terrible. Haremos todo lo posible para que se sienta bienvenida mientras esté con nosotras. Por lo general, las chicas salen de la escuela a los dieciséis años, por lo que necesitará encontrar un empleo cuando llegue el momento.

—Espero que su familia ya haya llegado para entonces —comentó Gertie, tratando de no mostrar demasiado entusiasmo ante esa posibilidad.

La señora Huffingham asintió.

—Mientras tanto, seguiremos su ejemplo y haremos todo lo posible por ella.

—Gracias —contestó Gertie, sin estar segura de ser merecedora de tal elogio.

Gertie no tenía forma de saber si Hedy había disfrutado de ir a la escuela, ya que la niña no compartía nunca sus pensamientos. La primera noche, Gertie intentó entablar una conversación sobre su día, preguntarle un poco sobre lo que estaba aprendiendo y cómo se llevaba con las otras chicas.

—Audrey parece una chica agradable —dijo Gertie.

Había preparado una cena de chuletas de cerdo y papas hervidas por la que Hedy no parecía particularmente entusiasmada.

—Sí, lo es —respondió Hedy, empujando un trozo de carne en su plato con el tenedor.

—¿Y tu maestra? ¿La señorita Peacock?

—Es agradable.

—Eso es bueno. ¿Y tus asignaturas?

—Soy la mejor de la clase en alemán —aseveró Hedy.

—Me atrevo a decir que podrías enseñar a la clase si quisieras.

—Sí —enfatizó—. La profesora de alemán no es muy buena.

—¡Hedy! —exclamó Gertie, escandalizada.

Hedy encogió los hombros.

—Yo soy alemana. Ella no lo es. —Dejó su cuchillo y tenedor en el plato—. ¿Puedo ir a mi habitación ahora?

Gertie miró su cena a medio comer.

—Apenas has tocado la comida.

—No me gustan las *schweinekoteletts*. ¿Puedo dárselas a Hemingway?

Gertie suspiró mientras el perro y la niña la miraban con ojos ansiosos. No podía permitirse iniciar una pelea. Había demasiada turbulencia en el mundo en ese momento como para comenzar una discusión entera sobre chuletas de cerdo.

—Está bien, pero si no te gusta mi comida, quizás deberías cocinar algo que te guste para que lo comamos ambas.

—Cocino todo el tiempo cuando estoy en Múnich. Me gusta más hornear, así que quizás haga algo algún día. ¿Ya puedo irme?

Gertie dejó caer su cuchillo y tenedor en señal de rendición.

—Puedes irte.

Unas semanas más tarde, Gertie regresó a casa después de un día agitado de trabajo en la librería. A pesar del futuro incierto y del terrible clima, la gente seguía planeando sus vacaciones de dos semanas en la playa y parecían estar abasteciéndose de libros para estar preparados. Tanto *Lo que el viento se llevó*, de Margaret Mitchell, como *Regency Buck*, de Georgette Heyer, fueron particularmente populares, mientras que *Las uvas de la ira*, de John Steinbeck, había resultado un gran éxito en el club de lectura de ese mes, según Betty. Gertie entró por la puerta principal, esperando con ansias el momento en el que pudiera dejarse caer en su sillón con una taza de té y tal vez un programa vespertino en la radio. Por lo tanto, se sorprendió al verse confrontada por la melodía estridente de la canción «*The Lambeth Walk*», que se derramaba desde la sala a un volumen considerable, acompañada por el canto y la risa de voces de chicas. Gertie se quedó helada. Había pasado mucho tiempo desde la última vez que había utilizado el gramófono. El gramófono de Harry.

Los viernes por la noche, si la semana había sido buena, ella y Harry preparaban un festín de pescado. Después, Harry le daba cuerda al gramófono, colocaba con cuidado un disco en el tocadiscos, dejaba caer la aguja y le ofrecía su mano.

—¿Me regala un baile, señora?

No eran bailarines muy hábiles. A Gertie le faltaba ritmo y Harry era demasiado torpe, pero parecían encajar bien juntos, arrastrando los pies por la sala, riendo mientras avanzaban. Gertie no recordaba haberse sentido tan segura y feliz como cuando estaba entre los brazos de Harry.

El sonido de risas descuidadas y cantos estridentes que provenía del salón parecía un ultraje a este recuerdo preciado. El cuerpo de Gertie burbujeaba de enojo mientras empujaba la puerta del salón. Una chica, a quien Gertie reconoció como Audrey, estaba enseñándole a Hedy a cantar «*The Lambeth Walk*» mientras otra chica las alentaba.

—*Any time you Lambeth way, any evening, any day, you find us all, doing the Lambeth Walk, oi!* —cantó Hedy, levantando triunfal el pulgar.

—¡Eso es, Hedy! ¡Lo lograste! —exclamó Audrey antes de que todas se rieran, mientras Hemingway daba vueltas ladrando alegre en medio de todas ellas.

La escena habría alegrado el corazón de la mayoría de las personas, pero Gertie no estaba de humor ese día.

—¿Qué está pasando aquí? —gritó.

Las chicas voltearon a verla, alarmadas. De manera instintiva, Hemingway se sentó obediente sobre sus patas traseras. Hedy frunció el ceño pero no respondió, así que Gertie se acercó rápido al gramófono, arrancó la aguja del disco y cruzó los brazos.

—Te hice una pregunta —dijo, sorprendida por su furia.

Hedy imitó a Gertie cruzando los brazos mientras Audrey se adelantaba a responder.

—Lo sentimos muchísimo, señora Bingham. Pensamos que estaba bien. —Miró a Hedy, quien les había dado indicios de que Gertie no tendría ningún problema con ello.

—Tal vez deberíamos de irnos —dijo la otra chica, tomando el disco del reproductor, su cartera y abrigo.

—Sí, claro —dijo Audrey, siguiendo su ejemplo—. Lo siento de nuevo, señora Bingham. Nos vemos mañana, Hedy.

Hedy seguía frunciendo el ceño pero se despidió de sus amigas moviendo la mano. Después de que se fueran, Gertie la miró.

—Bien. ¿Tienes algo que decir?

Hedy suspiró exasperada.

—Lo siento. *Pardon. Je m'excuse.* No sabía que reproducir discos en Inglaterra estaba mal. Dices que puedo leer cualquier libro, ¿entonces por qué la música está prohibida?

Gertie se quedó muda. Hedy tenía razón, por supuesto. Sabía que era una reacción exagerada, pero la pérdida de Harry seguía siendo demasiado intensa y dolorosa. Necesitaba preservar su memoria a toda costa.

—Deberías haber preguntado primero. No es bueno asumir, señorita —sentenció Gertie.

—Lo siento. No sé qué más quieres —exclamó Hedy mientras se sonrojaba.

—Me gustaría que mostraras algo de respeto —continuó Gertie—. Te he ofrecido un lugar para quedarte y creo que deberías estar más agradecida.

—Muchas, muchísimas gracias —respondió Hedy con una reverencia burlona.

—No hay necesidad de ser grosera —precisó Gertie.

—¿Por qué no? —cuestionó Hedy—. Sé que no me quieres aquí, que he arruinado tu tranquila vida. Bueno, no te preocupes. Hoy recibí una carta de mi madre y vendrá muy pronto.

—Bueno, esas son buenas noticias para ambas —expresó Gertie arrepentida de las palabras tan pronto como escaparon de su boca. Pensó que había dejado atrás esa aguda ira con la que cargaba en su juventud, pero ahora parecía haberla seguido hasta la mediana edad y aún más allá.

Se miraron la una a la otra por un momento, como si ambas fueran conscientes de que habían llevado las cosas demasiado lejos. Hemingway emitió un lastimero gemido. Gertie suspiró.

—Mira, Hedy. Nunca debí haber dicho eso. Estaba enfadada. Permíteme prepararnos un poco de té.

—¡No quiero más té! —gritó Hedy—. ¿Por qué los ingleses toman té todo el tiempo? El té no hace que te sientas mejor y además sabe horrible.

Gertie sabía que era ridículo sentirse ofendida por este insulto a la bebida favorita de su nación, pero, por alguna razón, las palabras de Hedy tocaron una de sus fibras sensibles.

—¡Ve a tu habitación! —gritó.

—¡Me voy! —protestó Hedy, saliendo de la habitación y subiendo las escaleras dando pisotones—. ¡Y no quiero cenar nada!

—De todos modos no iba a prepararte nada —dijo Gertie, dándose cuenta de lo petulante que sonaba. Inhaló. Su cuerpo todavía temblaba. Hemingway parpadeó ante su dueña, sus ojos se dirigieron hacia la puerta—. ¡Oh, vete entonces, Hemingway! No te quedes conmigo por lástima. —Él siguió a Hedy, dejando a Gertie sintiéndose más sola que nunca.

Se limpió las lágrimas que brotaban de sus ojos. «Estás siendo ridícula», se dijo a sí misma. «¿Por qué te importa lo que esta niña piensa? Es sólo una niña, por el amor de Dios, y extraña a su familia. No te pongas así».

Gertie hizo todo lo posible por quitarse ese sentimiento de encima mientras se disponía a preparar la cena. Llevó su pan con queso a la sala y puso las noticias mientras comía. Enderezó la espalda cuando, justo a las seis en punto, el locutor habló. «Bienvenidos al Noticiero Segundo, les habla Alvar Lidell». Continuó hablando con un tono conciso y preciso, narrando cómo el primer ministro había prometido llevar a cabo una investigación completa sobre la tragedia del hundimiento del HMS Thetis en Liverpool. Después, hizo un informe sobre el exitoso viaje del rey y la reina a los Estados Unidos. En apariencia, el rey había «superado la prueba» cuando la primera dama, la señora Eleanor Roosevelt, le ofreció un hot dog durante una visita a la Casa Blanca.

Gertie sintió cómo crujía una tabla del suelo detrás de ella y vio a Hedy intentando escuchar, parada en la puerta con Hemingway a su lado. Podía ver el anhelo en su expresión, la desesperación por saber algo sobre su hogar y su familia.

—No te quedes ahí parada —dijo Gertie—. Puedes entrar y escuchar si quieres.

Hedy se acercó con sigilo y se sentó en el banco más cercano al gramófono con Hemingway tumbado a sus pies. Rascó la cabeza del perro mientras escuchaban juntos en silencio.

—¿Habrá una guerra? —preguntó, lanzando una mirada furtiva hacia Gertie al terminar la transmisión.

Gertie entrelazó sus manos en su regazo, deseando poder darle una respuesta. En verdad, no lo sabía, pero sentía que debía ofrecerle alguna clase de consuelo.

—Espero que no. No creo que nadie quiera una guerra.

—Creo que Hitler sí quiere —manifestó Hedy, mirando fijamente la alfombra—. Y creo que no descansará hasta conseguirla.

Gertie se sorprendió por su lucidez. Ya no sonaba como una niña.

—Entonces debemos rezar para que puedan detener a Hitler.

—¿Tú crees en Dios?

La pregunta la tomó desprevenida. Era inusual que una niña le hiciera esa clase de pregunta a una adulta, pero era exactamente el tipo de cosa que Gertie solía preguntarle a su madre. Se puso a pensar en lo que habría respondido su madre, Lilian. Los padres de Gertie habían criado a sus hijos bajo la tradición cristiana, pero no le daban mucha importancia a la fe; sólo parecían recordarlo cuando iban a la iglesia en Navidad y Semana Santa.

—No particularmente. ¿Y tú?

—No somos religiosos —respondió Hedy—. Es difícil creer en un Dios que permite que su pueblo sufra.

—Sí —admitió Gertie—. Supongo que lo es.

Hedy levantó la mirada.

—Lamento lo que dije antes, señora Bingham.

—Está bien, querida. Yo también. Todos decimos cosas que no queremos decir a veces. ¿Y sabes? Creo que ya es hora de que me llames Gertie, ¿no crees? Señora Bingham suena tan formal —Hedy asintió levemente—. Y Hedy...

—¿Sí?

—Hay pan y queso en la cocina si tienes hambre. Sírvete.

—Gracias, señora B... Gertie.

Gertie observó cómo Hemingway se acomodaba en la alfombra y dejaba escapar un suspiro enorme.

—Pienso lo mismo que tú —le dijo.

Unos días después, Gertie regresó a casa y la encontró vacía. Eran un poco más de las 4:30 y le sorprendió que Hedy no hubiera regresado de la escuela.

—¿Dónde está tu mejor amiga, eh, chico? —le preguntó a Hemingway, quien parecía tan desconcertado por su tardanza como Gertie—. Tal vez viene tarde por estar charlando con Audrey.

Poco antes de las 5 en punto, hubo un golpe en la puerta. Gertie se acercó para abrirla.

—¡Ahí estás! Pensamos que te habías perdido. ¡Oh!

Se detuvo al ver a Hedy, con cara de vergüenza, junto a la señorita Crow, cuyo rostro estaba rojo y lleno de indignación. Según Gertie, los seres humanos suelen suavizarse con la edad. Sin embargo, ese no había sido el caso de Philomena Crow. Se había vuelto aún más juiciosa con la edad y siempre estaba ansiosa por compartir sus prejuicios sobre los demás con cualquiera que cruzara su camino. Gertie a menudo se preguntaba si ella y la señorita Snipp podrían ser primas lejanas o incluso gemelas separadas al nacer.

—Buenas tardes, señora Bingham.

Logró pronunciar estas palabras con un tono acusador, como si Gertie fuera responsable de todos los males del mundo. Sostenía un paraguas marrón oscuro con un mango de bambú que le recordaba a Gertie a una cachiporra como la que suelen cargar los policías.

—Buenas tardes, señorita Crow. ¿Está todo bien?

—No. No está todo bien —respondió la mujer, con un tono enérgico. Gertie notó que las cortinas de la señora Herbert se abrían desde la sala delantera de la casa al otro lado de la calle.

—Quizás podríamos continuar esta conversación adentro. ¿Le ofrezco té?

—No, gracias —replicó la mujer, cruzando la puerta—. Esto no llevará mucho tiempo.

—Muy bien. Ven, Hedy. Vamos a la sala.

La señorita Crow rechazó sentarse, prefiriendo mantenerse de pie mientras presidía.

—Esta niña tocó mi puerta esta tarde con una petición insolente —afirmó señalando a Hedy con un dedo acusador.

—¿Es verdad esto, Hedy? —preguntó Gertie.

—Por supuesto que es verdad —gritó la señorita Crow—. ¿Me está acusando de mentir?

—No, para nada. Sólo quiero saber toda la historia —volteó a ver a Hedy—. ¿Tocaste la puerta de la señorita Crow?

Hedy movió la cabeza para asentir, el movimiento fue apenas perceptible.

—¿Y por qué hiciste eso?

—Ella quiere que yo reciba al resto de su familia —exclamó la señorita Crow—. Tocó la puerta de mi vecina también. Y quién sabe cuántos otros. ¿No es suficiente con que hayamos acogido a todos estos niños sin tener a sus padres aquí también? Apenas hay suficientes casas y trabajos para todos, como para todavía tener que regalárselos a estas personas.

Gertie se levantó con lentitud mientras una bola de furia comenzaba a desenrollarse dentro de ella.

—¿Estas personas? —dijo— ¿A qué se refiere con eso exactamente?

La señorita Crow entrecerró los ojos.

—Usted sabe a lo que me refiero.

—No —repuso Gertie—. No sé. Por eso pregunté.

Su voz, al igual que su ira, era afilada y clara como un pedazo de cristal cortado.

—Bueno, si no sabe, es más tonta de lo que pensaba. Me preguntaba qué demonios pensaba al acoger a una alemana después de la Gran Guerra, pero ahora parece que quieres ofrecerle refugio a la mitad de los judíos de Europa.

La furia fluía como lava por las venas de Gertie, quien intentó hablar con toda la firmeza que su enojo le permitía.

—¿Y qué tiene de malo eso? ¿Prefiere que nos quedemos de brazos cruzados mientras persiguen a una raza entera de personas? —Gertie podía sentir los ojos de Hedy sobre ella. Eso la animó a seguir.

—Mire —señaló la señorita Crow, ajustando su posición—. Siento simpatía por los judíos, de verdad que sí, pero no veo por qué esto debería de ser nuestro problema. No podemos abrir nuestras fronteras a todos. Recuerde que sólo vivimos en una isla.

—Ningún hombre es una isla, señorita Crow.

La mujer frunció los orificios nasales.

—Oh, cree que es tan superior, ¿verdad, señora Bingham? Con sus libros y sus ideas. Bueno, estoy aquí para decirle que no es mejor que el resto de nosotros.

Gertie avanzó con tanta determinación que la señorita Crow retrocedió un paso.

—¿Cómo se atreve? —dijo—. ¿Cómo se atreve a entrar a mi casa, llamarme tonta e insultar a mi invitada de esta manera? ¿Cómo puede ser tan cruel con una niña que sólo está pidiendo ayuda? Llámeme tonta si quiere, pero al menos yo no soy una desalmada.

La señorita Crow la miró por un momento, como si estuviera pensando su próximo movimiento, antes de girar sobre sus talones, salir apresurada de la habitación murmurando «Bueno, yo nunca lo haría» y cerrar la puerta de golpe.

—Menos mal que se fue —murmuró Gertie, apretando los puños para evitar que le temblaran las manos.

—Sólo quiero ayudar a mi familia. Sacarlos de Alemania —sollozó Hedy—. Lo siento, Gertie.

Gertie anhelaba extender la mano y ofrecerle un abrazo reconfortante, pero algo se lo impedía. En su lugar, metió la mano en el bolsillo y sacó un pañuelo limpio.

—Toma —dijo entregándoselo a Hedy—. Sécate los ojos. No dejes que la señorita Crow te afecte. Ven, siéntate. ¿Por qué no me dijiste esto?

—Quiero intentar encontrar una solución por mi propia cuenta —dijo Hedy, con los hombros tensos de determinación mientras Gertie se sentaba a su lado en el sofá, y una sensación de reconocimiento la llenaba por completo.

Gertie sonrió.

—Puede que te resulte difícil creerlo, pero yo era un poco como tú cuando era más joven.

Hedy la miró fijamente.

—¿En serio?

Gertie asintió.

—Tan segura de mí misma. Tan decidida.

Hedy bajó la mirada.

—Lo siento.

—No —dijo Gertie—. No te disculpes. Es una buena cualidad. Sólo necesitas aprender a usarla de la manera correcta.

—¿Cómo? —preguntó Hedy, acercándose un poco más a Gertie.

—Bueno, en primer lugar, no puedes ir tocando las puertas de extraños pidiendo ayuda. No es seguro. ¿Le preguntaste a otras personas además de la señorita Crow?

Hedy asintió.

—Sí. Algunas personas fueron amables, pero otras... —Su voz se desvaneció.

—¿Qué pasó?

Hedy miró hacia la distancia.

—Un hombre me llamó judía sucia.

La ira de Gertie volvió a avivarse.

—Lo siento, Hedy.

Hedy encogió los hombros.

—Estoy acostumbrada a esto. Sucede todo el tiempo en Alemania.

«Pero no aquí», pensó Gertie. «No debería suceder aquí. No debería suceder en ningún lugar». En ese momento, Gertie supo exactamente lo que tenía que hacer. Usaría su ardor y su furia hasta convertirlos en algo bueno, de provecho.

—Vamos a hacer un plan para sacar a tu familia de ahí.

—¿De verdad? —dijo Hedy.

—Por supuesto. Déjalo en mis manos. Pero tienes que prometer que dejarás de pedirles favores a extraños y que vendrás a mí en busca de ayuda la próxima vez.

—Lo prometo.

Gertie apretó la mano de Hedy con suavidad.

—Bien. Sé muy bien a quién le podemos preguntar.

7

Debo perderme en la acción para no caer en la desesperación.

Alfred Tennyson

Para Gertie, cruzar el umbral de la puerta de la tranquila y calmada Librería Arnold era equivalente a viajar en el tiempo. Prácticamente nada había cambiado. Las estanterías de caoba iban del suelo al techo, llenas de libros encuadernados en tela en tonos de castaño, morado y jade. Había escaleras corredizas que permitían a los libreros alcanzar los volúmenes de los estantes más altos y que le recordaban un desafortunado incidente cuando vio a un joven mirando debajo de su falda mientras le buscaba un libro en particular. Gertie se rio al recordar cómo su tío Thomas lo sacó de la tienda, amenazándolo con una copia de *Los miserables* que, con más de mil páginas, tenía el potencial de ser algo así como un arma mortal.

Estaba encantada de ver al señor Nightingale, quien había trabajado con su tío desde que su padre murió, en el mostrador de pedidos ubicado en medio del local. Thomas Arnold insistía en que todos los clientes canalizaran sus solicitudes a través de ese mostrador y que se desanimaran de explorar por sí mismos.

«Esto no es una biblioteca pública», se enfurecía. «Si un cliente quiere una recomendación, entonces se la proporcionaremos.

De lo contrario, debe decidir lo que quiere antes de entrar a la librería. No está permitido tocar todas las manzanas antes de que el verdulero te las venda, ¿cierto?».

Cuando Gertie le dijo que permitía que los clientes exploraran y tocaran todos los libros que quisieran en su librería, él negó con la cabeza. «Espero que sepas lo que estás haciendo, querida. En mi opinión, eso sólo puede conducir a comportamientos lunáticos. Las personas no prosperan cuando tienen opciones. Les trastorna el cerebro».

—Buenos días, señor Nightingale —saludó Gertie acercándose al mostrador.

Él levantó la mirada de su libro de pedidos y pronunció su nombre como si ofreciera una bendición.

—Señora Bingham. Qué maravilloso verle.

—Lo mismo digo. ¿Está el tío Thomas en el almacén?

El señor Nightingale esbozó una sonrisa irónica.

—Está en el techo con el señor Picket.

—¿En el techo? ¿Qué está haciendo allí arriba?

—Digamos que es otra de las grandes ideas de tu tío.

Gertie rio.

—No me diga. Iré a verlo por mí misma.

Subió las escaleras, ubicadas en la parte trasera de la tienda, que conducían al primer piso, donde guardaban los valiosos tomos antiguos en vitrinas. Empujando una puerta, Gertie subió otra escalera de caracol hasta el apartamento donde su tío vivía con aún más libros y un gran gato color anaranjado llamado Dickens. El gato la saludó con un maullido insistente, lanzando una mirada desconsolada hacia su tazón vacío.

—¡Hola, muchacho! —exclamó acariciándole debajo del mentón—. Se olvidó de alimentarte de nuevo, ¿verdad? —Rebuscó en los armarios y encontró un paquete de comida para gatos llamada Spratt's, que esparció en su tazón—. Bueno, ¿dónde está tu dueño?

Un fuerte estruendo, como si alguien dejara caer varios libros de tapa dura sobre el suelo de madera, hizo que Gertie se dirigiera hacia la puerta que conducía a los dormitorios. La abrió y asomó la cabeza, sólo vio un par de piernas cubiertas por una tela de lana áspera, que estaban paradas en una escalera que conducía al techo.

—¡Vaya, tío! —llamó Gertie—. ¿Qué diablos estás haciendo ahí arriba?

La cabeza de Thomas Arnold apareció por la escotilla. Su rostro se iluminó al verla.

—¡Gertie! Qué bueno verte. ¿Serías tan amable de pasarme esos libros, por favor?

Gertie se acercó a los volúmenes dispersos, levantó uno y observó la portada antes de pasárselo a su tío. Se sorprendió al ver que eran todas copias de *Mein Kampf*.

—¿Qué harás con ellos? —preguntó.

—El señor Picket y yo estamos tomando precauciones por si ocurre lo peor —dijo él, tomando un puñado de libros de las manos de Gertie—. Los estamos utilizando para cubrir el techo, como protección.

—¿Estás cubriendo el techo de la librería con copias de *Mein Kampf* para protegerte de los bombardeos aéreos?

—Sí —contestó Thomas asintiendo—. ¿A menos de que se te ocurra un mejor uso para ellos?

Gertie sonrió.

—No se me ocurre ninguno.

Thomas desapareció con el resto de los libros.

—Es el último, señor Picket —dijo—. Hicimos un trabajo excelente. —Descendió por la escalera, enderezó su corbata de lunares y alisó su pelo blanco y polvoriento con la mano—. Bueno, Gertie. Dijiste que necesitabas mi ayuda. Vamos a platicarlo con una taza de té, ¿de acuerdo? La señora Havers horneó un delicioso pan maltés ayer.

Gertie puso a su tío al tanto de los acontecimientos con Hedy y le explicó su deseo de ayudar a esa chica. Omitió mencionar su esperanza persistente de jubilarse y que si encontraba una situación adecuada para Hedy y su familia, esto aún podría ser posible. Quizás se debía a que le resultaba cada vez más difícil imaginarlo. Esa fantasía era ya como un barco en el horizonte, alejándose cada día más.

Thomas Arnold escuchó atento, entrelazando los dedos y mostrando seriedad y concentración en su rostro. Dickens se paseó cerca de él y Thomas lo levantó para ponerlo en su regazo, acariciando distraído el pelaje anaranjado y suave del gato mientras Gertie hablaba.

—Así que, como podrás ver, hice una lista de personas a las que pensé que podría pedirles ayuda y tú estabas en primer lugar.

—Lamento no poder ofrecerles refugio aquí —dijo el tío Thomas—. No tengo espacio, pero tal vez podría ofrecerle un puesto en la librería al hermano. Dices que está estudiando para ser arquitecto, ¿verdad?

Gertie asintió.

—Eso sería maravilloso. ¿Tienes alguna idea de quién podría ayudar a los padres de Hedy?

El tío Thomas se mordisqueó el interior del labio, pensativo, antes de alzar un dedo enérgicamente.

—Déjame hacer una llamada telefónica —señaló mientras buscaba un número y marcaba—. Con Dicky Rose, por favor. —Gertie miró sorprendida mientras su tío entablaba una larga y amistosa conversación con uno de los hombres más ricos del país—. Dicky, soy Tom Arnold. Necesito pedirte un favor, viejo amigo.

Media hora después, Gertie se sentía tan feliz que tenía ganas de bailar de alegría, ya que su tío había conseguido puestos de trabajo, como jardinero y costurera, para los padres de Hedy, así como una casita en una finca.

—El padre de ella es profesor de música, tío Thomas —dijo—. No estoy segura de cuánta experiencia tiene con la jardinería.

Thomas encogió los hombros.

—Estoy seguro de que se adaptará. A Dicky no le importará. Ya ha acogido a un grupo de chicos antes. Él y su esposa están dispuestos a ayudar.

Gertie se inclinó para besarle en la mejilla.

—Gracias —dijo—. Sabía que eras la persona indicada para ayudarme.

Él le besó la mano mientras la acompañaba hasta la puerta.

—Es bueno verte aún luchando, Gertie.

«Sí», pensó ella mientras se apresuraba a casa para darle las buenas noticias a Hedy. «Se siente bien».

A medida que el verano continuaba, el mundo contenía la respiración. La gente hacía lo posible por continuar como si nada, hacer picnics en el parque o hacer excursiones de un día a la playa, pero una nube de incertidumbre tóxica se cernía sobre Europa. Nadie podía estar seguro de lo que Hitler haría a continuación.

Gertie y Hedy trataban de seguir un camino equilibrado a través de la duda. Su plan estaba en marcha. Una vez que su tío organizó los puestos de trabajo para la familia de Hedy, Gertie centró su atención en asegurarse de que sus documentos estuvieran al día. Anticipaba que su mayor obstáculo sería obtener los permisos de los nazis. Sin embargo, que tres judíos se convirtieran en el problema de otra persona estaba bien alentado, siempre y cuando dejaran todo su dinero en los bancos alemanes. Como escribió Else Fischer en su carta cuando les contó las buenas noticias: «No nos importa si nos quitan toda la ropa, hasta la que vestimos, siempre y cuando podamos reunirnos con nuestra hija». Hedy tradujo las palabras para Gertie con lágrimas en los ojos.

Fue algo sorprendente, por lo tanto, que el principal obstáculo para asegurar el pasaje de la familia Fischer viniera del gobierno británico. La respuesta a la carta de Gertie fue, por decir lo menos, seca.

«Lamentamos informarle que no podemos ayudar en su solicitud».

—Ya veremos —le dijo a Hemingway frunciendo el ceño.

Gertie sacudió el polvo de su mejor traje, un incómodo modelo color ciruela que era demasiado caluroso para esta época del año, pero que parecía el tipo de armadura correcta para lidiar con la burocracia. También llevaba el broche antiguo de su madre, el cual la hacía sentirse más valiente. Gertie no mencionó la carta ni su plan a Hedy. Esto se sentía personal. Era como si estuvieran desafiando sus principios y Gertie fuera la única que podía defenderlos.

Dejó a Betty a cargo de la librería, para gran molestia de la señorita Snipp, y tomó el tren a Londres. Gertie verificó la dirección en la carta, intentando calmar sus nervios mientras hacía el breve recorrido hacia las oficinas del gobierno. El imponente edificio blanco brillaba bajo el sol de la mañana, irradiando una sensación de confianza imperial con su bandera de la Union Jack ondeando con la brisa. Gertie respiró profundamente mientras empujaba la reluciente puerta negra.

La recepcionista estaba sentada en un pesado escritorio de roble rodeado por paredes revestidas de madera oscura, lo que daba al vestíbulo una atmósfera sofocante. Miró a Gertie por encima de sus gafas doradas.

—¿En qué puedo ayudarte?

Gertie se aclaró la garganta.

—Me gustaría ver al señor Wiggins, por favor.

—¿Tiene una cita? —preguntó la recepcionista.

—No, pero tengo una carta —respondió Gertie, mostrándosela a la mujer.

La recepcionista frunció el ceño.

—En la carta se indica con claridad que el señor Wiggins no puede ayudarte.

—Por favor —dijo Gertie—. Estoy tratando de que una niña judía se reúna con su familia.

El rostro de la mujer se suavizó un poco.

—Dame un momento. —El estado de ánimo de Gertie se elevó mientras la mujer desaparecía en la oficina del señor Wiggins. Volvió a aparecer momentos después—. Lo siento. Está muy ocupado esta mañana.

Gertie echó un vistazo hacia la oficina. La puerta estaba entreabierta. Algo se agitó dentro de ella. «Acciones, no palabras, Gertie». Se precipitó hacia adelante antes de tener la oportunidad de cambiar de opinión.

—No puedes entrar ahí —llamó la mujer.

Pero Gertie ya se había colado por el hueco y cerró la puerta tras de sí.

—¿Qué cree que está haciendo? —exclamó el hombre detrás del escritorio.

Gertie vaciló. Ahora que había comenzado, no sabía bien cómo seguir.

—Lo siento —balbuceó—. Tenía que venir. Le envié una carta sobre una niña judía que se está quedando conmigo. Su familia trata de abandonar Alemania. Tienen visas y empleos aquí. Sólo necesitan el permiso del gobierno británico.

—¿Señor Wiggins? ¿Está bien ahí dentro? —dijo la recepcionista, sacudiendo la puerta—. ¿Debería llamar a la policía?

El señor Wiggins miró a Gertie de arriba abajo antes de responder.

—Eso no será necesario, señorita Meredith. —Observó de nuevo a Gertie—. Por favor, tome asiento.

Gertie siguió sus instrucciones. El señor Wiggins tenía la apariencia pálida y cansada de un hombre que no podía creer del todo lo que la vida le había dado. Hizo un gesto hacia un montón de documentos que llegaban a la altura de su hombro.

—¿Sabe qué es esto?

Gertie pensó que la pregunta era inusual, pero decidió que era mejor responder de forma honesta.

—No.

—Son solicitudes de familias judías y de personas que desean venir a Gran Bretaña.

—Ya veo.

—Y éstas son sólo las que hemos recibido hoy.

—Pero seguramente... —dijo Gertie antes de que el señor Wiggins la interrumpiera con una mano levantada.

—Y habrá la misma cantidad, o quizás más, mañana. Y al día siguiente. Y así en lo sucesivo.

—Pero eso significa que necesitan de nuestra ayuda, ¿verdad?

—Lo siento, señora...

—Bingham. Gertie Bingham.

—Sí, señora Bingham. Lo siento, pero no podemos darle un pase a todos.

Gertie dirigió la mirada detrás del señor Wiggins hacia el retrato del rey Jorge VI que la contemplaba con benevolencia. Recordó una fotografía que había visto de él riendo con las pequeñas princesas.

—¿Usted tiene familia, señor Wiggins?

Un destello de irritación cruzó el rostro del hombre.

—Sí, por supuesto, pero no estoy seguro de por qué eso sería relevante...

Esta vez fue Gertie quien lo interrumpió.

—Le pregunto porque quiero saber cómo se sentiría si lo enviaran lejos de ellos, sin la esperanza de volver a verlos.

El señor Wiggins frunció el ceño.

—El gobierno británico ha ofrecido y sigue ofreciendo refugio a miles de niños judíos.

Gertie se enderezó en su silla.

—Pero, ¿qué pasa con sus padres? ¿Y qué pasa con sus hermanos? ¿No tienen ellos también derecho a vivir libres de persecución?

—Por favor, no levante la voz en esta oficina, señora Bingham.

Gertie se puso de pie.

—Entonces, ¿cuándo debo levantar la voz, señor Wiggins? ¿Cuando las personas comiencen a ser asesinadas por su raza o religión? Porque puedo garantizarle que eso ya está sucediendo.

—Voy a tener que pedirle que se vaya.

Una puerta contigua hacia la parte trasera de la oficina del señor Wiggins se abrió. Apareció un hombre impecable, vestido con un traje azul egipcio y corbata de seda color malva con pañuelo a juego en el bolsillo del pecho. Desprendía un aire de escuela privada y privilegio.

—¿Está todo bien, señor Wiggins? La señorita Meredith dijo que había habido cierto alboroto.

Le dedicó una sonrisa radiante a Gertie. Esto le dio el valor para hablar antes de que el señor Wiggins pudiera dar su versión de los hechos.

—Me disculpo si he causado un alboroto —dijo—. Pero estoy tratando de ayudar a la familia de una joven judía a escapar de la Alemania nazi. Tienen visas y ofertas de trabajo en este país.

El hombre sostuvo su mirada.

—¿Podría ver la solicitud, por favor, señor Wiggins?

El rostro del señor Wiggins se tensó.

—Por supuesto. —Miró a Gertie—. ¿Cuáles son los nombres, señora? —Ella le entregó la carta para que la tomara.

—Fischer —dijo él, acercándose a un archivador y buscando entre los documentos antes de sacar una carpeta de color crema. Se la entregó al otro hombre.

La cara de su superior se iluminó mientras leía los papeles.

—Bueno, esta familia tiene a Dicky Rose como garante.

—Sí, señor —dijo el señor Wiggins—. Pero la política actual del gobierno establece...

—Oh, Wiggins, por el amor de Dios. Ten un poco de compasión. Esta excelente mujer... —Levantó las cejas hacia Gertie.

—Gertie Bingham —confirmó ella.

—La señora Bingham —continuó él— ha venido a nosotros con visas de Alemania y una garantía del señor Richard Rose. Creo que podemos hacer una excepción.

—¡Ay, gracias! —exclamó Gertie—. Estoy muy agradecida.

El hombre hizo una reverencia cortés.

—De nada. Estudié en Oxford con Dicky. Es un tipo espléndido. Ocúpese de los trámites para la señora Bingham, ¿entendido, señor Wiggins?

—Por supuesto, señor —contestó el hombre con expresión tensa.

—Un placer conocerla —dijo su superior antes de desaparecer.

—Gracias —respondió Gertie.

—Bueno —dijo el señor Wiggins después de que su jefe se hubiera ido—. Déjeme ayudarle con esto. —Hizo una pausa para echar un vistazo a la enorme pila de papeles esperando ser procesados—. Qué lástima que ninguno de estos esté tan bien conectado, ¿eh?

Gertie se fue de las oficinas un rato después, con las palabras del señor Wiggins resonando en sus oídos. Estaba encantada de que la familia de Hedy fuera a salvarse, pero sabía que, en el fondo, él tenía razón. Su superior sólo había dado el visto bueno a la solicitud debido a la conexión con la familia Rose. No tomó en cuenta la situación de la familia Fischer. Mientras echaba un vistazo a la bandera del Reino Unido ondeando sobre el edificio del gobierno, las mejillas de Gertie ardían de vergüenza.

En menos de dos semanas, la madre de Hedy les escribió para confirmar que habían reservado sus boletos. Saldrían de Alemania dentro de tres semanas, a principios de septiembre, y llegarían al aeródromo de Croydon unos días después.

—Gracias, Gertie —mencionó Hedy, poniendo una mano sobre su corazón—. Yo lavaré los platos hasta que lleguen mis padres.

—Sólo estoy feliz de que vayan a reunirse de nuevo —respondió Gertie. En el fondo, por supuesto, el sentimiento predominante era el alivio y se imaginaba que Hedy sentía lo mismo. Gertie era demasiado mayor para navegar por las aguas turbulentas de los caprichos de una quinceañera y, ciertamente, Hedy necesitaba una compañera de vida más animada que ella. Una vez que llegaran los Fischer, devolvería feliz a Hedy a su núcleo familiar, con la tranquilidad de haber hecho lo mejor posible por la niña.

—Oh, señora B —comentó Betty una tarde mientras Barnaby visitaba la tienda—. Vamos a hacer un viaje a la playa este fin de semana con Sam y Hedy, ¿le parece bien?

—Creo que es una idea espléndida —manifestó Gertie, su mente de inmediato pensó en la posibilidad de tener una mañana tranquila dedicada a desmalezar su huerto antes de relajarse en el jardín con una copia de *La buena tierra*, que era la última elección del club de lectura de Betty. Gertie había tomado un ejemplar por impulso y admiraba mucho la escritura de Pearl S. Buck.

—Se supone que hará calor este fin de semana. Será encantador estar junto al mar.

—Debería venir con nosotros, ¿verdad, Barnaby? —preguntó Betty.

Barnaby levantó la vista de su libro de pedidos.

—Oh sí, señora Bingham. Sería encantador si pudiera acompañarnos.

—No estoy segura... —contestó Gertie, alarmada ante la idea de que su tranquilo domingo desapareciera en la distancia.

—Oh, vamos, señora B. Hará demasiado calor en Londres y los padres de Hedy se la llevarán pronto. Será nuestra despedida.

Gertie vaciló. Betty podía ser muy persuasiva y la idea de una brisa marina refrescante era tentadora. Parecía que había pasado una eternidad desde la última vez que vio el mar. Recordó los domingos de paseo con Harry: cómo se arremangaba los pantalones y se adentraba en el océano, volviendo empapado cuando una ola lo sorprendía. Luego extendían su manta de picnic de cuadros rojos y azules y se deleitaban con el almuerzo que habían empacado en la cesta de mimbre, la cual había sido un regalo de bodas de Charles. Eran recuerdos que Gertie atesoraba. Recuerdos lejanos ahora. Quizás era hora de volver a visitarlos.

—En ese caso, acepto, pero sólo si me dejan preparar el picnic.

Cuando Gertie recordaba aquel viaje, pensaba que en realidad se había sentido como el último día del verano. Todo en él era dorado. Gertie se levantó temprano para preparar su picnic. Sándwiches de jamón, huevos cocidos, un biscocho estilo victoria casero relleno de mermelada de ciruelas y manzanas del árbol que estaba en el jardín. Lo empacó todo en la cesta de mimbre junto con un termo de té y botellas de cerveza de jengibre.

A las diez en punto, Sam llamó a la puerta y Hedy corrió a abrir.

—Vaya, te ves preciosa —dijo mientras Gertie llevaba la cesta del picnic desde la cocina—. Buenos días, señora B. Permítame que la ayude.

—Gracias, Sam —respondió Gertie. Observó a Hedy mientras caminaban hacia el automóvil. Ella llevaba un hermoso vestido amarillo con lunares, ajustado en la parte del busto y cuya falda fluía hacia sus talones—. Te ves muy bonita, querida. Tus padres se sorprenderán de lo mucho que has crecido.

Sam abrió la puerta para que Gertie pudiera sentarse al frente, mientras Hedy se sentaba atrás con Betty y Barnaby. Al alejarse, Gertie contemplaba los susurros de los árboles, dejando que la luz salpicada del sol le acariciara el rostro a través de las hojas ondulantes. Escuchaba las conversaciones de los jóvenes. Sus charlas despreocupadas, sobre quién era la mejor actriz, Greta Garbo o Vivien Leigh, y si el mar estaría lo suficientemente cálido para nadar, fueron un refugio de la agitación que rondaba por toda Europa.

Betty dio un pequeño grito de emoción cuando vio el mar por primera vez y, momentos después, el grupo se dirigió hacia la extensa y amplia playa. Estaba llena de veraneantes y excursionistas, pero pronto encontraron un lugar para extender la gran manta verde de picnic que Betty había traído.

—¿Quién quiere nadar antes del almuerzo? —preguntó Sam—. ¿Señora B?

—Vayan ustedes chicos. Yo observaré —respondió Gertie.

—Podría venir a mojarse los pies —comentó Betty.

—Muy bien —respondió Gertie, quitándose los zapatos y las medias, sintiendo cómo su entusiasmo juvenil despertaba una ráfaga de energía en su interior. Los jóvenes corrieron desenfrenados hacia el mar, mientras Gertie avanzaba con cuidado. Hedy miró por encima del hombro y, al darse cuenta de que se estaba quedando atrás, se dio la vuelta para ofrecerle el brazo—. Gracias, querida —dijo aceptando con una sonrisa agradecida. Miró hacia el cielo casi despejado y respiró profundo. El mundo parecía perfecto. ¿Cómo podría ocurrir algo malo bajo un cielo tan azul y con un océano tan infinito?—. Oh, me encanta estar junto al mar —admitió con una tonada de canción, moviendo los dedos de los pies mientras las olas los cubrían, la fresca sensación le recordaba lo que era estar viva—. Oh, me encanta estar junto al maaaar.

Hedy rio.

—¿Qué canción es esa? Debes enseñármela.

Sam había vuelto corriendo para unirse a ellos y él y Gertie cantaron juntos.

—Oh, me encanta pasear por el paseo marítimo, donde las bandas de música tocan tiddly-om-pom-pom.

Todos rieron y Hedy salpicó juguetonamente a Sam. Gertie percibió el florecimiento de un romance y sonrió para sí misma. Quería y admiraba mucho a Sam, esperaba que los padres de Hedy lo aprobaran.

—Muy bien. Ustedes dos vayan a nadar y yo prepararé el picnic.

—No puedo comer ni un bocado más —gimió Sam mientras se dejaba caer de espaldas sobre una toalla.

—No es de sorprender, Samuel —comentó Betty—. Nunca había visto a nadie devorar tantos huevos cocidos en una sola sentada. Gracias, señora B. Estuvo delicioso.

—Me alegra que les haya gustado —aseguró Gertie, sirviéndose más té del termo y disfrutando de la inusual sensación de desempeñar el papel de madre. Le gustaba sentarse y escucharlos hablar. El inglés de Hedy era casi perfecto ahora. Gertie se sorprendía de lo rápido que había dominado los matices del idioma. Incluso podía bromear con Sam, quien parecía disfrutar de hacerla reír.

—¿Me acompañas a dar un paseo, Betty? —preguntó Barnaby, levantándose y ofreciéndole la mano.

—De acuerdo. ¿Quién quiere un helado cuando volvamos? —Hubo murmullos positivos de todos, a pesar de que aún estaban llenos del almuerzo.

Gertie cerró los ojos, escuchando el estruendo de las olas, las gaviotas chillaban mientras daban vueltas en el cielo, y se permitió soñar despierta con mudarse de nuevo a la costa. Quizás aún pudiera ser una realidad una vez que Hedy se fuera. Debió haberse quedado dormida durante un corto tiempo porque cuando despertó, Betty estaba parada frente a ellos con una sonrisa de oreja a oreja.

—¿Dónde están nuestros helados? —preguntó Sam.

—Eso no importa —dijo Betty—. ¡Barnaby acaba de proponerme matrimonio y le dije que sí!

—¡Ay, eso es maravilloso! —exclamó Gertie mientras todos se levantaban para ofrecer apretones de manos y abrazos de felicitación. Brindaron por la feliz pareja con las dos últimas botellas de cerveza de jengibre y con más rebanadas de pastel.

—Debo decir que apruebo cualquier matrimonio que haya comenzado detrás del mostrador de una librería. Yo conocí a mi querido esposo en la tienda de mi padre.

—Es tan romántico —expresó Betty, mirando a su prometido, quien descansó una mano en su hombro.

—Fue realmente maravilloso —recordó Gertie—. Fuimos muy felices. —Su voz se apagó mientras el anhelo de los recuerdos la abrumaba.

Hedy levantó su copa primero hacia Gertie y luego hacia Betty y Barnaby.

—Por encontrar el amor verdadero en una librería —brindó.

Gertie alzó su copa en respuesta.

—Este ha sido un día estupendo —murmuró Betty mientras conducían de regreso a casa esa tarde—. Soy la chica más feliz del mundo. —Barnaby apretó su mano—. Y quiero que seas una de mis damas de honor, Hedy. Tal vez tu madre pueda hacer mi vestido. ¡Podría ser su primer encargo!

—Sé que se sentirá honrada de hacerlo —aseveró Hedy—. No puedo esperar a que conozcas a mi familia.

Esta mañana, el embajador británico en Berlín entregó al gobierno
alemán una nota final en la que se establecía que, a menos que tuviéramos
noticias de ellos a las 11 en punto confirmando que estaban dispuestos
a retirar de inmediato sus tropas de Polonia, se consideraría que existía
un estado de guerra entre nosotros. Debo decirles que hasta ahora
no hemos recibido tal compromiso de su parte y que, en consecuencia,
este país está en guerra contra Alemania.

Hedy miró fijamente a Gertie, las palabras salían precipitadas de su boca mientras trataba de entenderlo todo.

—¿Qué significa esto? ¿Estamos en guerra? ¿Y mi familia? ¿Aún así podrán venir?

Gertie quería decirle que todo estaría bien, que aún había esperanza, pero podía sentir cómo se les escapaba todo de las manos. La sala se sentía como un lugar sofocante. A pesar de abrir todas las puertas y ventanas, el calor del día se extendía como el de un horno por toda la casa. Gertie sentía como si las paredes se estuvieran cerrando.

—Lo siento, Hedy, pero no creo que sea posible ahora —dijo.

—Pero, ¿quizás ellos sabían que esto podría pasar? ¿Quizás ya se han ido? ¿Quizás están en camino? —respondió Hedy, desesperada.

Gertie no sabía qué decir. Observaba cómo Hedy caminaba de un lado a otro, con los ojos abiertos de pánico. Mientras Chamberlain llegaba al final de su transmisión, asegurándoles que estaba «convencido de que el bien prevalecerá», Hedy soltó un grito. Gertie nunca había escuchado un sonido así. Crudo. Angustiado. Desesperanzado.

Gertie se levantó:

—Bien, Hedy, tu madre no querría verte así.

—¿Qué sabes tú de mi madre? —cuestionó Hedy, mirando a Gertie con los ojos ardiendo de furia—. Tú no conoces a mi madre.

—No, pero sé que te ama y que no querría verte triste. No quiero que estés triste, así que por favor... —Gertie abrió los brazos.

—Tú no eres mi madre —lloró Hedy, mientras la ira se transformaba en tristeza—. ¡Quiero a mi madre! ¡Quiero a mi familia! Hedy comenzó a sollozar histérica antes de salir corriendo de la habitación.

Gertie pensó en seguirla, pero sus pies parecían estar pegados al suelo. No podía creerlo. Estaban en guerra otra vez. ¿Dónde encontrarían cualquiera de ellos la fuerza para superar esto?

Se levantó de su silla, anhelando escapar de la miseria sofocante que llenaba el cuarto. Caminó hacia la puerta trasera y contempló el jardín. Los pájaros seguían cantando en los árboles; las flores aún inclinaban sus cabezas con la brisa del fin del verano. Parecía inconcebible que estuvieran en guerra cuando el mundo era tan pacífico y tranquilo como entonces.

Cuando la primera sirena de alerta aérea perforó la paz bañada por el sol, escuchó a Hedy gritar como un animal herido, resonando con la desesperanza del mundo mientras la oscuridad lo envolvía una vez más.

Francia, 1917

El capitán Charles Ashford firmó con su nombre la parte inferior de la nota escrita a mano para la señora Percy Rose, la dejó secar y después la colocó encima de la pila de otras cuarenta cartas escritas a otras cuarenta viudas ese día. Miró fijamente la vela parpadeante, que iluminaba las paredes de ladrillo desnudas de la granja dañada por las bombas donde él y sus hombres habían buscado refugio. La mayoría de ellos estaban dormidos, exhaustos después de días de ataques y contraataques. Su oficial al mando declaró que la operación había sido un éxito.

—Esto marca una nueva fase, Ashford. Ahora sabemos cómo penetrar rápida y profundamente en las líneas enemigas con bajas mínimas. Sólo necesitamos una mejor comunicación para lograrlo la próxima vez. Con un poco de suerte, estaremos en casa para Navidad.

—Sí, señor —aseveró Charles, aunque discrepaba y estaba convencido de que las familias de los miles de soldados muertos o desaparecidos estarían de acuerdo con él.

No podía imaginar estar en casa para Navidad. Ni siquiera podía recordar cómo era la Navidad. Todo lo que Charles podía ver extendiéndose ante él era un conflicto interminable, con más jóvenes perdiendo sus vidas sin sentido, más viudas, más niños creciendo sin padres. Cuando se alistó, lo hizo por deber hacia el rey y el país. Ése era el grito de guerra. Pero después de años de ver a jóvenes hombres, que en realidad seguían siendo niños, llorar por sus madres mientras morían, de ver a soldados convertidos en amigos cercanos hacerse pedazos ante sus ojos, Charles luchaba por imaginar un mundo más allá del horror diario de la guerra.

Contemplaba su propia muerte todos los días. De muchas maneras, estaba preparado para ella. En momentos oscuros, incluso anhelaba la muerte. Un fin a todo esto. El bendito beso de la muerte. No era supersticioso, no era uno de esos tipos que llevaban una pata de conejo o un trozo de carbón para que le dieran suerte. Sabía que si su hora había llegado, había llegado y ya. Le había sucedido a Jack Arnold. Gertie le había escrito para darle la noticia el mes pasado. Su querida Gertie. Podía imaginar su angustia y cómo trataría de consolar a sus padres. Una familia tan unida. Y, por supuesto, tenía a Harry. El buen y viejo Harry. Charles sacó su billetera de cuero y contempló la foto de su amigo y Gertie en el día de su boda, con Charles y Jack orgullosamente parados a cada lado de ellos. Fueron tiempos tan preciosos. Sintió lágrimas formándose detrás de los ojos. No podía ni siquiera imaginar cómo sería volver. Quizás ésa era su propia historia. Tal vez su hora final estaba casi por llegar. Tomó otra hoja de papel y sumergió la pluma en la tinta.

5 de diciembre de 1917

Mi querida Gertie:
Gracias por tu carta. Tuve que escribirte tan pronto como pude para decirte lo triste que me sentí al enterarme de lo de Jack.

Charles pausó mientras buscaba las palabras adecuadas.

Era un hombre tan admirable y fue un buen hermano para ti. Recuerdo con cariño esas tardes felices que pasamos juntos, paseando en bote en Oxford. Todavía me río cuando recuerdo aquella vez

126

que intentó saltar de un bote a otro y terminó cayéndose dentro del lago Cherwell.

Charles se secó una lágrima que se formaba en la comisura del ojo. Aunque la mayoría de los hombres estaban dormidos, no permitiría que la emoción entrara en ese mundo.

Espero que los recuerdos preciosos de días como éstos te brinden algo de consuelo en las semanas y meses que vendrán.
   Estoy bien de salud y...

Charles se interrumpió a sí mismo, frustrado por sus palabras huecas. Esos recuerdos no traerían de vuelta a Jack. Eso era un hecho. Era la verdad. Tal vez era hora de que Charles dijera su propia verdad.
   Sumergió la pluma de nuevo e hizo una pausa antes de volver a colocarla en el tintero y frotarse las sienes. ¿Cómo expresarlo? ¿Cómo decirle a Gertie lo que en verdad quería que supiera? ¿Qué pensaría ella? ¿Qué pensaría Harry? Sus amigos más antiguos y queridos. Su mente acelerada luchaba por encontrar claridad.

Tengo que contarte algo en caso de que, por alguna desgracia, no regrese. Creo que es justo que sepas la verdad.

La verdad. Ahí estaba esa palabra de nuevo. Tan fácil de escribir y aún así tan difícil de expresar. ¿Cuál era la verdad, Charles?
   Miró la fotografía de la boda de nuevo, acariciándola con el pulgar.
   «Te amo», susurró Charles. «Siempre te amaré y nadie más podrá hacerme sentir lo que tú me haces sentir». Presionó la fotografía contra sus labios antes de deslizarla de nuevo en su billetera y tomar la pluma, listo para escribir. Si fuera a morir ahora, necesitaba que Gertie supiera sus verdaderos sentimientos.

—¿Té, señor? —ofreció una voz.

Charles levantó la vista de su carta mientras el soldado agotado colocaba una taza de lata frente a él.

—Gracias, sargento.

—¿Quiere que me lleve estas cartas, capitán? —preguntó el sargento.

Charles miró la carta para Gertie, aún sin terminar. Hizo una pausa por un momento antes de escribir con rapidez.

Estoy bien de salud y deseo volver a experimentar momentos mejores, en los que Harry, tú y yo podamos reunirnos en persona. Envíale mis mejores deseos. Siempre están en mis pensamientos.

Siempre tuyo,
Charles.

—Gracias, sargento —dijo colocando la carta de Gertie con las demás y entregándoselas.

SEGUNDA PARTE

Londres, 1940

8

Mi mejor amigo es aquel que me recomienda
un libro que no he leído.

Abraham Lincoln

Gerald Travers frunció el ceño observando la pared de ladrillo desnudo, como si esperara que el mismo Hitler emergiera de ella antes de darle un golpecito autoritario y ladear la cabeza para escuchar. Retrocedió con una inclinación satisfecha.

—Completamente seguro, señora Bingham —afirmó echando un vistazo a la habitación tenue, llena de estanterías, que hasta hoy había servido sobre todo como almacén y oficina de pedidos—. Puedo asegurarle que esto funcionará como refugio público antiaéreo.

—Gracias, señor Travers —replicó Gertie—. Estaremos encantadas de ofrecer refugio en caso de necesidad. Estoy segura de que podemos hacerlo más acogedor con unas cuantas sillas y cojines. Al menos tenemos mucho entretenimiento —añadió, asintiendo hacia las estanterías repletas de libros.

Gerald asintió con amabilidad. A Gertie le recordaba un poco a Alderman Ptolemy, el personaje de la tortuga de las historias de Beatrix Potter, que se movía con lenta deliberación y también tenía predilección por la lechuga que crecía en su abundante jardín.

—Hitler está demasiado ocupado arrasando Europa en este momento, pero no pasará mucho tiempo antes de que esté tocando a nuestra puerta. Y estaremos preparados para él —dijo Gerald, tocando su nariz

Gertie sonrió. Lo conocía desde hacía años. Todos conocían a Gerald y a su esposa Beryl. Atendían la verdulería local y le habían tomado un cariño especial a Gertie un día en que ella expresó su admiración por sus coles cultivadas en casa y confesó que tenía el sueño de intentar cultivarlas en su propio jardín. Beryl de inmediato se encargó de ser el hada madrina de las ambiciones horticulturales de Gertie. No sólo le llevó semillas de coliflor, sino que también le ayudó a plantar frijoles, tomates, calabazas y patatas. Bajo la tutela de Beryl y Gerald, Gertie se enamoró de la jardinería y, agradecida, les regalaba frascos de encurtidos, mermeladas y frutas en conserva. Gertie todavía recordaba el día en que Beryl se puso demasiado enferma para trabajar, porque Gerald bajó las cortinas metálicas de la verdulería y nunca las volvió a abrir. A menudo entraba a la tienda para comprar un libro y leérselo a Beryl mientras ella estaba acostada.

«Algo divertido y entretenido, por favor, señora Bingham», solía decir él. Gertie lo enviaba a casa con varios libros de Wodehouse, y, por supuesto, *Tres hombres en un bote*. Después de la muerte de Beryl, él le devolvió todos los libros a Gertie. «Puede venderlos en su selección de libros de segunda mano. Tiene mi bendición, señora Bingham. Ya no los necesito».

Gertie consideraba a Gerald todo un caballero, en el sentido más amplio de la palabra. Lo recordaba visitándola en casa poco después de la muerte de Harry. Él se paró en su puerta sujetando una bolsa de papel y la miraba como alguien que también había perdido al amor de su vida.

—Son manzanas del tipo *Cox's Orange Pippins* —precisó, presionando la bolsa llena de manzanas en sus manos—. Si no me equivoco, eran las favoritas del señor Bingham.

No fue sorpresa para Gertie que este pilar de su comunidad, que también se desempeñaba como cuidador del salón del pueblo, asumiera el papel de jefe de protección antiaérea tan pronto como se declaró la guerra.

—Le agradezco que se haya tomado el tiempo para visitarme, señor Travers —exclamó siguiéndolo de regreso al piso de la tienda—. Sé lo ocupado que debe estar.

—No es molestia, señora Bingham —contestó Gerald—. En absoluto. Estoy contento de mantenerme ocupado, en especial por las noches. La casa puede volverse un poco, bueno, ya sabe...

—Sí. —Ella en realidad lo sabía. O al menos solía saberlo. El silencio abrumador de su casa después de la muerte de Harry la dejaba sin aliento a veces. Solía llevar a Hemingway a dar largos paseos sin rumbo durante horas y horas, desesperada por evitar el silencio opresivo.

Las cosas eran diferentes con Hedy en casa. Nada como cuando Harry estaba vivo, por supuesto, pero Gertie se había dado cuenta de que ahora dormía un poco más tranquila por las noches. Despertarse en una casa vacía apenas le daba ánimos para levantarse de la cama, pero ahora Hedy necesitaba que la despertaran y la animaran a prepararse para ir a la escuela. A menudo era un desafío, ya que las chicas de quince años al parecer disfrutaban dormir, pero eso le daba a Gertie una razón para levantarse y seguir adelante, y estaba agradecida por ello.

Después de que se declaró la guerra y de que se asentara en Hedy la escalofriante realidad de que su familia se quedaría en Alemania a merced de los nazis, la niña se encerró en sí misma como si fuera un ave herida. Sólo salía de su habitación para comer o ir a la escuela y Hemingway rara vez se separaba de su lado. Lo peor de todo era que ya no habían recibido cartas. Tan pronto como comenzó la guerra, la comunicación desde Alemania sólo era posible a través de telegramas de veinticinco palabras enviados por la Cruz Roja. El primero llegó unos días después del fallido intento de los Fischer por abandonar Alemania.

Estamos bien de salud. No te preocupes. Eres nuestra querida hija. Papá, Arno y yo te enviamos nuestro amor. No pierdas el ánimo. Mamá.

Con esta confirmación final de que su familia no vendría a Inglaterra, Hedy se retiró, como un fantasma, como si no pudiera creer la realidad en la que vivía ahora. Gertie recordaba cómo se había sentido ella misma durante las semanas y meses siguientes a la muerte de Harry, cuando había sido presa del miedo por su ausencia y aún no podía creer que se hubiera ido. Desesperada por animar a Hedy, intentó ofrecer consuelo de la única manera que conocía.

—*Jane Eyre* —indicó deslizando su propio ejemplar preciado por encima de la mesa de la cocina hacia Hedy una tarde—. Me brindó consuelo cuando más lo necesitaba. Aún lo hace, en realidad.

Hedy levantó la mirada hacia Gertie y luego volvió a observar el fino libro verde. Abrió la portada y leyó la inscripción.

—¿Esto fue de tu esposo? —preguntó.

Gertie tragó saliva.

—Sí, lo fue. Me lo dio el día que nos casamos. —Sus ojos brillaron mientras recordaba—. Recuerdo que era un día caluroso. Llevaba un vestido de marfil pesado con mangas de encaje áspero y una larga cola y tenía un tocado decorado con flores de azahar que me hacía sentir comezón en la cabeza. —Sacudió la cabeza con diversión, casi olvidando que Hedy estaba escuchándola—. Lo único que quería era casarme con Harry para seguir adelante con nuestras vidas juntos. El fotógrafo era un tipo alegre, el señor Archibald, que tenía un espléndido bigote revolucionario que lo hacía parecer una morsa alegre. Yo intentaba con desesperación sonreír para el retrato, pero no sabía qué hacer con mi cara. Mi hermano Jack se estaba comportando como un tonto, haciendo gestos detrás de él. Mamá lo regañó, pero suavemente, como solía hacerlo. —Se rio—. Él dijo que yo parecía posar para un retrato de mi funeral.

—Esto suena como algo que Arno me diría a mí —comentó Hedy—. Siempre bromeando.

Gertie sonrió.

—Y luego apareció Charles. Era el mejor amigo de Harry, ¿sabes? Me alegré y me sentí aliviada al verlo, y mi rostro se transformó. Luego el señor Archibald tomó la foto perfecta y a partir de ese momento Harry siempre bromeaba diciendo que su novia sonrojada sonreía de oreja a oreja no porque su mente estuviera llena de pensamientos sobre su amado, sino porque acababa de ver a su mejor amigo de lejos. —Hedy rio—. Y así fue como él me entregó este libro de parte de Harry —dijo Gertie, haciendo un gesto hacia el libro.

Hedy leyó en voz alta la dedicatoria:

«Lectora, ella se casó conmigo y me hizo el hombre más feliz del mundo. Siempre tuyo, Harry, junio de 1906».

Cerró la cubierta, pasando una mano con delicadeza por las letras doradas.

—Gracias por permitirme tomarlo prestado.

Gertie asintió, una súbita oleada de anhelo recorrió su cuerpo. Podía verlos a todos posando para un retrato después de la ceremonia: Harry sonriéndole, Charles y Jack bromeando detrás de ellos, la tía soltera de Gertie regañando a su padre y al tío Thomas por ser demasiado ruidosos, y su madre agarrando su mano y besándola. Había sido el día más feliz de su vida y anhelaba volver atrás. Sumergirse en ese momento una vez más.

Sentir otra vez ese amor y alegría a su alrededor. Se levantó, deseando escapar de la melancolía.

—Espero que lo disfrutes, querida —exclamó—. Ahora, si me disculpas, es hora de podar mis rosas.

Unos días después, Gertie regresó de la librería y encontró a Hedy en la cocina con las tazas listas y la tetera hirviendo.

Su rostro se iluminó al ver a Gertie.

—Terminé *Jane Eyre* —aseguró—. Es la mejor heroína que he leído. Incluso aprende a hablar alemán. —Hedy dirigió su mirada hacia la mesa—. Preparé té y... —Levantó un paño de cocina para revelar una bandeja de galletas de color caramelo—. Son como los *Lebkuchen* que tenemos en casa. Espero que sepan bien. Pensé que podríamos tomar té y hablar sobre el libro, si quieres.

Gertie se quitó el abrigo con una sonrisa.

—Eso me gustaría —contestó.

Harry siempre decía que las mejores cosas de la vida siempre comienzan con un libro, y mientras Gertie y Hedy compartían su amor por las historias durante las siguientes semanas y meses, Gertie recordaba lo sabio que había sido su esposo. Gertie le recomendó leer a las Brontë y a Wodehouse, mientras que Hedy le dijo que leyera a von Droste-Hülshoff y Hesse. Una vez que compartieron sus libros favoritos, comenzaron a descubrir nuevos autores. Juntas, leyeron a Edna Ferber, Winifred Holtby, Aldous Huxley y muchos más. Gertie notaba con satisfacción que no sólo tenían gustos similares, sino que Hedy discutía las historias, personajes y literatura con una pasión que Gertie reconocía, pero que no había sentido en varios años; desde la muerte de Harry, para ser precisos. Ella había dejado de amar la lectura por un tiempo, y ahora Hedy estaba ayudando a reavivar esa alegría.

Cuando no estaba en la escuela o leyendo, Hedy escribía. Sam se había alistado en la Real Fuerza Aérea y ella le escribía largas cartas, su rostro cobraba vida cada vez que recibía una respuesta. Gertie también notaba las historias garabateadas, escritas en trozos de papel, algunos fragmentos en alemán y otros en inglés. La hacían sonreír. Encontraba consuelo en las palabras. Un mundo de fuerza y esperanza que tanto necesitaban. Gertie le compró a Hedy una libreta de cuero azul medianoche y le regaló la brillante pluma Parker Duofold roja de Harry.

«Si es lo suficientemente buena para Arthur Conan Doyle, es lo suficientemente buena para mí», solía decir él.

Hedy aceptó ambos regalos con una mirada de gratitud y asombro.

—Prometo cuidar la pluma de Harry —aseguró.

—Sé que lo harás —respondió Gertie con satisfacción—. Puedes ser la primera escritora residente de la libería Bingham.

—Escribiré una historia que los haría sentir orgullosos a ambos —dijo con certeza.

Gertie sintió su corazón elevarse y hundirse al mismo tiempo, ya que sonaba exactamente como algo que un niño le diría a sus padres. Acarició el hombro de Hedy.

—No puedo esperar a leerla.

—¡Tengo uno, señora B! —gritó Betty, irrumpiendo por la puerta, sosteniendo un huevo como un trofeo—. Oh, perdón, señor Travers. No lo vi ahí.

—No se preocupe por mí, señorita Godwin. La señora Bingham y yo estábamos fortaleciendo las viejas defensas.

Los ojos de Betty se iluminaron.

—¿Lo ha aprobado?

Él asintió.

—Será una bendición para la calle principal cuando los alemanes lleguen.

—Si es que llegan —comentó Betty—. Estoy orgullosa de ser una de sus guardianas, señor Travers, pero no necesito hacer mucho, excepto repartir máscaras de gas y gritarle a la gente «¡apague esa luz!».

—Ten cuidado con lo que deseas —aconsejó Gerald, intercambiando una mirada con Gertie. Era la mirada de una generación que se alegraba de que hubiera habido poco combate durante los primeros meses de esta guerra. El pensamiento de enterrar a más muertos cuando aún se estaban recuperando de los horrores del último conflicto era casi insoportable. Por supuesto, la generación de Betty no podía recordarlo. Estaban ansiosos por derrotar al fascismo, por levantarse y luchar. Gertie aplaudía su espíritu, pero cada vez que escuchaba de otro joven que se alistaba, el temor se acumulaba en su estómago. Hitler estaba extendiendo los tentáculos de su poder por Europa y no pasaría mucho tiempo antes de que su atención se dirigiera a Gran Bretaña. Era como si estuvieran listos en posición, mirando fijo hacia la oscuridad aterradora, temerosos del momento en que el monstruo atacara.

Por el momento, la vida parecía un ensayo general para lo que vendría. El gobierno había implementado el racionamiento que, si se escuchaba a personas como la señorita Crow, era un «deshonor a la justicia», pero para Gertie parecía un precio pequeño para mantener al país alimentado. Los apagones nocturnos eran vistos por la mayoría como una necesidad molesta, pero para deleite de Gertie, habían avivado una mayor sed de lectura. Apenas podía mantener suficientes ejemplares de *Lo que el viento se llevó* y las ventas de los títulos de Jane Austen y Charles Dickens estaban en auge.

—Excelente trabajo buscando huevo, por cierto —señaló Gertie a Betty—. Guardé mi ración de mantequilla.

—¿Y el azúcar? —preguntó Betty.

—Leí en algún lugar que podemos endulzar un pastel con zanahorias.

Betty hizo una mueca.

—Suena un poco extraño.

—Tengo azúcar —confesó el señor Travers.

Betty lo miró.

—¿Está seguro? Estamos haciendo un pastel de cumpleaños para Hedy.

—Por supuesto —respondió—. La joven debe tener un pastel después de todo lo que ha pasado. Ahora tengo una reunión con el Servicio de Voluntariado Real, pero puedo llevarla a su casa más tarde, señora Bingham.

—Pero entonces debemos darte algo a cambio —dijo Gertie deseosa de responder de alguna forma a la generosidad de Gerald.

—Oh no, en realidad no es necesario —señaló Gerald.

—Tome —Betty tomó un libro del estante y se lo entregó.

—*Las uvas de la ira* —leyó Gerald.

—Es muy popular en este momento. Lo elegimos para el club de lectura el año pasado y el señor Reynolds dijo que era uno de los mejores libros que ha leído —explicó Betty—. Creo que le gustará.

Gerald lo examinó en sus manos.

—Podría ser agradable tener algo que leer en mis noches libres. Las noches de apagón son un poco pesadas. Gracias.

—Es una lástima que hayamos tenido que suspender el club de lectura de la Librería Bingham por el momento —indicó Betty—. De lo contrario, podría unirse.

Gerald suspiró.

—Hitler tiene mucho que compensar. Bueno, mejor me voy. No quiero hacer esperar a la señora Fortescue.

—Cielos, no —dijo Gertie.

Conocía a Margery Fortescue por su reputación. Había enviudado hacía unos años y le gustaba organizar cenas y recitales en la sala de estar de la mansión donde vivía con su hija Cynthia. Estaba justo fuera de los límites de la ciudad, rozando con el pintoresco campo de Kent.

«Se cree la señora de la mansión» había dicho la señorita Crow en más de una ocasión. «*Lady* La-Di-Da sería más apropiado».

Gertie no solía escuchar los chismes ociosos de Philomena Crow, pero había conocido a la formidable Margery Fortescue en persona en una ocasión. Había sido un día tranquilo en la tienda, poco después de la muerte de Harry. Gertie estaba en el almacén cuando escuchó sonar el timbre sobre la puerta. Alisó su vestido y se dirigió al frente. Una mujer en sus treinta años con gafas redondas y portando un gorro de color ciruela estaba parada en medio de la tienda sosteniendo una copia de *Las mil y una noches* en sus manos. Era una hermosa edición con tela morada y un elaborado diseño de hojas de oro entrelazado sobre la columna vertebral. La mujer tenía los ojos cerrados e inhalaba su aroma como si pudiera guardar las historias por medio de su olfato. Gertie se detuvo. No quería entrometerse. Entendía lo sagrado de ese momento. Ella misma lo vivía casi a diario, como un sacerdote practicando algún ritual sagrado. Sin embargo, a la pobre mujer no le quedó mucho tiempo para disfrutar de esa preciosa paz, ya que la puerta de la tienda se abrió de golpe y Margery Fortescue se paró frente a ellas, frunciendo el ceño con los brazos cruzados.

—¡Cynthia Fortescue! ¿Qué demonios estás haciendo? —dijo. Los ojos de la mujer más joven se abrieron de golpe, pero se mantuvo inmóvil en su lugar, aferrándose al libro como si pudiera salvarla del inminente ataque— ¡Cynthia!

Cynthia se dio la vuelta, encogiendo los hombros.

—Lo siento, madre —dijo—. Sólo estaba curioseando.

—¿Puedo ayudarlas en algo? —preguntó Gertie, adentrándose en medio de ellas como si recién las hubiera encontrado en su tienda.

—No, dijo Margery. Nos vamos. Cynthia, deja ese libro.

El rostro de Cynthia se entristeció como si le hubieran dicho que debía separarse de su amado para siempre. Pasó un dedo sobre la columna del volumen antes de devolvérselo a Gertie.

—Quédatelo —dijo Gertie.

Los ojos de Cynthia se abrieron de par en par.

—No —dijo su madre, arrebatando el libro de las manos de su hija y colocándolo sobre el mostrador—. No necesitamos su caridad y Cynthia no debe ser recompensada por escabullirse a este... —Echó una mirada desaprobadora a los estantes de libros— emporio. Ahora vámonos, Cynthia. Tenemos una cita en la estética. Buen día.

Gertie las observó partir, ofreciendo una sonrisa comprensiva a Cynthia mientras ella miraba hacia el fondo de la tienda, con una expresión de anhelo en su pequeño y estudioso rostro.

—Espero que el señor Travers sepa con qué está lidiando. La señora Fortescue puede ser aterradora —confesó Gertie después de que se hubiera ido—. Aunque es un hombre encantador por ofrecernos su ración de azúcar.

Betty asintió.

—Será una sorpresa encantadora para Hedy. ¿Sam todavía puede obtener permiso para el fin de semana?

—No creo que ni Hermann Göring pueda detenerlo.

—¿Y Barnaby?

—No esta vez, por desgracia.

—Lo siento, querida —dijo Gertie.

Betty encogió los hombros estoicamente.

—Inglaterra lo espera.

Gertie extendió la mano para apretarle el brazo. No era una mujer religiosa, pero todas las noches rezaba para que esta guerra fuera corta, para que sus jóvenes hombres se salvaran. Sin embargo, a medida que Hitler avanzaba implacable por Europa, este deseo resultaba cada vez más improbable.

Gertie estaba colocando las cosas para el desayuno cuando llegó el telegrama. Hemingway ladró en cuanto el chico llamó al timbre de la puerta, y luego escuchó a Hedy corriendo escaleras abajo para abrir la puerta.

Apareció en la cocina momentos después, sosteniendo el telegrama junto a su corazón.

—Mi madre me desea un feliz cumpleaños —expresó con una mezcla de anhelo y deleite en su rostro.

Gertie sintió la necesidad de animarla.

—Bueno, qué suerte que llegó este día. ¡Feliz cumpleaños, querida! También tengo algo para ti.

Señaló hacia un paquete de papel marrón que descansaba sobre la mesa.

—*Villette* —indicó Hedy, sacando un pequeño volumen azul del papel—. Gracias, Gertie.

—Sé cuánto disfrutaste *Jane Eyre*, así que pensé que te gustaría leer otro libro de Charlotte Brontë.

—Y estas flores son hermosas —afirmó Hedy, acariciando con un dedo los delicados pétalos rosados y redondos.

—Peonías —precisó Gertie, satisfecha—. Han florecido justo a tiempo para tu cumpleaños. ¿Tienes algún plan para hoy?

—Betty vendrá más tarde y tal vez vayamos al cine.

—Suena como una idea estupenda —exclamó Gertie, emocionada por la sorpresa que le esperaba. Gracias al huevo que había encontrado Betty y al azúcar del señor Travers, logró hornear un pastel de chocolate aceptable, con un relleno de mermelada casera de cereza, que estaba escondiendo en la despensa, listo para cuando Sam llegara.

Un poco después de las dos en punto, llamaron a la puerta.

—Hedy —dijo Gertie—. ¿Podrías abrirle a Betty, por favor, querida?

—De acuerdo —contestó Hedy.

Gertie salió de la cocina y se quedó mirando mientras ella abría la puerta principal.

—¡Feliz cumpleaños! —gritó Betty, levantando las manos al aire antes de apartarse a un lado mientras Sam, vestido con el uniforme de la Real Fuerza Aérea, asomaba la cabeza por el marco de la puerta.

—¡Sorpresa!

—¡Sam! —exclamó Hedy, avanzando rápido y lanzando sus brazos alrededor de su cuello. Gertie y Betty sonrieron la una a la otra—. Te ves muy elegante —le dijo ella.

—Ya era hora de que alguien lo hiciera arreglarse un poco —dijo Betty, dándole un codazo en las costillas a su hermano de forma juguetona.

—Sí, te ves muy elegante, Sam —reafirmó Gertie sintiendo un repentino recuerdo atrapado en su garganta de cuando Jack partió a la guerra hacía tantos años—. ¿Entramos a la sala y celebramos como se debe el cumpleaños de esta joven?

Después del té y el pastel, que todos declararon un éxito, Sam metió la mano en el bolsillo y sacó un pequeño paquete cuadrado. Hedy lo desenvolvió revelando una caja de terciopelo rojo rubí que contenía un relicario de plata.

—Puse la foto del día de la granja —dijo él con una risita—. Cuando Betty se sentó en esa avispa.

—No fue gracioso, fue terriblemente doloroso —señaló su hermana.

Hedy desenganchó la cadena.

—Permíteme ayudarte con eso —dijo Sam acercándose a ella.

Le pasó la cadena alrededor del cuello y cerró el broche. Las mejillas de Hedy se ruborizaron un poco mientras colocaba una mano sobre el relicario.

—Gracias, Sam —susurró.

Gertie podía darse cuenta cuando dos personas estaban enamorándose. Su corazón se agitó en un torbellino de alegría y tristeza por lo que les esperaba a ambos en el futuro.

Alguien más llamó a la puerta. Sam miró a su hermana.

—Creo que esta vez podría ser para ti, Betty.

Betty frunció el ceño.

—¿Qué quieres decir?

Gertie se acercó a la ventana y miró a través de las cortinas.

—Tiene razón. Definitivamente es para ti.

Betty voló hacia la puerta. Gertie, Hedy y Sam se miraron mientras escuchaban.

—¡Oh! —gritó Betty—. ¡Oh, eres tú! Maravilloso, maravilloso, eres tú. —Regresó momentos después, de la mano de Barnaby—. Este bobo me dijo que no le darían permiso para venir —contó con los ojos llenos de lágrimas.

Barnaby la abrazó y besó la parte superior de su cabeza.

—¿Llego demasiado tarde para seguir con la fiesta? —preguntó él—. ¡Feliz cumpleaños, Hedy!

—Gracias, Barnaby. Estoy tan contenta de que estés aquí.

—Bueno, no sé ustedes, pero creo que esto requiere música —aseguró Sam—. ¿Está bien si encendemos el gramófono, señora B?

—No será una fiesta si no hay música —señaló Gertie, sonriéndole a Hedy.

—Te voy a enseñar a bailar el charleston, Hedy —dijo Sam—. Vamos, ustedes dos. —Se volvió hacia Barnaby y Betty—. No hay tiempo para descansar.

Gertie observó con deleite cómo los jóvenes giraban alrededor del piso, riendo a medida que avanzaban. Se sentía bien tener momentos de alegría en tiempos de desesperación. Notó la forma en que Hedy y Sam se miraban el uno al otro. Hedy parecía demasiado joven para enamorarse y, sin embargo, no podía imaginarse un hombre mejor para ella que Sam. Recordaba con alegría los momentos en que ella y Harry se enamoraron por primera vez. Esas miradas robadas. El anhelo al separarse. La emoción del momento en que se volvían a encontrar. Había consuelo en esos recuerdos, pero también puñaladas de dolorosa añoranza.

Su ensueño fue interrumpido por un golpe en la puerta.

—¿Alguien espera a otro visitante sorpresa hoy? —preguntó Gertie, avanzando para abrir la puerta.

—Quizás sea el primer ministro —contestó Betty riendo—. Ha oído hablar de ese delicioso pastel y quiere un pedazo.

La sonrisa desapareció de los labios de Gertie en cuanto vio al policía. Parecía más joven que Hedy; apretaba su libreta con dedos nerviosos, con un destello de sudor en su labio superior.

—Buenas tardes, agente. ¿Todo está bien? —preguntó ella.

—¿Es usted la señora Bingham? —inquirió él, mirando hacia abajo a su libreta— ¿La señora Gertrude Bingham?

—Sí, soy yo.

El policía inhaló.

—Soy el agente Wilberforce. Hemos recibido información de que tiene a una ciudadana alemana viviendo con usted. ¿Es eso correcto?

—Sí —respondió Gertie, irritada—. Es una joven judía que se vio obligada a huir de su tierra natal debido a los nazis.

—Oh —exclamó el oficial.

—Mire, ¿de qué se trata esto, joven? —exigió ella, sorprendiéndose por la ferocidad de su tono—. ¿Qué necesita de Hedy?

Él tragó saliva y miró su libreta como si pudiera ofrecerle la respuesta antes de volver a mirarla con pesar.

—He venido a arrestarla —selañó—. Por orden del propio Winston Churchill.

9

Prefiero ser rebelde a ser esclava.
Emmeline Pankhurst

Gertie miró fijamente el escudo de armas reales que estaba grabado en la pared trasera de la sala de audiencias del juzgado, con los ojos entrecerrados, mientras la ira pulsaba por sus venas como electricidad. Se había mantenido en un estado perpetuo de furia desde que intentaron arrestar a Hedy. Gertie acompañó a Hedy a la comisaría y le dijo al sargento de guardia, sin rodeos, que Hedy no sería llevada hasta que se le concediera una audiencia adecuada. El sargento era un hombre amable llamado Fred Mayfield, que tenía una hija de edad similar a la de Hedy y que de vez en cuando pasaba por la librería para comprarle una novela de Mills & Boon. Hizo una llamada telefónica, programó una audiencia de apelación para el mes siguiente y envió a Gertie y a Hedy a casa.

Gertie estaba aliviada, pero seguía indignada por este acontecimiento. Impulsada por sus acciones recientes, convenció a todos los que conocía de escribir en nombre de Hedy al periódico *The Times*. Una semana después, una joven periodista se presentó en la librería, pidiendo entrevistarla.

—¿Cómo reaccionas ante la historia de que el primer ministro ordenó a la policía, y cito: «arrestar a todos»?

—Yo preguntaría si el primer ministro alguna vez ha tenido motivo para huir de su hogar debido a la tiranía del gobierno —respondió Gertie sin vacilar.

La periodista levantó las cejas.

—¿Puedo citarla, señora Bingham?

Gertie la miró a los ojos.

—Sí, querida. Puedes hacerlo.

No era la primera vez que Gertie desafiaba el poder político de Winston Churchill. En 1905, animada por su madre y por el grito de batalla de la señora Pankhurst de «Hechos, no palabras», Gertie se había movilizado para actuar. Su primer acto de rebelión no fue del todo exitoso.

—Gertrude, ¿puedes venir aquí un momento, por favor?

Gertie levantó la vista del registro de pedidos y vio a su padre parado incómodo junto a una mujer pequeña y mayor vestida de negro, que se secaba los ojos con un pañuelo. A medida que se acercaba, podía oír el lamento de la mujer. «¡El gran Alfred, *Lord* Tennyson! ¿Cómo pudieron? Ensucian su nombre por completo».

—¿Padre? —dijo Gertie.

El rostro de Arthur Arnold era serio.

—¿Sabes qué significa esto? —preguntó, extendiendo el libro.

Gertie lo tomó y contempló la inscripción «Votos para las mujeres» en la primera página. Lo miró con una sonrisa brillante e inocente.

—Creo que tiene algo que ver con la campaña para que las mujeres obtengan el derecho al voto.

La diminuta clienta estaba indignada.

—¡Es una abominación! —exclamó—. Estas mujeres son monstruos sin un gramo de decencia en sus huesos. Deberían ser azotadas con látigos de caballo, les digo. ¡Azotadas con látigos de caballo!

Gertie y su padre miraron a la mujer asombrados mientras ella señalaba con un dedo enguantado para enfatizar su punto.

—Hemos logrado bastante bien que nuestros padres, esposos y hermanos representen nuestras opiniones. No necesitamos que esto cambie. Estoy segura de que, como padre dedicado, está de acuerdo, ¿verdad? —dijo, dirigiéndose a Arthur.

Él miró a su hija antes de toser cortésmente.

—Estimada señora, me temo que no. Desde hace mucho tiempo sostengo que mi esposa y mi hija tienen una inteligencia temible que supera con creces la mía. No sólo son iguales, sino superiores, a mi parecer. Ahora, lamento que el libro que compró haya sido desfigurado de esta manera y estoy dispuesto a ofrecerle una copia de reemplazo o un reembolso completo.

—Bueno —bufó la mujer, preparándose para iniciar una nuevo diálogo acusatorio.

—Una copia de reemplazo o un reembolso —repitió Arthur—. ¿Qué prefiere?

La mujer levantó la barbilla y miró fijo a Gertie.

—Un reembolso, y nunca más volveré a poner un pie en este establecimiento.

Más tarde, esa misma noche durante la cena, Arthur miró a su esposa e hija y suspiró.

—Queridas mías, nunca les pediría que disminuyeran sus fervientes creencias por lo que es correcto, pero por favor, les ruego, avísenme un poco antes de llevarnos a la ruina.

Gertie plantó un beso en la mejilla.

—Lo siento, padre.

Lilian deslizó una copia de *La inquilina de Wildfell Hall* hacia su hija.

—No será fácil —dijo—. El cambio radical nunca lo es. Pero valdrá la pena al final. Nunca pierdas esa chispa de indignación, Gertie.

Las palabras de Lilian ayudaron a fortalecer la valentía de Gertie. Su próximo acto de insurrección política tuvo lugar en la reunión pública a la que asistió, aferrándose al libro que su madre le había dado. Cuando Winston Churchill comenzó a hablar, Gertie se puso de pie, sintiendo un cosquilleo en su cuerpo lleno de propósito mientras escuchaba los chasquidos y murmuraciones de «no otra más». Respiró profundo y miró al orador a los ojos.

«Señor Churchill», dijo mientras él se volteaba para mirarla con una ceja levantada. «Señor Churchill, no le pregunto si lo hará, sino cuándo usted y su Partido Liberal apoyarán el derecho de las mujeres a votar».

Charles llamó por teléfono a Gertie unos días después.

—¿Sabías que te citaron en *The Times*?

—¿De verdad? Por Dios —replicó Gertie con calma—. ¡Vaya, qué sorpresa!

—Criticando al primer ministro, solamente.

—Aún se nos permite hacer eso aunque haya guerra, ¿no es cierto? Una democracia es una democracia incluso en tiempos de conflicto, ¿verdad?

—No podría estar más de acuerdo contigo. De hecho, llamo para felicitarte. Harry estaría orgulloso de ti.

—Solía reprenderme cuando me enfadaba.

—Ah, pero cuando canalizas esa ira en algo importante, puedes cambiar el mundo.

Ella le pidió a Charles que las acompañara a la audiencia del tribunal. Se sentía fortalecida por el apoyo público a Hedy y a los demás internos, pero aún necesitaba un amigo a su lado. Lo miró de reojo mientras esperaban al magistrado en la sala del tribunal. Su tan querido Charles. Había tanto en él que le recordaba algunos momentos preciados con Harry. La forma en que su boca se curvaba hacia arriba como si una sonrisa nunca estuviera muy lejos de sus labios, las líneas de risa en la comisura de sus ojos, la amabilidad en su mirada. La transportaba de vuelta a cenas con sólo ellos tres o, en ocasiones, con Jack. Gertie estaba empezando a darse cuenta de que el peso de su anhelo se aliviaba un poco. Podía mirar hacia atrás sin ese familiar giro de tristeza.

—Todos en pie por el honorable Geoffrey Barkly Hurr.

Mientras el magistrado tomaba su lugar debajo del escudo de armas real, Gertie se animaba al notar que se parecía un poco al tío Thomas. Miró los documentos frente a él antes de aclararse la garganta y dirigirse al tribunal.

—Esta es una audiencia del tribunal con respecto a una tal Hedy Fischer, de dieciséis años de edad. Nuestra tarea hoy es determinar si debemos reclasificarla como una extranjera de clase C, lo que significaría que no se requiere encarcelarla. En la actualidad, está clasificada como una extranjera de clase B, lo que exige el encarcelamiento como medida de emergencia tras la escalada de la guerra en Europa. ¿Es correcto, señor Baxter?

Un hombre sentado en una mesa a la derecha de Gertie y Charles, a quien Gertie no había notado hasta ahora, se levantó.

—Así es, señor.

—¿Y puede decirme por qué el gobierno considera necesario encarcelar a la señorita Fischer? Ella es una refugiada judía, ¿no es así?

—Sí, señor. El problema para el gobierno es el de la seguridad nacional.

Gertie soltó un gruñido indignado. El magistrado levantó una ceja.

—¿Podría guardar silencio?

Gertie sentía la mirada penetrante de Charles sobre ella. Mantuvo la vista fija en el escudo de armas. El león la observaba fijo y con ojos desorbitados. Ella le devolvió la mirada desafiante.

—Como decía —continuó el señor Baxter—, desde la escalada de la guerra en Europa existen preocupaciones de que la señorita Fischer podría estar involucrada en espionaje.

—¡Tonterías! —exclamó Gertie.

El magistrado la miró con seriedad.

—Señora, no permitiré interrupciones en este tribunal. Usted debe guardar silencio o será retirada.

—Lo siento, señor —sentenció Gertie—. Pero conozco a Hedy Fischer y sé que ella no es una espía.

El señor Barkly Hurr se volvió hacia el señor Baxter.

—¿Tiene testimonios sobre esta joven mujer?

El señor Baxter hojeó su archivo.

—Sí, señor. Hay bastantes. De una tal señora Constantine, la señorita Snipp, el señor Travers y la señora Huffingham, la directora de la escuela local de niñas a la que asistió la señorita Fischer durante un tiempo. Y luego está el pequeño asunto del artículo de periódico y la indignación pública que le siguió. —Su voz se desvaneció mientras deslizaba una copia de *The Times* hacia el magistrado.

El señor Barkly Hurr escaneó el artículo con las cejas levantadas antes de volverse hacia Gertie.

—Usted es la mujer que criticó a nuestro primer ministro.

Gertie lo miró directo a los ojos.

—Así es. Creo que su decisión de encarcelar a todos los extranjeros es errónea. Y el público está de acuerdo conmigo.

—Mi querida señora Bingham. En Alemania, el público parece estar de acuerdo con un loco. Eso no es un indicador de lo que es correcto y lo que no.

—Sí, señor, pero vivimos en una democracia donde se nos permite hablar con libertad, y eso es por lo que estamos luchando. El derecho de las personas a hablar, actuar y vivir sus vidas sin importar su raza. De eso se trata este caso. Hedy vino a este país para escapar de la persecución. ¿Qué tipo de nación somos si la encarcelamos por su nacionalidad? ¿Qué tipo de hipocresía es esa?

Gertie era consciente de que todos en la sala del tribunal la estaban mirando ahora. El silencio resultaba abrumador.

El señor Barkly Hurr asintió antes de dirigirse a Hedy.

—Y tú, jovencita —dijo—, ¿serías tan amable de explicar por qué viniste a este país?

El cuello de Hedy se enrojeció.

Gertie apretó su mano a manera de apoyo y Hedy le lanzó una mirada agradecida antes de comenzar a hablar. Su voz era suave, pero había algo cautivador en la forma en que hablaba. Todos en la sala del tribunal se inclinaron para escucharla.

—Comenzó cuando Hitler llegó al poder. Me permitieron ir a la escuela por un tiempo más, pero luego todo cambió. La gente nos insultaba. Aún tenía amigos no judíos, pero sus padres ya no me dejaban hablar con ellos. Algunos niños nos seguían y nos arrojaban piedras. Mi madre estaba asustada y no me dejaba ir a la escuela. —Tragó saliva—. Luego llegó la noche en que atacaron las tiendas y quemaron las sinagogas. Mi padre fue enviado a Dachau y mi madre escondió a mi hermano porque temía que se lo llevaran también. Cuando mi padre regresó, pasaba todos los días buscando una forma de sacarnos de Alemania. Consiguió un lugar en un tren y vine aquí. A vivir con la señora Bingham.

El magistrado asintió preocupado.

—Y tus padres, ¿y tu hermano? ¿Sabes dónde están?

Hedy mantuvo su mirada por un momento antes de negar con la cabeza y bajar la vista.

El señor Barkly Hurr miró hacia el cielo como si suplicara una intervención divina antes de dirigirse al tribunal.

—Basándome en la fuerza de las pruebas presentadas aquí hoy, estoy convencido de que Hedy Fischer debería ser puesta en libertad de manera inmediata y reclasificada como una extranjera de clase C, sin necesidad de más encarcelamiento o investigación. —Volteó a ver a Hedy y Gertie—. Joven, le deseo lo mejor, y, señora Bingham, creo que debería considerar postularse para un cargo público.

Gertie compartió una sonrisa con Hedy.

—Es amable de su parte decir eso, pero temo que tenemos una librería que dirigir.

10

*No hay mayor felicidad que ser amada por quienes te rodean
y notar que tu presencia contribuye a su alegría.*

Charlotte Brontë, *Jane Eyre*

Fue Gerald quien le dio la idea a Gertie. Estaba parado detrás del mostrador, su actitud por lo general lánguida parecía animada.

—*Las uvas de la ira*. ¡Qué libro! —exclamó con los ojos brillando de asombro—. Me transportó por completo. No disfrutaba tanto de la lectura desde hace años. ¿Tienen algo más del señor Steinbeck?

—Sígame, señor Travers —indicó Gertie, llevándolo hacia las estanterías de ficción.

—He estado recomendándoselo a todos los otros vigilantes de Precaución contra Ataques Aéreos —dijo mientras ella le entregaba ejemplares de *Tortilla Flat* y *De ratones y hombres*—. Es justo lo que necesitamos cuando comiencen los bombardeos. Algo para distraernos de todo esto.

Fue como si cien pequeños fuegos artificiales estallaran en la mente de Gertie. Corrió hacia el almacén, donde Hedy y Betty estaban desempaquetando cajas y la señorita Snipp fruncía el ceño al leer una carta de un cliente.

—Necesitamos comenzar el club de lectura de nuevo —dijo.

155

—¿Perdón, señora Bingham? —cuestionó Betty.

—El club de lectura. El club de la Librería Bingham.

—Permítanme decir lo obvio —respondió la señorita Snipp, mirando por encima de sus gafas—, pero, ¿se han olvidado de que estamos en guerra? No se pueden organizar clubes de lectura y reuniones sociales si la gente tiene que correr al refugio antiaéreo cada cinco minutos.

Gertie levantó las manos y rio.

—¡Señorita Snipp, eres una genia! Así es. Así le llamaremos.

La señorita Snipp se dirigió a Betty y Hedy.

—Está experimentando una oleada de sangre en la cabeza, si no me equivoco. Le sucede a las mujeres de cierta edad. Deberíamos buscar las sales aromáticas.

Gertie la ignoró.

—El Club de Lectura del Refugio —exclamó, moviendo la mano en el aire como si escribiera las palabras con luces.

—Oh —dijo Betty—. Me gusta ese nombre. ¿Cómo funcionaría?

Gertie consideró la pregunta.

—Bueno, seleccionamos un libro cada mes para que la gente lo lea durante los bombardeos, y nosotras también lo leemos para poder discutirlo con aquellos que utilicen el refugio público.

—Es una idea espléndida —comentó Betty.

Hedy asintió.

—Me gusta mucho esto, Gertie.

—Bien, porque las tres vamos a elegir los libros entre nosotras y luego la señorita Snipp puede pedir una docena o más para empezar. Tal vez podríamos anunciarlo a nuestros clientes por correo, por si les gustaría participar.

—Como si no tuviéramos suficiente que hacer ya —expresó la señorita Snipp con un suspiro profundo—. La próxima vez nos convertiremos en mayoristas de libros.

—Yo puedo ayudarle, señorita Snipp —afirmó Hedy.

La expresión desanimada de la señorita Snipp desapareció.

—Gracias, querida —contestó lanzando una mirada despectiva hacia Gertie—. Al menos alguien entiende la carga que recae sobre mí.

Gertie apretó los labios para contener la risa al cruzar la mirada con Hedy. Hedy había estado trabajando en la librería durante los últimos meses y resultó ser de gran ayuda, en especial para calmar a la siempre inconforme señorita Snipp. Los clientes la adoraban, y como Hedy ya era demasiado mayor para asistir a la escuela y necesitaba empleo, resultaba la opción perfecta. También le ofrecía una distracción para dejar de preocuparse por su familia y un poco de normalidad después de lo que Gertie ahora consideraba como «esa tontería de querer encarcelarte».

—Entonces, ¿cuál debería ser nuestra elección para el primer libro? —preguntó Betty.

—*Jane Eyre* —señaló Hedy, sonriéndole a Gertie—. Tenemos que empezar con *Jane Eyre*.

Septiembre resultó ser cálido y hermoso ese año, como si el verano estuviera ofreciendo un último estallido de gloria antes de que la temporada cambiara. El jardín de Gertie estaba en su apogeo. Los tallos de las plantas se inclinaban bajo el peso de los tomates rojos y gordos, las cebollas empujaban sus envolturas de papel a través de la tierra, las ramas de los árboles se doblaban con manzanas verdes y rojizas. Se abrió paso a través del césped cubierto de rocío para recoger las frutas caídas o maduras. Dado que la avena no estaba racionada, ella y Hedy se habían vuelto bastante aficionadas a la avena con una generosa cantidad de frutos rojos frescos encima. Gertie se detuvo para admirar el calabacín, tocando su tallo espinoso que crecía sobre el refugio Anderson, que ahora parecía ser una de las características permanentes del jardín. Charles la había ayudado a construirlo justo después de que comenzara la guerra. Habían pasado una feliz mañana cavando hoyos profundos que les permitieran colocar la estructura, introducir literas improvisadas en el interior y cubrir todo con más tierra.

—Parece un iglú de barro —comentó Gertie, limpiándose las manos con una pequeña toalla mientras se alejaban para admirar su obra.

—Estarán lo más seguras posible aquí.

Gertie miró dentro.

—Hay suficiente espacio para seis personas. Hedy, Hemingway y yo nos moveremos como peces en el agua allí dentro.

—Siempre puedes invitar a tus vecinos —mencionó Charles, asintiendo y girando la cabeza hacia donde la mujer que vivía al lado fingía tender la ropa mientras escuchaba su conversación.

—Buenos días, señora Gosling —saludó Gertie—. Hermoso día, ¿no cree?

La mujer gruñó en respuesta.

—¿Qué es todo esto?

—Es un refugio antiaéreo —respondió Gertie—. Usted puede venir a utilizarlo cuando llegue el momento.

—¿Su amigo, el caballero, también lo va a usar? —preguntó, lanzando una mirada de desaprobación hacia Charles.

—Oh, supongo que sí —dijo Gertie—. Tendremos animados encuentros sociales. Nos encantaría que pudiera unirse a nosotros.

La mujer miró primero a Gertie y después a Charles, quien se había dado la vuelta para intentar contener su risa. Dio media vuelta rápidamente, agarró su cesta, la colocó bajo el brazo y huyó hacia adentro.

—¡Escandaloso! —murmuró antes de cerrar la puerta de un portazo.

—Gertie Bingham. Eres terrible.

—Lo sé. Pero siempre he pensado que es importante alimentar la imaginación de las personas —apuntó—. Por eso me convertí en librera.

La cesta de Gertie estaba casi llena de moras y zarzamoras. A punto de volver adentro para preparar el desayuno, escuchó el llanto de un niño proveniente del jardín de la señora Gosling. Miró por encima de la cerca y se sorprendió al ver a un niño pequeño con la boca abierta en una expresión desesperada.

—Hola —dijo Gertie con suavidad, sin querer asustarlo—. ¿Qué es lo que pasa?

El niño dejó de llorar y la miró con ojos grandes y húmedos. Miró hacia atrás, en dirección a la casa.

—No debo de hablar con señoras extrañas.

—Oh, vaya —contestó Gertie—. Eso sí que es un problema porque yo soy una señora muy extraña.

—Gertie, ¡¿estás ahí?! —gritó Hedy desde la cocina—. ¿Ha llegado alguna correspondencia?

—Sí, cariño. Estoy en el jardín. Y no, aún no ha llegado nada. —Esa era siempre la primera pregunta que Hedy hacía al despertar. Estaban aprendiendo cómo vivir contra el filo de la navaja, esperando noticias de Sam o de la familia de Hedy—. Ven y mira a quién me he encontrado en el jardín.

Hedy apareció junto a Gertie.

—Hola —dijo—. ¿Cuál es tu nombre?

—Él no debe hablar con señoras extrañas —comentó Gertie.

—¡Billy! ¡Billy!, ¿dónde estás? —gritó una voz furiosa desde la casa del niño.

Billy las miró con ojos temerosos.

—Está bien. Está en el jardín —contestó Gertie.

La madre de Billy apareció en la puerta trasera, luciendo angustiada. Llevaba una bata con el cabello recogido en un pañuelo. Su rostro estaba pálido y tenía una mancha de hollín en la mejilla. Caminó de prisa por el jardín, frunciendo el ceño.

—Billy —dijo sujetándolo por los hombros—. ¿Qué te he dicho sobre deambular lejos de mí?

El niño comenzó a llorar de nuevo.

—Lo siento, mamá.

—Es por completo mi culpa —admitió Gertie—. Hablé con Billy. Él sólo estaba siendo educado.

La mujer parecía estar al borde de las lágrimas. Se arrodilló frente a su hijo y lo abrazó. Hedy y Gertie intercambiaron miradas mientras Billy extendía la mano para darle palmaditas reconfortantes en la espalda a su madre. Ella se apartó del abrazo, le limpió los ojos y besó la parte superior de su cabeza.

—Está bien, Billy. Todo está bien. Pero debemos ser valientes, ¿recuerdas? Muy, muy valientes.

Billy asintió con seriedad.

—De acuerdo, mamá.

—Buen chico. Ve adentro a jugar. Encontré tus rompecabezas y los puse en tu habitación.

—Gracias, mamá.

Ella se levantó y se llevó una mano a la cabeza.

—Lo siento —comentó—. Debo parecer un desastre. Tuvimos que mudarnos rápidamente y todo está hecho un verdadero alboroto. Soy Elizabeth Chambers y este es mi hijo, Billy, pero quizás ya lo sabían. —Les ofreció una sonrisa cansada.

—Encantada de conocerte. Soy Gertie Bingham y ella es Hedy Fischer. Me preguntaba quién se mudaría después de que la señora Gosling se fuera a vivir con su hermana a Devon. Por favor, avísanos si hay algo en lo que podamos ayudarles.

Elizabeth Chambers asintió brevemente.

—Gracias. Es muy amable de su parte. Bueno, debo regresar. Parece que tengo cientos de cajas por desempacar todavía.

—Por supuesto —contestó Gertie, percibiendo su necesidad de irse.

Gertie y Hedy habían adoptado una serie de códigos para las cartas y los telegramas que les ayudaban a reducir la sensación diaria de anticipación. Si un día no llegaba correspondencia se decían a ellas mismas que «no recibir noticias eran en sí buenas noticias»; un día con una comunicación era «una celebración con té y galletas»; y un día con noticias de ambos era lo equivalente a «cocteles de champán en el Café de París».

—Té y galletas hoy, Gertie —precisó Hedy mientras llevaba una carta de Sam, sosteniendola como si fuera un artefacto sagrado.

—Ha podido comunicarse dos días seguidos después del telegrama de tu hermano de ayer.

Hedy asintió.

Gertie estaba impresionada por su estoicismo. Las cartas de Sam eran alegres y llenas de noticias, mientras que los telegramas de su familia eran alarmantemente escasos. Nunca hablaban de ello, por supuesto, pero cada mensaje servía para confirmar que el remitente seguía vivo. Era un hecho insoportable pero inevitable. Si las cartas dejaban de llegar, sería difícil mantener la ilusión de que «no recibir noticias eran en sí buenas noticias» durante mucho tiempo. Varias familias de la zona ya habían perdido a sus hijos. El anciano señor Harris, un cliente aficionado de la historia celta, oyó que uno de sus nietos había muerto en Dunkerque, mientras que la señora Herbert, al otro lado de la calle, recibió noticias de que su esposo estaba desaparecido. Estos horrores parecían lejanos en cierto sentido —la lucha en una tierra lejana era como un lejano estruendo de trueno— y sin embargo, Gertie estaba segura de que pronto caería un rayo cerca de ellas.

Ambas estaban ocupadas reabasteciendo las estanterías cuando Betty llegó esa mañana. Pronunció un inusual saludo apagado antes de quitarse el abrigo y murmurar que necesitaba seguir con los pedidos.

Hedy y Gertie intercambiaron miradas cuando escucharon a Betty dejar caer una pila de libros con un fuerte «¡maldición!».

Se acercaron al almacén.

—¿Estás bien, querida? —preguntó Gertie.

Betty se limpió una lágrima mientras giraba.

—Lo siento. Estaré bien enseguida.

Hedy la abrazó por los hombros.

—¿Qué pasa, Betty? ¿Qué te ocurre?

Las miró a ambas con tristeza.

—No he recibido una carta de Barnaby desde hace una semana.

—Oh, querida —expresó Gertie—. Tal vez no ha tenido tiempo para escribirte.

Betty lo consideró.

—Me estaba escribiendo todos los días, pero tal vez tengas razón. ¿Cuándo fue la última vez que recibiste noticias de Sam? —le preguntó a Hedy.

—Oh, no he recibido nada desde la semana pasada —dijo Hedy, lanzándole una mirada significativa a Gertie—. Recuerda, que no haya noticias es en sí una buena noticia.

—Gracias —dijo Betty—. Gracias a ambas. Sé que tienen razón. Lamento ser tan gruñona.

—No tienes por qué disculparte —contestó Gertie.

El negocio parecía animado esa mañana.

—Vamos a tener que reponer los libros de Brontë y Dickens —le aseguró Gertie a Betty—. Y mejor revisa cuántas novelas de misterio y románticas tenemos. Hércules Poirot parece ser un favorito en este momento, al igual que Sherlock Holmes.

—De acuerdo, señora B.

Un poco después de las once, la paz de los clientes que hojeaban libros se vio interrumpida por la llegada de las sobrinas gemelas de la señorita Snipp, Rosaline y Sylvie Finch. Hablaban tanto como un par de gorriones y a menudo terminaban las frases la una de la otra, como si compartieran los mismos pensamientos. Tan pronto como la señorita Snipp las vio entrar, volteó bruscamente hacia la parte trasera de la tienda.

—Hola, tía Snipp —gritó Rosaline, saludándola de forma apresurada.

—Y adiós, tía Snipp —añadió Sylvie, dándole un codazo a su hermana, quien soltó una risita.

—Buenos días, chicas —Gertie, levantando la vista del mostrador—. ¿Qué les pareció *Jane Eyre*?

Las dos intercambiaron miradas.

—En verdad, no creemos que Jane debería haber vuelto con el señor Rochester. Era un gruñón —señaló Sylvie.

—Terriblemente gruñón —dijo Rosaline—. Aunque ese tal St. John era completamente aburrido, así que no podía quedarse con él tampoco.

—Cierto —replicó Sylvie—. Pero Jane es muy valiente y mamá dijo que nunca nos había visto tan tranquilas durante los apagones, así que nos ha enviado a preguntar qué libro sigue ahora.

Gertie les extendió un volumen color amarillo mantequilla con tipografía roja y negra.

—*Rebeca* —leyó Rosaline, pasando el dedo por la portada.

—Una nueva novela de Daphne du Maurier —dijo Sylvie maravillada.

—Es completamente cautivadora —comentó Betty, uniéndose a ellas en el mostrador—. Me mantuvo despierta toda la noche y el giro es espléndido. Creo que les gustará.

Las dos niñas se miraron emocionadas antes de voltear a ver a Gertie.

—Lo llevaremos, gracias, señora Bingham.

—¿Sólo una copia?

Sylvie asintió.

—Oh sí. Nos gusta sentarnos una al lado de la otra y leer para poder compartir la historia mientras avanzamos.

Gertie sonrió.

—Espero con ansias escuchar lo que piensan.

La tienda se calmó y sólo unos pocos clientes entraron por la tarde.

—Supongo que la gente está aprovechando los últimos días del verano —dijo Betty, mirando por la ventana—. Puede ser que todos estén sentados en sus jardines.

Gertie estaba a punto de sugerir que cerraran temprano cuando el aullido de una sirena antiaérea rompió el silencio. Hemingway ladró alarmado mientras se miraban sorprendidas.

—Llegó el momento —susurró Betty con una emoción apenas contenida—. Está sucediendo.

—Vamos, chicas —indicó Gertie—. Vamos al refugio. ¡Hemingway!

Mientras se apresuraban hacia la parte trasera de la tienda, la campana sobre la puerta sonó y Gertie se volvió para ver a una ansiosa Elizabeth Chambers, llevando a Billy de la mano.

—¿Podemos ir con ustedes? —preguntó como si estuviera sugiriendo tomar té en el jardín.

—Claro —respondió Gertie—. Síganos.

—Me gustan los libros —comentó Billy trotando feliz junto a su madre. Alzó la vista y vio a Hemingway moviendo la cola—. Y los perros.

Una vez dentro del refugio, Gertie encendió una vela y echó un vistazo a las paredes de ladrillo.

—Está un poco vacío aquí, pero estaremos cómodas en poco tiempo —dijo sintiéndose reconfortada por las estanterías repletas de libros sobre sus cabezas.

—¿Los alemanes vienen ahora? —preguntó Billy, acariciando las orejas suaves de Hemingway mientras el zumbido de los aviones comenzaba a escucharse por encima del refugio.

Todas intercambiaron miradas. Nadie sabía qué estaba pasando. Habían estado esperando esto durante mucho tiempo y, sin embargo, ahora que llegaba el momento, se sentían tristemente desprevenidas.

—Quizás es un simulacro —sugirió Betty, pero esta idea fue rápidamente descartada cuando escucharon las primeras explosiones aterradoras.

—¿Son bombas? —preguntó Billy, con los ojos abiertos de miedo.

Elizabeth Chambers tragó saliva. Parecía más asustada que su hijo.

—Creo que sí, Billy, pero nuestros valientes soldados evitarán que caigan —dijo tomando las pequeñas manos de su hijo en las suyas.

—Tengo miedo —admitió él, con la amenaza inminente de las lágrimas en su rostro.

Gertie vio un libro en la estantería detrás de su cabeza.

—¿Has leído alguna vez la historia de *Winnie the Pooh*? —preguntó, alcanzándolo. Billy negó con la cabeza—. Bueno, es un oso que tiene muchos amigos, incluyendo a Piglet, Tigger y Christopher Robin, y a veces Piglet en particular tiene mucho miedo, pero sus amigos siempre lo hacen sentir mejor.

—Me gustaría escuchar esa historia —manifestó Billy con un serio asentimiento.

Gertie abrió el libro.

—Muy bien, hagámoslo.

El primer bombardeo duró más de una hora. Gertie percibió cómo todas se inclinaban hacia enfrente para escuchar mientras ella leía. Había un consuelo inmenso en esas palabras pronunciadas en voz alta, en la historia de un niño y su oso jugando con sus amigos en el bosque. Podían fingir que era todo por el bien de Billy, cuando en realidad estaban agradecidas por la distracción de los horrores de afuera. Cuando sonó la señal que indicaba que todo estaba despejado, Gertie terminó el capítulo que estaba leyendo y cerró el libro.

—¿Disfrutaste el libro, Billy?

Él asintió reflexivamente.

—Sí, y creo que si pensamos en los alemanes como el villano del libro y aprendemos a no tenerles miedo, todo estará bien.

—Eres un niño muy inteligente —dijo Hedy.

—¿Podemos leer más historias como ésta si los alemanes vuelven? —preguntó.

—Quizás —respondió Hedy, mirando a Gertie—. Deberíamos hacer un club de lectura para niños también.

—Qué idea tan espléndida —expresó Gertie—. Y quizás este joven caballero podría ayudarnos a elegir los libros.

—¿Me pagarían algo? —preguntó Billy.

—¡Billy! —exclamó Elizabeth—. Siento mucho eso, señora Bingham.

Gertie rio.

—Para nada. Admiro tu espíritu emprendedor, Billy. Sabes qué, ¿por qué no te quedas con esa copia de *Winnie the Pooh* como tu primer pago?

—No es necesario, señora Bingham —contestó Elizabeth.

—Lo sé —dijo Gertie extendiéndole la copia del libro al pequeño—. Pero me gustaría hacerlo.

—Gracias —replicó Billy—. Cuando sea mayor, quiero unirme a la Real Fuerza Aérea para protegerlas a todas ustedes.

—Mi chico está en la Real Fuerza Aérea —apuntó Betty—. Y también el de Hedy.

—¡Vaya! —exclamó Billy, con los ojos llenos de admiración—. Deben ser muy valientes.

—Lo son —dijo Betty, dándole un codazo a Hedy.

—Betty, querida —sugirió Gertie—. ¿Por qué no usas el teléfono de la tienda para llamar a tu madre y hacerle saber que estás bien?

—Oh, sí, caramba. Estará destrozada. Gracias, señora B —dijo Betty, desapareciendo hacia la parte trasera de la tienda.

—Le estoy muy agradecida, señora Bingham —afirmó Elizabeth.

—Llámame Gertie —señaló tocándola en el brazo—. Y ustedes son bienvenidos aquí o en el refugio de casa en cualquier momento. Me aseguraré de dejar abierta la puerta lateral para ustedes.

Elizabeth asintió con gratitud.

—Mamá, parece que el cielo está en llamas —describió Billy, presionando su nariz contra la ventana de la tienda.

Cuando Gertie abrió la puerta y salieron a la calle, un humo acre llenó sus fosas nasales. Miró a ambos lados de la calle principal. Por suerte, este pequeño rincón de Londres permanecía intacto, las tiendas cerradas estaban íntegras y el reloj sobre la tienda Robinson todavía hacía tic-tac. Sus ojos se dirigieron hacia el horizonte sobre el centro de Londres.

—Oh, Dios mío. —Los demás siguieron su mirada en silencio. Todo el cielo sobre Londres parecía un horno ardiente—. Mis disculpas por la confusión.

—Ha comenzado —murmuró Elizabeth.

—Deberías ir a casa —dijo Gertie.

—Adiós, Gertie Bingham y Hedy Fischer —llamó Billy por encima de su hombro mientras Elizabeth tomaba su mano—. Recuerden. No tengan miedo de los villanos. Pronto vendré a ayudarles con el club de lectura.

Hedy y Gertie se quedaron paradas por un momento, mirando Londres y el horror lleno de humo y llamas que había dejado atrás el primer ataque.

—Tengo miedo, Gertie —susurró Hedy.

Gertie apoyó un brazo sobre el de ella.

—Yo también, querida.

—Me preocupan Sam y Barnaby.

—Lo sé —afirmó Gertie mirando hacia la librería—. Lo único que podemos hacer es ofrecerle un escape a los demás y a nosotras mismas. Vamos, encontremos a Betty y vayamos a casa.

Hedy y Gertie entrecerraron los ojos ante la semioscuridad de la librería mientras volvían a entrar. Betty estaba quieta como una estatua en el umbral del refugio, su rostro pálido e inexpresivo como si estuviera esculpido con piedra. Parecía estar en trance, mirando directamente más allá de ellas. Hedy le lanzó a Gertie una mirada preocupada.

—¿Betty? —preguntó Gertie—, ¿estás bien?

Betty giró su mirada hacia Gertie como si la estuviera viendo por primera vez.

—Hablé con mamá —confesó.

El primer pensamiento de Gertie fue que algo le había sucedido a Sam. Hedy pensó lo mismo, soltando un gemido tembloroso.

—¿Qué sucede? —susurró.

Los ojos de Betty estaban abiertos de par en par, incrédulos.

—Está muerto.

—No —exclamó Hedy llevándose una mano a la boca.

—¿Quién está muerto, Betty? —preguntó Gertie, apoyando una mano sobre el brazo de Hedy.

—Barnaby —respondió Betty, parpadeando hacia ambas mientras las lágrimas se formaban en sus ojos—. Su padre llamó esta tarde. Murió el domingo. Barnaby está muerto.

—¡Oh, querida! —se lamentó Gertie mientras ella y Hedy se apresuraban a abrazarla mientras sollozaba.

«Y así comienza», pensó Gertie mientras sostenía a las chicas con fuerza en un intento infructuoso de consolarlas. «La siguiente ronda de muertes absurdas. Otra generación que llorará por la eternidad a aquellos que nunca regresaron a casa, que nunca pudieron vivir las vidas que anhelaban. ¿Cómo puede suceder esto de nuevo y cuándo terminará?».

11

Reflexiona sobre tus bendiciones presentes, de las que todo hombre posee muchas; no sobre tus pasadas penas, de las que todos tienen algunas.

Charles Dickens, *Sketches by Boz*

—¿Podría hablar con la señorita Godwin, por favor?

Gertie levantó la vista del mostrador para ver a la señorita Pettigrew parada frente a ella con un gesto de preocupación que llenaba su rostro. Era una mujer diminuta, de complexión delicada y un aroma a lavanda que la acompañaba a dondequiera.

—Me temo que la señorita Godwin ya no trabaja aquí, señorita Pettigrew —respondió Gertie.

—Oh, querida —suspiró la señorita Pettigrew, entrelazando las manos con angustia—. Eso es triste.

—Sí, muy triste —asintió Gertie, recordando la conversación que había tenido con Betty cuando la visitó en casa un mes después de la muerte de Barnaby.

—Lo siento, señora Bingham, pero he decidido no volver a la librería —le dijo Betty—. He conseguido un puesto permanente en la Real Fuerza Aérea, ¿sabe?

—Eso es muy valiente de tu parte, querida —respondió Gertie.

Betty encogió los hombros.

—No sé qué más hacer, para ser honesta. Sólo sé que no puedo estar en la librería. Me recuerda demasiado a… —Se llevó la mano a la boca—. Lo siento.

Gertie tomó su mano.

—Sentí lo mismo después de que Harry muriera —dijo—. Cerré la tienda durante un mes. A duras penas podía dar un paso delante del otro y dejé de leer durante bastante tiempo.

Betty la miró con atención.

—¿Y cómo se siente ahora?

Gertie consideró la pregunta. Tanto había cambiado en los últimos cuatro años.

Echo de menos a Harry todos los días —respondió—. Pero el dolor se vuelve soportable de alguna manera. Te sentirás miserable por un tiempo y siempre extrañarás a Barnaby, pero encontrarás la forma de seguir adelante. Te lo prometo.

Permanecieron en silencio por un momento, escuchando el tic-tac del reloj del pasillo, Hemingway roncaba en la alfombra, Hedy tarareaba en la cocina mientras preparaba el té para ellas. La vida continuaba, llevándolas consigo. Hacia adelante. Siempre hacia adelante.

—Pero ¿qué debo hacer? —preguntó la señorita Pettigrew, trayendo a Gertie al presente.

—Yo puedo ayudarla —se ofreció Gertie.

La mujer negó con la cabeza.

—Tiene que ser la señorita Godwin —comentó temblando al hablar—. Ella es la única que sabe.

—¿Sabe qué? —preguntó Gertie.

—Oh, ahí está, señorita Pettigrew —afirmó Hedy, apareciendo desde la parte trasera de la tienda—. Me preguntaba cuándo la vería. Betty me entregó su lista.

La señorita Pettigrew miró a Hedy, atónita.

—¿Mi lista de Georgette Heyer?

Hedy asintió.

—Exacto. —Sacó una libreta de su bolsillo y hojeó las páginas— Y veo que el siguiente libro es *La novia española*. ¿Le gustaría que le consiguiera una copia?

—Oh, sí, por favor, querida. Muchas gracias.

—Ella lee todo lo que Georgette Heyer escribe —explicó Hedy más tarde—. Pero nunca puede recordar lo que ha leído, así que Betty llevaba una lista. Me la entregó antes de irse.

Gertie sonrió.

—¿Qué sería de mí sin mis chicas?

Ahora estaba claro que Hitler tenía su mirada mortal puesta sobre Londres. Los bombardeos eran implacables. Todas las noches, y a veces durante el día, los aviones aparecían, cubriendo la ciudad y sus alrededores con un manto de fuego. Gertie y Hedy se acostumbraron a pasar noche tras noche en el refugio con los Chambers y con Hemingway. Gertie lo hizo lo más acogedor posible. Llevaba un termo de té y los dulces que sus raciones le permitían obtener esa semana. Elizabeth Chambers y Gertie a menudo jugaban a las cartas mientras Hedy le leía a Billy. El pequeño siempre llevaba sus dulces para compartir, aunque guardaba los dulces de crema de chocolate para Hedy porque sabía que eran sus favoritos.

Una noche, Hedy leía la última elección del club de lectura infantil de Billy, *Peter Pan y Wendy*.

—No quiero crecer nunca —sentenció Billy—. Quiero ser como Peter y quedarme niño para siempre. Quiero ser un niño y quedarme con mamá, contigo, Gertie Bingham, y con Hemingway para siempre.

—Entiendo a lo que te refieres —respondió Hedy, dirigiendo su mirada hacia la fotografía enmarcada en el estante de madera detrás de sus cabezas. Siempre llevaba consigo la imagen de su familia al refugio.

—¿Quiénes son esas personas? —preguntó él.

—Esa es mi familia. Mi mamá, papá, mi hermano Arno y nuestro perro Mischa. —Hedy extendió la mano hacia Hemingway mientras decía esto y recibió una lamida amistosa a cambio.

—Pero pensé que Gertie Bingham era tu mamá —dijo él.

—No. Ella es mi amiga —precisó Hedy.

El corazón de Gertie se llenó de alegría. Amiga. Eso era exactamente lo que habían llegado a ser.

—¿Por qué tu familia no está aquí contigo?

—Billy, no seas entrometido —advirtió su madre.

—Está bien —comentó Hedy y se volvió hacia Billy—. Mi familia está en Alemania. Somos judíos y a Hitler no le gustan los judíos.

—Es un hombre malo —expresó Billy frunciendo el ceño.

—Sí —asintió Hedy—. Es un hombre muy malo. Mis padres pudieron enviarme a Inglaterra para quedarme con Gertie.

—¡Hurra por Gertie Bingham! —exclamó Billy, levantando los brazos en celebración.

—En efecto, ¡hurra por Gertie Bingham! —coreó Hedy, son-riéndole a su amiga.

—Pero, ¿por qué tu familia no puede venir aquí también?

Hedy apretó los labios. Gertie pudo ver que estaba conte-niendo las lágrimas.

—Porque el hombre malo no se lo permite.

Billy cruzó los brazos.

—Deberíamos enviar a Gertie Bingham para rescatarlos —propuso.

—¿Sabes qué, Billy? —preguntó Hedy, apartando una lágri-ma con el pulgar—. Creo que tienes toda la razón.

—Bien, jovencito —intervino Elizabeth—. Es suficiente por esta noche. Llegó la hora de dormir.

—¿Puede Hedy ayudarme a acostarme, por favor?

—Ven conmigo, entonces —dijo Hedy—. ¿Tienes a Edward el osito contigo?

Billy levantó un osito naranja con aspecto sorprendido que llevaba una bufanda verde.

—Aquí está.

—Buen chico —dijo Hedy subiendo las sábanas hasta su mentón.

—¿Puedes leerme una historia más, por favor, Hedy Fischer?

—¡William! —advirtió su madre.

—Sólo una corta, mamá. Todavía no estoy del todo cansado. Hedy rio.

—Bueno, en este momento tengo una historia en mi cabeza sobre dos niños muy valientes llamados Gertie y Arno.

—Como Gertie Bingham y tu hermano —dijo Billy.

—Son los mismos nombres, pero estos son niños y tienen poderes mágicos.

—¿Qué tipo de poderes mágicos?

Los ojos de Hedy brillaron mientras hablaba.

—Gertie puede meterse a cualquier libro si lo necesita y transportar a Arno y a ella a otros mundos.

—Vaya. ¿Y Arno?

—Arno tiene una mente matemática brillante y puede hacer cualquier cálculo a la velocidad de un rayo.

—Me gustaría escuchar una historia sobre ellos —inidicó Billy, bostezando.

—¿Qué tal si la escribo y te la cuento otro día cuando no estés tan cansado? —propuso Hedy.

Billy asintió mientras sus párpados se cerraban.

—Y mamá podría dibujar las ilustraciones. Ella dibuja incluso mejor que E. H. Shepard.

—No creo que eso sea cierto —replicó su madre.

—Sí lo es —susurró Billy a Hedy antes de envolver sus brazos alrededor de su cuello—. Me alegra que Gertie Bingham te haya rescatado.

—A mí también —dijo Hedy, lanzando una sonrisa a Gertie—. Buenas noches, Billy.

—Buenas noches, Hedy Fischer —murmuró antes de quedarse dormido.

—Lamento las preguntas de Billy —comentó Elizabeth, mientras Gertie les servía chocolate caliente del termo.

—No me molestan —señaló Hedy—. Creo que es mejor que seamos honestos entre nosotros.

Elizabeth la miró fijamente.

—Eres una joven muy valiente.

Los ojos de Hedy brillaron a la luz de la lámpara.

—Creo que todos somos valientes ahora.

Sus palabras resonaron en el silencio del refugio mientras escuchaban el estruendo de la batalla afuera. Gertie estaba segura deque las bombas se acercaban. Una casa a tres calles de distancia de la suya había sido destruida la semana pasada. Los alemanes a menudo tiraban diversas bombas mientras pasaban, dejando lugares completos en llamas a su paso. Su existencia era una combinación surrealista de horror mezclado con lo mundano. Seguían con sus quehaceres diarios, haciendo fila para las raciones, escuchando la radio, paseando por el parque, y, sin embargo, todo estaba impregnado de anticipación temerosa.

«Todos saben que hay una bomba con tu nombre en ella» escuchó Gertie decir a la señorita Crow mientras esperaba en la fila del carnicero. Cada vez que la sirena sonaba, el corazón de Gertie se hundía. «Esta podría ser la vez que nos toque. Tal vez esta noche no tengamos tanta suerte».

Sin embargo, a Gertie le sorprendía la forma que había encontrado para seguir viviendo aún con ese miedo. Pensaba que le sería imposible enfrentar otra guerra sin Harry para impulsarla. Sabía que tenía mucho que agradecerle a Hedy. Juntas estaban haciendo su parte en la librería. A pesar de las dudas de la señorita Snipp, el Club del Lectura del Refugio se estaba convirtiendo en todo un éxito. Ahora tenían un número devoto de miembros agradecidos y habían disfrutado de debates animados en el refugio sobre *Rebeca* y *Frankenstein* en los últimos meses. Aunque no podía detener los bombardeos ni aliviar las pérdidas de las personas, Gertie estaba orgullosa de que estuvieran ayudando a su manera.

Hedy se había quedado dormida con su taza de chocolate caliente todavía en las manos. Gertie se la quitó de los dedos y la colocó a un lado, cubriéndola con una manta.

—Billy es un chico maravilloso —dijo a Elizabeth.

Elizabeth miraba al vacío.

—Es difícil para él no tener a su padre.

—Lo siento —expresó Gertie—. Debe ser difícil para ti también.

Elizabeth asintió. Abrió la boca como si estuviera tratando de decidir si debía decir más antes de cerrar los labios.

—Bueno, supongo que deberíamos intentar dormir un poco. —Miró la forma dormida de Billy, sus labios fruncidos en una curva perfecta, una pequeña arruga en su suave frente—. Buenas noches, señora Bingham.

—Buenas noches, querida —contestó Gertie.

Se quedó un rato más en la tranquilidad del refugio, su atmósfera cerrada le ofrecía una sensación inesperada de seguridad. La respiración constante de sus compañeros, el suave ronquido de Hemingway y el lejano estruendo de las bombas eran un fondo que ya se había vuelto familiar. Se acostó y cerró los ojos, maravillándose de lo extraño que era encontrar paz entre el horror, pero quizás esa era la única manera de sobrevivir en la vida.

Gertie se detuvo para admirar la corona navideña atada con cinta escarlata que Hedy había colgado en la puerta de la librería el día anterior. La ventana estaba llena de copias de *Cuento de Navidad* de Dickens, su elección para el club del libro de diciembre. Hedy había copiado con sumo cuidado una selección de las encantadoras ilustraciones de John Leech en los reversos de algunos viejos rollos de papel pintado y los había colgado detrás de las pilas de libros. Gertie decidió que el señor Dickens estaría orgulloso de su decoración festiva.

Abrió la puerta y entró. El reconfortante aroma a humedad de los libros le alegró el corazón. Le parecía extraño que sólo un año antes estuviera lista para dejar este refugio atrás. Sus paredes habían resonado con la ausencia de Harry, cada libro era un crudo recordatorio de que se había ido. Gertie pasó las manos por sus suaves lomos.

Harry todavía estaba aquí, pero en lugar de llenarla de tristeza, le brindaba consuelo. Había encontrado una forma de seguir adelante, de construir algo más sobre lo que ya habían creado los dos juntos. Gertie deseaba que Harry estuviera allí para verlo, pero sentía en su corazón que él lo sabía. La librería la había salvado. Ya no podía imaginar darle la espalda a ese lugar.

Para el momento en el que la señorita Snipp y Hedy llegaron, la librería estaba llena de clientes. El ambiente era de optimismo cauteloso, ya que la gente parecía decidida a disfrutar de la temporada festiva sin importar qué.

—He oído un rumor de que los alemanes van a declarar una tregua en Navidad —comentó la señora Wise, que estaba comprando una edición ilustrada de *Alicia en el país de las maravillas* para su nieta.

—Dile eso a la gente de Manchester —replicó su esposo, levantando la vista de un libro sobre ganadería—. Ellos la están pasando peor que nosotros en este momento.

Gertie se sorprendió cuando, a mitad de la mañana, la señorita Crow hizo acto de presencia. Observó las estanterías con desconfianza.

—Buenos días, señorita Crow —saludó Gertie—. ¿En qué podemos ayudarla?

—Quisiera comprar un libro —señaló con voz vacilante—. Para el hijo de mi sobrino.

—Ya veo. Bueno, tal vez Hedy pueda ayudarla. Ella es nuestra especialista en libros para niños.

Hedy levantó la vista de la estantería que estaba limpiando.

—Por supuesto. ¿Qué edad tiene el niño?

—Tiene cinco años —respondió la señorita Crow. Miró al suelo—. Acaba de perder a su padre.

—Lamento mucho oír eso —comentó Gertie.

La señorita Crow asintió con brevedad mientras Hedy sacaba tres volúmenes de la estantería.

—Conozco a un niño de la misma edad que disfrutó mucho leyendo estos —dijo Hedy. La señorita Crow los miró uno por uno antes de decidirse por un ejemplar de *La isla del tesoro*.

—Una excelente elección —exclamó Gertie—. Estoy segura de que disfrutará escucharla leerselo.

—Bueno, no sé... —empezó a decir la señorita Crow.

—¿Philomena? —dijo la señorita Snipp, entrando por la parte trasera de la tienda.

La señorita se quedó paralizada.

—Hola, Eleanora —saludó con un tono gélido en su voz.

La señorita Snipp juntó las manos.

—Hace mucho tiempo que no te veía. Lamento lo de tu sobrino.

La señorita Crow evitó su mirada.

—Sí, bueno. Así es el mundo en el que vivimos —tomó su compra de manos de Gertie—. Gracias, señora Bingham —dijo, guardando el libro en su cesta.

Estaba a punto de marcharse cuando sonó la sirena de alerta aérea.

—Vamos, todos —llamó Gertie, guiándolos hacia la parte trasera de la tienda—. Al refugio. Por aquí. ¿Señorita Crow?

La mujer frunció el ceño antes de girarse para seguirla.

—Oh, muy bien.

El refugio abarrotado le recordó de inmediato a Gertie a los tiempos en que el Club de Lectura de la Librería estaba realmente lleno de gente.

—¿Está todo el mundo bien? —preguntó, guiando a la señorita Crow al interior y cerrando la puerta tras ellos.

—No del todo —respondió la señorita Snipp, fulminando con la mirada a sus sobrinas que, ante la falta de sillas disponibles, habían decidido sentarse en el borde del escritorio de pedidos.

—Oh, tía Snipp, no seas tan cascarrabias. Casi es Navidad.

—Avísale a Hitler —dijo su tía mientras el zumbido de los aviones sobre sus cabezas aumentaba en intensidad.

—¿Por qué no hablamos de *Cuento de Navidad*? ¿Quién lo ha leído? —preguntó Gertie. La mitad de las personas reunidas en el cuarto levantaron la mano—. Espléndido. ¿Qué les pareció?

—Bueno, como sabrá, querida señora, mi pasión es la historia militar, pero aun así lo disfruté bastante —apuntó el señor Reynolds apoyándose en su bastón con empuñadura de plata—. Espero que Hitler reciba la visita de los tres fantasmas y aprenda a cambiar su forma de pensar.

Hubo murmullos que mostraban acuerdo en el refugio.

—¿Recuerdas haberlo leído en la escuela? —preguntó la señorita Snipp a la señorita Crow; esta última le daba la espalda a las demás personas y parecía no escuchar—. ¿Philomena?

La señorita Crow inhaló profundamente.

—No deseo discutirlo.

El refugio pareció contener la respiración en un silencio casi deleitado ante el desarrollo del drama.

—¿Qué más les gustó del libro? —preguntó Gertie, lanzando una mirada de pánico hacia Hedy.

—El pequeño Tim era mi personaje favorito —expresó Hedy.

—Un niñito adorable —describió Sylvie.

—Encantador —repitió Rosaline.

—Es una metáfora de la privación de los estratos más pobres de la sociedad londinense, un tema que preocupaba mucho a Dickens —precisó una voz.

Todos se voltearon sorprendidos al ver a Cynthia Fortescue parpadeando desde un rincón del refugio, sus mejillas encendidas, sus ojos como platos, como si el sonido de su propia voz también la hubiera sorprendido.

—Esa es una perspectiva fascinante —admitió Gertie.

Cynthia le regaló una tímida sonrisa antes de encogerse de nuevo en la penumbra.

—¿Podrías leer un poco del libro, por favor, Gertie? —preguntó Hedy después de una explosión muy fuerte que los hizo saltar a todos—. Estoy segura de que a todos les gustaría escucharlo aunque ya conozcan la historia.

Hubo murmullos de aprobación en el refugio. Gertie observó sus expresiones. Algunos lucían preocupados, otros asustados, otros parecían estar rezando.

—¿Qué les parece si leo el pasaje en el que Scrooge visita a su antiguo empleador, el señor Fezziwig, con el primer fantasma?

—Esa es la parte de la fiesta —dijo Rosaline con un suspiro—. ¡Cómo amo una buena fiesta!

—Yo también —reafirmó Sylvie mientras su tía rodaba los ojos y hacía un ruido con la lengua.

Al tiempo que Gertie comenzaba a leer, algunos de los presentes inclinaron la cabeza como si al acercarse a la historia pudieran escapar hacia ella. Estaban allí, en el cálido almacén de Fezziwig, transformado ahora en un salón de baile con música y gente de fiesta, bailando y jugando. Disfrutaban de pasteles y carnes asadas, comían tartas de frutas y bebían cerveza. Gertie levantó la vista y notó que sus expresiones habían cambiado. Sus ceños fruncidos ahora se suavizaban en una contemplación tranquila mientras Gertie les contaba sobre Fezziwig y cómo «la felicidad que él brindaba era tan grande, como si costara una fortuna».

—Qué tipo tan espléndido —mencionó el señor Reynolds.

Cuando sonó la señal que indicaba que todo estaba despejado, salieron del refugio con alivio y sin aliento. Gertie se volteó para hablar con la señorita Crow, pero ya se estaba alejando por la puerta y subiendo por la calle.

—No sabía que se conocieran —le dijo a la señorita Snipp.

Ella asintió.

—Fuimos compañeras de escuela. Éramos las mejores amigas. —Su voz se apagó mientras miraba hacia la distancia.

—¿Está bien, señorita Snipp?

La mujer miró a Gertie.

—Sí, sí. Estoy bien. Bueno, no hay tiempo que perder. Hemos tenido suficientes distracciones hoy como para permitirnos más —aseveró como si la Luftwaffe, la fuerza aérea alemana, hubiera sido enviada hoy sólo para interrumpir su día.

—Nos vemos en Navidad, querida tía Snipp —se despidió Rosaline.

—Sí, adiós, tía Snipp —llamó Sylvie, agarrando el brazo de su hermana mientras se iban entre risitas.

—Mmm —murmuró la señorita Snipp, desapareciendo de nuevo, camino a su hogar.

—Bueno, vivimos para luchar otro día, señora Bingham —señaló el señor Reynolds, quitándose el sombrero frente a ella antes de marcharse—. ¡Y que Dios nos bendiga a todos!

12

¿Desviarme? El camino hacia mi propósito fijo tiene raíles de hierro,
por cuyo surco mi espíritu está preparado para correr.

Herman Melville, *Moby Dick*

El día de Navidad llegó justo a tiempo sin el habitual sonido
de campanas de la iglesia, pero con una bienvenida pausa a los
bombardeos. Gertie casi no solía festejar desde la muerte de
Harry y tanto ella como Hedy no habían sentido inclinación
alguna por celebrar el año anterior, pero este año era diferente. Todo había cambiado y Gertie se sentía obligada a hacer
un esfuerzo, mientras que Hedy estaba ansiosa por abrazar
nuevas tradiciones. Decoraron la casa con acebo del jardín
y colgaron en el árbol las esferas de cristal y la guirnalda de
oropel que Gertie encontró en una antigua caja en lo alto del
armario.

—Es perfecto, Gertie —dijo Hedy, retrocediendo para admirar su trabajo. Gertie sabía que estaba pensando en su hogar.
Los telegramas aún llegaban la mayoría de las semanas, pero
veinticinco palabras no podían expresar mucho. Habían esperado que Sam obtuviera permiso para visitarlas durante la Navidad, pero la semana anterior había escrito para informar que era
imposible. Gertie no se sorprendió. Siempre que escuchaba los

aviones zumbando sobre sus cabezas, sus pensamientos volaban de inmediato hacia Sam y sus compañeros aviadores, y una oración silenciosa los acompañaba.

No estaba acostumbrada a recibir a tantas personas, y, sin embargo, hoy estaría sirviendo la cena para seis. Charles iba a venir, al igual que la señora Constantine, y después de una conversación con Elizabeth Chambers, también los había invitado a ella y a Billy. El tío Thomas había declinado cortésmente su invitación argumentando que odiaba con el alma la Navidad, prefiriendo la compañía de Dickens tanto en forma de libro como de gato.

Gertie no recordaba la última vez que había cocinado para tanta gente. Estaba contenta de que sus cultivos de verduras hubieran sido exitosos ese año. Tenía suficientes patatas y zanahorias, e incluso había logrado conseguir un pollo para asar.

Charles fue el primero en llegar.

—Algo huele delicioso, Gertie —comentó mientras ella le quitaba el abrigo y lo conducía a la sala. Saludó a Hedy como a una vieja amiga y los dos se sentaron a charlar mientras los villancicos resonaban con suavidad desde el gramófono.

La señora Constantine llegó después. Le entregó una botella de jerez a Gertie con un guiño.

—Algo para mantener el frío alejado —describió.

Gertie estaba sirviendo copas para todos cuando un golpe en la puerta anunció la llegada de Billy y su madre. El niño se paró en el umbral sosteniendo un avioncito de juguete para que ella lo admirara.

—Feliz Navidad, Gertie Bingham.

—Feliz Navidad, jovencito. ¿Fue ese un regalo de Papá Noel, por casualidad? —preguntó Gertie.

Billy asintió encantado.

—Y recibí una barra de chocolate, una nuez y una naranja. Pero fue gracioso porque la naranja no tenía cáscara.

—Eso es porque la usé en la mezcla para esto —susurró Elizabeth, entregando un platón a rayas azules con una tapa atada con un paño.

Gertie se rio.

—Gracias, querida. Fue amable de tu parte hacer el pudín.

Mientras se sentaban a cenar, Gertie miró los rostros de las personas en esta inusual reunión. Si le hubieran dicho dos años atrás que celebraría la Navidad con una aristócrata rusa exiliada, una refugiada judía y un niño de cinco años, nunca lo habría creído. Sin embargo, no podía imaginarse en otro lugar. Por supuesto, deseaba profundamente que Harry estuviera a su lado junto con sus padres y su hermano, pero esa ya no era la realidad, y en este mundo trastornado y devastado por la guerra, tenías que aferrarte a aquellos que aún estaban contigo. Cada persona sentada en esta mesa había perdido a alguien querido. Charles perdió a su mejor amigo, Billy y Elizabeth estaban sin el padre del niño, la señora Constantine no tenía familia en absoluto y Hedy..., su querida Hedy, estaba atrapada en esa espantosa tierra de nadie, esperando y esperando noticias.

Gertie observó a Hedy reír ante algo que dijo Billy, mientras que Charles y la señora Constantine discutían sobre literatura rusa y Elizabeth extendía una mano para despeinar el cabello de su hijo. Gertie se dio cuenta de que era feliz. No se podía predecir qué traería la noche o el mañana, pero el resplandor de ese momento, la hacía sentir alegría pura.

Se puso de pie y levantó su copa.

—Me gustaría proponer un brindis —señaló—. Por los amigos y seres queridos, antiguos y nuevos, ausentes y presentes, pero siempre en nuestros corazones. ¡Feliz Navidad!

—¡Feliz Navidad! —corearon todos.

El momento fue interrumpido por un golpe en la puerta.

—Permiso —dijo Gertie.

La mujer parada en el umbral era una desconocida, pero había algo en sus ojos marrones oscuros que le resultaba familiar a Gertie. Vestía un elegante abrigo de lana rojo con un sombrero a juego y una estola de piel sobre sus hombros.

—Lamento mucho molestarlos —afirmó—, pero me preguntaba si sabían dónde está Elizabeth Chambers.

—¿Madre? —dijo Elizabeth, apareciendo junto a Gertie—. ¿Qué estás haciendo aquí?

—Oh, Elizabeth. Tenía que verte.

—¡Abuelita! —gritó Billy, corriendo por el pasillo hacia sus brazos—. ¡Recibí un avioncito!

—Oh, mi querido niño —expresó la mujer, abrazándolo mientras las lágrimas se formaban en sus ojos—. Estoy tan feliz de verte.

—¿Le gustaría pasar? —preguntó Gertie.

—Oh, bueno, eso sería un poco...

—No. Está bien. Puedes decirme lo que viniste a decir aquí en la puerta —indicó Elizabeth, cruzando los brazos.

—Oh, mami, por favor, ¿puede quedarse la abuelita?

Elizabeth miró el rostro suplicante de su hijo y suspiró.

—Si no le molesta a Gertie.

—De ninguna manera, querida. Tu madre es muy bienvenida —respondió Gertie.

Elizabeth miró a su hijo.

—Billy, ¿por qué no le muestras a la abuelita lo que recibiste en Navidad?

—En realidad, tengo algo para ti en el coche —admitió la mujer, mientras miraba por encima de su hombro y hacía un gesto al chofer, quien sacó una caja grande del asiento trasero y se acercó con ella.

Los ojos de Billy se abrieron de par en par.

—¿Eso es para mí?

Su abuela asintió.

—¿Lo llevamos adentro? —extendió la mano hacia Gertie—. Soy *Lady* Mary Wilcox.

Gertie luchó contra las ganas de hacer una reverencia ante el aire tan distinguido de la mujer.

—Encantada de conocerla. Soy Gertie Bingham. ¿Le gustaría tomar té?

—Sería muy amable.

A pesar de su pedigrí aristocrático, Gertie se divertía al ver a *Lady* Mary gatear junto a su nieto cuando regresó con el té. Para deleite de Billy, su abuela le había llevado un casco de hojalata y un rifle de madera.

—Soy el sargento Billy Chambers —dijo a todos—. Y los protegeré de los soldados alemanes.

—¡Oh, qué maravilloso! Gracias, sargento Chambers —exclamó *Lady* Mary, llevándose una mano al corazón.

Gertie notó a Elizabeth parada en la esquina, observándolos con una expresión reservada.

—¿Té, querida? —le preguntó.

—Gracias —respondió Elizabeth, tomando la taza.

—Es encantador ver a Billy divirtiéndose —añadió Gertie.

—Sí, es una lástima que no pueda ver a su abuela más a menudo —reconoció Elizabeth con un dejo de amargura—. Permítame que me retire un momento.

Se marchó de la habitación.

Gertie estaba a punto de seguirla cuando notó la hora.

—Reúnanse todos aquí —solicitó—. El discurso del rey está por comenzar.

Se sentaron en silencio. Incluso Billy estaba tranquilo, haciendo volar su avioncito por el aire mientras escuchaban: «...debemos aferrarnos al espíritu que nos une ahora. Necesitaremos este espíritu en cada una de nuestras vidas como hombres y mujeres, y lo necesitaremos aún más entre las naciones del mundo. Debemos pensar menos en nosotros mismos y más en los demás, porque sólo así podremos hacer del mundo un lugar mejor y de la vida algo más digno». Gertie cruzó miradas con Hedy y compartieron una sonrisa.

Cuando terminó, *Lady* Mary se puso de pie.

—Debo irme ahora.

—Oh, por favor, quédate, abuelita —pidió Billy.

Ella acarició su rostro con las manos y besó la parte superior de su cabeza.

—Te veré de nuevo pronto, corazón —contestó—. Fue un placer conocerlos a todos. Dios los bendiga.

Gertie la siguió hasta el pasillo mientras Elizabeth salía de la cocina. Madre e hija se miraron por un momento. *Lady* Mary se acercó a su hija con la mano extendida, pero Elizabeth retrocedió un paso.

—Por favor, no te enfades conmigo, Elizabeth.

Elizabeth la miró con frialdad

—¿Cómo está mi padre?

Los ojos de *Lady* Mary se nublaron.

—Es difícil para él, ya sabes.

—Es difícil para todos nosotros —admitió Elizabeth, mirando a su madre por un momento antes de apartar la mirada—. Gracias por el regalo de Billy. Adiós.

Elizabeth se despidió desapareciendo de nuevo en la sala, dejando sola a su madre.

Lady Mary suspiró antes de seguir a Gertie hacia la puerta. Se detuvo en la entrada.

—Gracias por su hospitalidad, señora Bingham. Como habrá notado, tengo una relación turbulenta con mi hija, pero la quiero mucho a ella y a mi nieto.

—Lo entiendo —señaló Gertie—. No siempre es sencillo.

Lady Mary la miró con fijeza.

—¿Podría hablar con Elizabeth, por favor? Intenté razonar con ella para que deje que el niño venga y se quede con

186

nosotros. No es seguro en Londres y tengo la sensación de que podría escucharla.

Gertie vaciló. Podía ver la desesperación en sus ojos, pero Elizabeth era una mujer adulta que tomaba sus propias decisiones en cuanto al bienestar de su hijo.

—Lo siento, pero no estoy segura de que eso me corresponda, *Lady* Mary.

La mujer asintió.

—Por supuesto, tiene razón. Adiós, señora Bingham.

—Adiós.

A medida que la Navidad daba paso al Año Nuevo, el alto al fuego parecía mantenerse para alivio de todos, y el mundo se sentía de alguna manera más ligero. Incluso la señorita Snipp estaba inusualmente de buen humor, habiendo disfrutado la Navidad con su hermana, quien no sólo había conseguido un conejo para la cena, sino que también le había regalado otro para llevar a casa. Gertie se sentía cautelosamente optimista. La guerra aún continuaba, pero por el momento Hitler parecía dejarlos en paz.

—He oído que está concentrado en luchar contra Rusia —comentó el señor Reynolds, que hojeaba una copia de *Martin Chuzzlewit*.

—Estoy segura de que recibirá la mejor y más cálida de las bienvenidas del camarada Stalin —respondió con alegría la señora Constantine, entregando una copia de *El sabueso de los Baskerville* a Gertie—. Debo decir que apruebo su nueva elección para el club de lectura, señora Bingham —dijo señalando el escaparate de *Cita con la muerte*—. Haré todo lo posible por estar aquí para el próximo bombardeo, aunque oremos para que lo peor ya haya pasado.

—No nos queda más que esperar —aseguró Gertie, envolviendo el libro y entregándoselo.

Gertie estaba preparando la cena esa noche cuando la sirena sonó. Su primer pensamiento fue Hedy. Se encontraba en el cine con su amiga Audrey. Gertie le había regalado entradas para ver la nueva película de Charlie Chaplin en Navidad.

Hemingway esperaba junto a la puerta trasera, como era su costumbre cuando escuchó la sirena.

—Hedy estará bien —le dijo mientras tomaba la cesta con su máscara de gas, la libreta que le permitía comprar sus alimentos en tiempos de racionamiento y una lata de pastel de carne que le quedaba—. Se quedarán en el lugar o las enviarán al refugio público.

Escuchaba su corazón latir con fuerza en sus oídos mientras se apresuraba hacia el jardín justo cuando Elizabeth y Billy aparecieron por la puerta lateral.

—¿Dónde está Hedy Fischer? —preguntó Billy. Gertie notó que llevaba su sombrero de lata y sostenía su rifle de madera.

—Está en el cine con su amiga, pero irá al refugio. No te preocupes, Billy —dijo Gertie, dándose cuenta de que lo decía más para tranquilizarse a sí misma.

—¿Debería ir a buscarla y traerla a casa? —preguntó él.

—No, debes quedarte aquí y protegernos —respondió Elizabeth—. Hedy volverá pronto.

—Bien, porque quiero escuchar el siguiente capítulo de la historia de Gertie y Arno.

Entraron rápidamente al refugio y Gertie encendió una vela. Se sentía extraño estar allí sin Hedy.

—Quizás no debería haberla dejado ir —exclamó Gertie mientras miraba la llama.

—Ella es una chica sensata —señaló Elizabeth—. Estará bien. Los vigilantes se encargarán de ellas.

Gertie asintió, pero su estómago estaba revuelto. No importaba cuán sensato, amable o inteligente fueras, aún así podías tener mala suerte. Al destino no le importaba en lo más mínimo.

Todo lo que podías hacer era rezar y esperar que alguien escuchara.

Escucharon el zumbido familiar de las aeronaves aumentando de volumen en su camino hacia Londres y el estruendo de las explosiones a lo lejos.

—Son nuestras armas antiaéreas —precisó Billy con autoridad—. Detienen a los hombres malos para que no pasen.

Pronto quedó claro que los hombres malos no habían sido detenidos, ya que el zumbido lejano se convirtió al instante en un zumbido constante y aterrador sobre sus cabezas. Gertie y Elizabeth se miraron mientras cada una comprendía que este ataque era diferente. La cantidad de aviones cargados de explosivos era vasta y aterradora. Elizabeth rodeó con un brazo a su hijo y lo abrazó con fuerza.

Un silbido seguido de una ráfaga de luz blanca y ardiente chisporroteó en algún lugar cercano. Luego vino otro. Y otro más.

—Suenan como fuegos artificiales —comentó Billy.

—Entonces vamos a fingir que eso son —propuso Gertie—. Nada más que grandes fuegos artificiales.

Podían escuchar cómo caían por todo Londres, algunos muy cerca y otros lejos.

—En realidad, son in-cen-dia-rios —puntualizó Billy con cuidado—. Los hombres malos los usan para iluminar sus objetivos.

Gertie saltó al escuchar uno caer cerca. A través de una pequeña rendija en el refugio, pudo ver una llama verde que comenzaba a arder. Sin pensarlo dos veces, se puso de pie y salió del refugio.

—¡Gertie Bingham! —gritó Billy.

Hemingway ladró en protesta. Gertie agarró una de sus macetas más grandes y se apresuró a vaciar su contenido, narcisos incluidos, sobre las llamas, apagándolas. Otro cayó a tres pies de distancia y ella hizo lo mismo de nuevo.

—¡No mientras yo esté aquí! —gritó al cielo.

—Quédate ahí con Hemingway, Billy —llamó Elizabeth mientras corría para ayudarla.

Juntas apagaron tres más antes de que el zumbido cesara y los aviones desaparecieran en la distancia.

—¿Crees que hayan terminado? —preguntó Elizabeth, mirando hacia el horizonte en dirección al centro de Londres. El cielo estaba incandescente con cientos de incendios.

—No —contestó Gertie, mientras escuchaba el distante y amenazante murmullo de más aviones—. Creo que esto es sólo el comienzo. Vamos, volvamos adentro.

—Ambas fueron muy valientes —afirmó Billy en el resplandor terroso del refugio—. Mañana les haré medallas.

Gertie miró sus manos temblorosas. Una tormenta perfecta de miedo y enojo pulsaba en su pecho. Mientras escuchaban el primer silbido y los gritos provocados por las bombas, todo el cuerpo de Gertie se llenaba de rabia. ¿Cómo se atrevían? Éste era su hogar. Su ciudad. Tenía que hacer algo.

—Necesito buscar a Hedy —le dijo a Elizabeth—. Quédate aquí con Billy y Hemingway.

Elizabeth agarró su brazo.

—Ten cuidado, Gertie.

Billy le extendió su casco de lata.

—Puedes usar esto, Gertie Bingham.

Ella se lo colocó en la cabeza antes de agarrar una linterna y salir de prisa por la puerta lateral. La avenida estaba completamente oscura y en silencio, como si la propia calle contuviera la respiración. Gertie se mantuvo en las sombras, procurando dirigir la luz hacia abajo para no llamar la atención. Tosía mientras el amargo olor a humo se quedaba atrapado en su garganta y hacía lo posible por ignorar el drama que se desarrollaba en el cielo. Gertie no tenía idea de hacia dónde se dirigía, pero sabía que debía seguir adelante, mantenerse en movimiento. Escuchó el silbido y el crepitar de un fuego y volteó para ver las llamas saltando en el aire. Por alguna razón, dio un paso hacia él.

«Confía, Gertie. Vamos de mal en peor», solía decir Jack mientras su hermana recibía una nueva reprimenda de su padre, generalmente por molestar a la institutriz con sus comentarios ingeniosos.

«Nunca pierdas una oportunidad de defenderte, Gertie», le decía Lilian una y otra vez. «Siempre habrá gente que te dé una razón para no hacerlo, y esa es la razón por la que debes hacerlo».

Gertie se sorprendió a sí misma corriendo. No recordaba la última vez que se había sentido tan viva. Tan libre. Incluso, no sentía ni el menor miedo. Mientras doblaba la esquina, Gertie pudo ver la aguja de la iglesia de Saint Mark envuelta en un embudo de color rojo carmesí y ámbar. Vio a dos bomberos y dos guardianes haciendo todo lo posible por controlar el incendio. Gertie reconoció a uno de ellos de inmediato.

—¡Betty! —gritó.

—Señora B, ¿qué está haciendo aquí?

—Estoy buscando a Hedy. Estaba en el cine cuando empezó el ataque.

—Estoy segura de que estarán en el refugio público. Mi amiga Judy es guardiana allí. Puedo tratar de averiguar qué ha pasado en cuanto controlemos esto.

—No deberías estar fuera de tu refugio —recomendó el otro guardián a Gertie—. No es seguro.

—Déjame ayudarles —pidió ella.

—¿Esta mujer ha recibido algún tipo de entrenamiento formal? —preguntó él de manera exigente. Betty frunció el ceño.

—No, pero tú tampoco lo tenías hasta hace dos semanas, Bill. Se volvió hacia Gertie.

—¿Sabes usar una bomba de agua? Tenemos una de repuesto pero nadie que la maneje.

—Sólo muéstrame qué hay que hacer —solicitó Gertie arremangándose.

Fue un trabajo duro, pero ya fuera por furia o determinación, Gertie logró bombear hasta que pudieron controlar la mayoría de los incendios.

—Vaya, creo que deberíamos reclutarla en el servicio, señora —admitió uno de los bomberos mientras caminaban hacia la cantina donde los voluntarios servían té caliente y sopa—. Sin duda, es más útil que Bill.

Gertie, muy agradecida, aceptó una tacita de té.

Volteó a ver a su alrededor, buscando con desesperación a Betty con noticias de Hedy. Las caras que la rodeaban estaban marcadas por el agotamiento cubierto de hollín. Los voluntarios se sentaban junto a la acera mientras bebían té y fumaban cigarros. Había un silencio inquietante en el lugar, como si todos los presentes estuvieran en estado de shock, absorbiendo todos el mismo pensamiento. ¿Por cuánto más podrían soportar esto?

—¡Señora B! —llamó una voz.

Gertie alzó la vista y divisó dos figuras conocidas que levantaban la mano en la oscuridad. En cuanto se acercaron a la luz, Gertie se levantó de un salto.

—¡Mire a quién he encontrado! —exclamó Betty.

Gertie quedó abrumada al ver el rostro cansado de Hedy. Se acercó rápidamente y la abrazó fuerte al darse cuenta de la situación. Era responsabilidad de Gertie proteger a esta niña por su madre, era su responsabilidad mantenerla a salvo. Nada más importaba. Ahora lo sabía.

—¿Estás bien, Gertie? —preguntó Hedy.

—Ahora lo estoy —contestó.

—Lamento haberte preocupado —dijo Hedy—. Cuando sonó la sirena, entramos en pánico y decidimos correr de regreso a la casa de Audrey.

—Oh, querida. ¿Por qué no fueron al refugio?

192

Hedy lucía avergonzada.

—No lo sé. Supongo que de alguna manera nos sentíamos más seguras así.

—Bueno, tuvieron un excelente instinto —dijo Betty seriamente—. El cine fue impactado directamente. Ahora mismo están buscando sobrevivientes.

Gertie y Hedy se miraron a los ojos mientras se daban cuenta de lo que podría haber sucedido.

—Oh, Gertie —susurró Hedy.

Gertie puso un brazo alrededor de su hombro y la abrazó fuerte.

—Todo está bien. Estás a salvo y eso es lo que más me importa.

—Aquí tiene, señora —dijo amablemente un bombero, apareciendo a su lado y ofreciéndole un trago de una anforita—. Tome un trago de esto.

Gertie aceptó, frunciendo el entrecejo ante el ardor punzante del alcohol.

—Gracias —respondió devolviéndosela.

—No hay nada peor que perder de vista a uno de tus pequeños, ¿verdad? —comentó él sonriéndole a ambas.

Gertie iba a corregirlo, pero él ya se había ido, encaminado hacia la oscuridad, hacia donde fuera que lo necesitaran a continuación.

Sintió cómo Hedy se apoyaba en su hombro y, de manera instintiva, la abrazó más fuerte.

—La ciudad está recibiendo una buena paliza esta noche —señaló uno de los guardianes.

Voltearon hacia arriba para mirar el cielo escarlata, parecían unos dedos anaranjados del fuego extendiéndose hacia el cielo como si estuvieran rezando por la salvación.

«Mi amado Londres», pensó Gertie, «¿cómo pudieron?».

Hedy entrelazó su brazo con el de Gertie.

—Vamos a casa.

—¿Debería acompañarlas? —preguntó Betty—. Los bombardeos han sido, sobre todo, en la ciudad, pero sigue siendo peligroso.

—Estaremos bien, ¿verdad, Hedy? —dijo Gertie.

Hedy asintió.

—Nos tenemos la una a la otra.

Excepto por un gato negro que paseaba durante la noche, las calles estaban silenciosas. El viento se había elevado y silbaba en sus oídos. Gertie levantó el cuello de su abrigo y miró hacia el cielo. El zumbido familiar comenzó de nuevo, pero los aviones iban ya de regreso.

—Hicieron lo peor que pudieron hacer y ahora siguen su camino —susurró mientras llegaban a la siguiente calle.

—Tal vez pronto den la señal de que está todo despejado —especuló Hedy levantando la vista hacia el cielo. Se paralizó.

—¡Gertie, cuidado!

A medida que Gertie seguía su mirada, el mundo parecía ralentizarse como si se movieran a través de melaza. Vio la parte inferior de un avión alemán, iluminado por la luna, como un monstruoso buitre sobre sus cabezas. Mientras lo observaba abrir su compuerta y arrojar una bomba, luchaba por comprender la terrible realidad de lo que sucedía. Gertie estaba familiarizada con el silbido y los gritos mientras estos horrores se precipitaban en la tierra. Sin embargo, no estaba preparada para el silencio. En el momento antes de que la bomba impactara, el mundo quedó enmudecido. Un instante. Por un instinto visceral, Gertie agarró a Hedy y se arrojó junto con ella sobre el muro del jardín más cercano, lanzándose encima de la niña en el proceso. Cerró los ojos con fuerza y contuvo la respiración. Un pesado y seco golpe. Un latido. Silencio.

Gertie abrió los ojos renegando, pero se levantó hasta quedar sentada mientras Hedy se acomodaba a su lado. Vieron por encima del muro, parpadeando ante el gran cráter cuya bomba sin explotar resplandecía desde el centro. Un monstruo inmenso y siseante.

—¿Estás bien, querida? —preguntó Gertie mientras se ayudaban una a la otra a ponerse de pie.

Hedy la miró fijamente.

—Sí. ¿Y tú?

—¡Estamos vivas! —gritó Gertie, sacudiéndola con suavidad—. ¡Estamos vivas, Hedy!

Se abrazaron y lloraron debido al miedo, al alivio y por haber sobrevivido.

Seguían aferrándose la una a la otra cuando llegó la policía y comenzó a evaluar las calles. Gertie y Hedy caminaron temblorosas lado a lado siguiendo a la gente y con rumbo a su propia calle. Cuando por fin sonó el anunció de que estaban fuera de peligro, la multitud festejó a gritos.

—¡Gertie! —gritó Elizabeth, encontrándose con ellas, con Billy y Hemingway, quienes la siguieron a su puerta principal hasta estar todos juntos—. ¿Están bien?

—¡Gertie Bingham y Hedy Fischer! —dijo, casi llorando, Billy con ojos grandes y emocionados—. Hay una bomba sin explotar en la siguiente calle.

—Lo sé, querido. Nos pasó rozando.

—¡Dios mío! —exclamó Billy con los ojos aún más abiertos.

—Gracias a Dios que están bien las dos —dijo Elizabeth con expresión de alivio. Se volteó hacia su hijo—. Vamos, Billy. Debemos dejar que Gertie y Hedy entren y tú necesitas ir a la cama. Esto fue suficiente drama por esta noche. Les ofreció un alegre adiós antes de desaparecer.

Gertie temblaba pero se sentía eufórica. Estaban vivas. Estaban a salvo. Habían sobrevivido otra noche. Eso era lo único que importaba. Estaban luchando y seguirían luchando. Gertie, Hedy, la Librería Bingham y la gente de Beechwood. Éste era su mundo. Era donde debía estar y lo defendería con todas sus fuerzas.

Acababan de llegar a la puerta principal cuando se escuchó un grito. Gertie giró para ver a Betty corriendo hacia ellas por la calle.

—Tal vez escuchó sobre nuestro encuentro con la bomba y quiere asegurarse de que estamos bien —supuso Gertie.

Cuando Betty las alcanzó, se detuvo en seco, sacudiendo la cabeza y con el rostro descolorido.

—¿Qué pasa, Betty? —preguntó Gertie, con creciente pánico.

—No sé cómo decirlo.

—¿Le pasó algo a Sam? —susurró Hedy.

Betty negó sacudiendo la cabeza con fuerza.

—No, no es eso.

—¿Entonces, qué, querida? Por todos los cielos, ¿qué ha pasado? —preguntó Gertie.

Betty luchaba contra las lágrimas para poder hablar.

—Es la librería. Señora B, la librería fue uno de los incendios. Los bomberos llegaron muy tarde. Lo siento tanto.

Hedy y Betty sujetaron a Gertie por los brazos mientras se hundía. Una vez más, el mundo le había arrebatado el suelo bajo sus pies. Después de cada obstáculo en su vida: perder a Jack, a su padre, a su madre y luego a Harry, Gertie intentó levantarse de nuevo, pero se sentía cada vez más como un ave herida, con alas remendadas, que como un fénix. Con la llegada de Hedy y la realidad de otra guerra, Gertie había encontrado nuevas fuerzas para seguir luchando para construir algo que ayudara a los demás cuando más lo necesitaran, pero ahora eso se había ido para siempre. Era el final. Betty y Hedy trataron de reconfortarla lo mejor que pudieron, pero después de años de reprimir el dolor y la tristeza, Gertie cedió. Hedy la abrazó mientras Gertie enterraba su rostro en las manos y sollozaba.

1941

13

Dulces son los frutos de la adversidad, que, como el sapo, feo y venenoso, portan una preciada joya en la cabeza...

William Shakespeare, *A vuestro gusto*

Cita con la muerte. Gertie tuvo que entrecerrar los ojos para distinguir el título del libro en el pedazo chamuscado que quedó de la cubierta mientras ella y Hedy buscaban con desesperación algún indicio de esperanza en el vacío cascarón de carbón.

Gertie había visto fotografías de una librería muy dañada no hacía mucho, con un niño sentado leyendo en medio del caos. No había fachada ni parte trasera en el local, pero todos los libros se mantenían intactos. Pensar en esta fotografía era lo que había convencido a Gertie de ir. Quizás su inventario sería rescatable. Podrían barrer los cristales, reparar los daños y seguir adelante como había hecho antes. Sin embargo, no se había dado cuenta de toda la fuerza que traía un incendio ni del impacto que podría tener en un espacio lleno de leña en forma de literatura. El servicio de bomberos estuvo sobrepasado de trabajo esa noche. Llegaron demasiado tarde para preservar los libros y los que quedaron terminaron de arruinarse por los chorros de agua que al fin extinguieron el fuego.

—Al menos el letrero no está demasiado dañado —apuntó Hedy desde afuera de la tienda, mirando hacia arriba los bordes chamuscados y las letras doradas despegadas—. Un poco carbonizado, pero todavía se pueden leer las palabras.

Las letras doradas que deletreaban «Librería Bingham» ya no brillaban sobre Gertie. Estaban tan golpeadas y magulladas como ella se sentía. El fondo rojo que alguna vez pareció tan cálido y acogedor estaba tan ennegrecido como si la oscuridad de la guerra al fin hubiera llegado a Beechwood. Los ojos de Gertie se llenaron de lágrimas mientras su mirada recorría la calle principal. El reloj que solía colgar orgulloso afuera de la Zapatería Robinson había sido arrancado de su lugar y destrozado al atravesar las ventanas de la Pastelería Perkins. Era una bendición que al momento del ataque nadie resultara muerto. La calle estaba cubierta de un montón de vidrios rotos y escombros dispersos. Los dueños de las tiendas hacían lo posible por limpiar, barriendo y despejando, pero era una tarea titánica. Sólo el letrero de la ciudad de Beechwood permanecía intacto, con su caballo blanco galopando hacia adelante. Normalmente, Gertie habría encontrado algún rastro de esperanza en esto, pero hoy se sentía diferente. Había un aire de resignación en el ambiente cuando el joven Piddock la saludó cansado antes de seguir barriendo. Nadie podía ofrecer consuelo u optimismo.

—No puedo hacer esto —susurró.

Hedy sujetó a Gertie por el brazo.

—Puedes hacerlo, Gertie. Eres fuerte.

Gertie negó con la cabeza.

—No. No soy fuerte. No realmente. He seguido adelante todos estos años porque tenía que hacerlo, pero ya no quiero seguir adelante.

Hedy apretó su mano.

—Estás cansada. No deberíamos haber venido aquí hoy. Ver la tienda así fue demasiado para ti. Vamos. Vamos a casa.

Gertie se quedó en la cama durante un mes. Sólo salía de su habitación para comer y durante los ataques aéreos, y esto último a regañadientes. ¿Qué sentido tenía? Había perdido todo lo que amaba, desde sus padres hasta su hermano, su esposo y ahora su querida librería. Si los alemanes también querían su vida, que vinieran y se la llevaran. Sabía lo que estaba haciendo.

Era tan terca como para percatarse de cuándo había tomado una decisión. Y esta vez, Gertie Bingham, oficialmente, se había rendido.

Hedy hizo todo lo posible para ser la fuerza que la llevara a superar esta inercia. Se encargó de la gestión diaria del hogar, encendía el fuego, preparaba las comidas y horneaba galletas de jengibre porque sabía que eran las favoritas de Gertie. Le servía té, la trataba con simpatía y le leía divertidos extractos de las cartas de Sam para animarla.

—Él dijo que realmente disfrutó del libro de P. G. Wodehouse que le enviamos por Navidad. Parece que hay un hombre en su escuadrón que le recuerda a Gussie Fink-Nottle porque cría tritones.

—Eso es bonito, querida —señaló Gertie mirando al horizonte. Apreciaba los esfuerzos de Hedy y sabía que estaba siendo una carga, pero era un hecho que no tenía ni el deseo ni la capacidad para salir de ese estado de aturdimiento.

Desesperada, Hedy recurrió a todos los conocidos que tenía para intentar levantar el ánimo de Gertie. La señora Constantine la visitó con una botella de brandy francés, asegurando que las nubes oscuras se disolverían pronto porque siempre lo hacían. El tío Thomas llamó por teléfono para expresar su pesar y hacer la bienintencionada sugerencia de que Gertie estaba en buena compañía, ya que veintisiete editoriales habían perdido cinco millones de libros en la misma noche, gracias a «ese lunático bigotudo».

Gertie estaba agradecida por su amabilidad, pero no tenía ningún deseo real de hacer nada más que quedarse en la cama y releer *Jane Eyre*. Era lo único que parecía consolarla, permitiendo que su mente se sumergiera en tiempos anteriores y más felices, cuando Harry estaba vivo y el mundo brillaba con esperanza.

Un día, justo mientras hacía eso, tocaron a la puerta de su habitación.

—Adelante —contestó esperando a Hedy. Fue una sorpresa, por lo tanto, cuando la puerta se abrió y el pequeño rostro redondo de Billy se asomó.

—Hola, jovencito. ¿Qué haces aquí?

Lanzó una mirada traviesa por encima del hombro antes de entrar con sigilo en la habitación.

—Mamá está tomando té abajo con Hedy Fischer. Hoy recibió un telegrama de su mamá y está feliz, pero también un poco triste.

A Gertie la invadió un sentimiento de culpa por no estar abajo reconfortando también a Hedy. Volteó hacia Billy.

—¿Tu mamá te pidió que subieras?

—No exactamente —respondió Billy, arrastrando los pies sobre la alfombra—, pero tampoco me dijo que no lo hiciera.

—Bueno, en ese caso, mejor entra —indicó Gertie.

Billy marchó alrededor de la cama y se colocó muy cerca de Gertie, mirándola con ojos brillantes.

—Nunca antes había estado en el dormitorio de una dama —le confesó—. Excepto en el de mamá, por supuesto.

—Por supuesto. Entonces, ¿a qué debo el placer? —preguntó Gertie.

Él adoptó una expresión pensativa.

—Me puso muy triste enterarme del incendio en la librería. Lo siento.

—Gracias, Billy.

—Y quería darte esto —metió la mano en el bolsillo—. Cierra los ojos y extiende la mano.

Gertie hizo lo que le pidió. Sintió un cálido estremecimiento cuando él colocó una pequeña y suave bolsa en su palma.

—Ahora puedes abrirlos.

Ella miró la bolsita de terciopelo rojo.

—¿Qué es esto?

—Tíralas y te darás cuenta —dijo él.

Gertie giró la bolsa y de ella cayeron varias monedas de peniques, chelines y un par de monedas brillosas de seis peniques.

—Las he ahorrado. Puedes tenerlas todas para que compres una nueva librería.

Las lágrimas se asomaron en los ojos de Gertie.

—Oh, Billy.

—Y también colecciono estampillas. Podríamos vender mi colección si esto no es suficiente —aseguró Billy.

Gertie extendió la mano y lo sostuvo por los hombros.

—Eres el niño más amable que he conocido. Gracias.

—Billy Chambers. ¡Baja de inmediato! —gritó su madre desde abajo de las escaleras. Él se quedó inmóvil.

—Está bien, Elizabeth —contestó Gertie—. Yo le dije que podía entrar.

Billy se estremeció al escuchar a su madre subiendo las escaleras.

—Gertie, lamento mucho que Billy te haya molestado.

Se volteó hacia su hijo.

—Joven, esta noche se irá a la cama sin un cuento.

—Oh, pero mamá...

—William Chambers. No le respondas a tu madre.

William Chambers frunció el ceño en un gesto de indignación. Elizabeth vio la bolsa de dinero en la cama.

—¿Es tuya, Billy?

Él asintió lentamente.

—Él me la ofreció para que pudiera comprar una nueva librería —especificó Gertie.

Elizabeth parpadeó sorprendida.

—¡Oh! Bueno.

—Es la cosa más encantadora que me han dicho —admitió Gertie.

El rostro de Elizabeth se suavizó.

—No debiste venir aquí arriba, pero fue amable de tu parte ofrecerle tu dinero a la señora Bingham.

—¿Eso significa que aún puedo tener mi cuento, por favor, mamá? Quiero saber qué le sucede a Peter Rabbit y si alguna vez sale del regadero.

—Ya veremos —comentó Elizabeth—. Ahora ven, dejemos a la señora Bingham en paz.

—Adiós, Billy. Gracias por venir a visitarme.

Gertie guardó las monedas de nuevo en la bolsa y se la ofreció.

—Creo que deberías mantener el dinero a salvo en casa por ahora.

Billy asintió.

—De acuerdo, Gertie Bingham. Avísame cuando lo necesites.

—Así lo haré.

Elizabeth apuró a Billy fuera de la habitación pero lo detuvo en el umbral.

—Tú fuiste muy amable con nosotros cuando llegamos aquí. Por favor, dime si hay alguna forma en la que pueda hacer lo mismo por ti.

—Gracias, querida —dijo Gertie—. ¿Hedy está bien?

—Pienso que es la mujer más valiente que he conocido. Puede que mi familia y yo no estemos en los mejores términos, pero no podría soportar no saber dónde están o qué les está pasando.

—Gracias por consolarla.

Elizabeth sonrió.

—Como dije, Gertie, ambas han sido tan amables siempre. Ahora es nuestro turno.

Gertie asintió, pero en su corazón sabía lo contrario. Todos estaban haciendo lo posible por ayudar, pero ella sabía en lo más profundo de su ser que no había nada que hacer.

Sólo Charles parecía entender cómo se sentía Gertie.

—Desearía poder decirte que te recuperes, pero sería un hipócrita espantoso si lo hiciera. Regresé de la guerra y tuvo que pasar un año para que pudiera salir de casa —le dijo mientras tomaban el té en el salón durante una de sus raras excursiones a la planta baja.

—Lo recuerdo.

Recordó las visitas a su casa con Harry en las que intentaban con desesperación sacarlo de su letargo. Cuando por fin emergió, algo en él había cambiado. Era el mismo hombre, pero con determinación, con una actitud casi despreocupada.

—Sin embargo, debo decirte que no creo que esta guerra termine pronto.

—Entonces, ¿tengo que seguir luchando?

Charles se encogió de hombros.

—¿Qué más puedes hacer?

Gertie miró con atención la colección de fotografías familiares en la mesa, las caras sonrientes y esperanzadoras de aquellos a quienes había perdido.

—No lo sé, Charles. No estoy segura de tener la fuerza para seguir luchando. Sería diferente si Harry estuviera aquí todavía, o Jack o mamá y papá.

Charles asintió. Se acercó a la repisa de la chimenea, cogió un pequeño marco de estaño de la estantería.

—¿No fue tomada en la fiesta cuando abriste la librería? —cuestionó mientras volvía a su lugar.

Gertie sonrió mientras él le entregaba la foto. Todos estaban allí. Sus padres, el tío Thomas, Jack, Charles, Harry y ella. Su madre estaba junto a ella, radiante de orgullo, y mientras Gertie miraba el cuadro con determinación y melancolía dijo:

—Insistí en hacer la fiesta porque apenas teníamos clientes, excepto por la señorita Crow, que vino en su calidad oficial de entrometida del pueblo. Recuerdo que Harry le preguntó si podía ayudarla a encontrar algo para leer y ella lo miró como si hubiera sugerido que bailaran tango desnudos por la calle.

Charles rio.

—Recuerdos preciados, ¿verdad, Gertie?

Ella asintió.

—Aunque esa fue la noche en la que escuché a papá discutir con Jack. Nunca se llevaron bien después de eso.

Charles permaneció en silencio.

—Jack siempre tuvo un temperamento explosivo. Harry pensaba que se trataba de apuestas, pero nunca llegué al fondo del asunto.

—¿Eso es lo que dijo Harry? —preguntó Charles con la mirada fija en su rostro.

Gertie asintió.

—Supongo que Jack nunca te contó lo que sucedió, ¿verdad? Sé que pasaste bastante tiempo en su club en aquel entonces.

Charles apartó la mirada hacia la chimenea.

—No estoy seguro. Fue hace mucho tiempo.

—En efecto. Parece otra vida de alguna manera. De todos modos, todo eso queda en el pasado, ¿no es así? Estas peleas tontas que tenemos, al final no importan, ¿verdad?

—No —replicó Charles—. No importan ni un poco.

Gertie apoyó su cabeza en el hombro de Charles mientras estaban sentados uno al lado del otro, mirando fijamente la fotografía. Dos amigos desgastados por lo vivido y lo perdido, pero reconfortados por estos recuerdos compartidos.

—Me voy por unos días —señaló Charles después de un rato.

Gertie se volteó para mirarlo.

—¿Es por trabajo?

—Debería estar de vuelta en una semana —dijo asintiendo.

Gertie notó que no le miraba a los ojos.

—No es nada peligroso, ¿verdad, Charles?

—Gertie. Estamos viviendo en medio de una guerra. Caminar por la calle es peligroso, como bien sabes.

Ella agarró su mano.

—Ten cuidado. No podría soportar perderte también a ti.

Él se inclinó para besar su mejilla.

—Somos supervivientes, tú y yo. Nunca lo olvides.

—Aferrándonos a los restos de la vida.

Charles sonrió.

—No hay nadie más con quien preferiría aferrarme a ellos.

14

El comienzo es siempre hoy.

Mary Shelley, *Short Stories, Volume 2*

Durante sus más de sesenta años, Gertie se había dado cuenta de que los mensajeros del destino aparecían de muchas formas. A veces era obvio, como cuando conoció a Harry en la librería de su padre. En otras ocasiones, el destino necesitaba un pequeño empujón, como durante los eventos que llevaron a la llegada de Hedy. Esta vez, el mensajero llegó de manera inesperada a su puerta aproximadamente a las tres y cuarto de una tarde lluviosa de febrero.

Hedy se encontraba en el cine con Betty y Gertie estaba arriba leyendo una novela de Dorothy L. Sayers cuando sonó un fuerte golpe en la puerta. Gertie suspiró y dejó su libro con renuencia. Se miró en el espejo y se preguntó cuándo su rostro se había vuelto tan redondo. Podría tener algo que ver con la excepcional repostería de Hedy. Se arregló el cabello y bajó las escaleras, encontrándose con Hemingway en el corredor. Gertie abrió la puerta con la sospecha de que se trataría de Hedy, quien tal vez había olvidado su llave. Por lo tanto, se sorprendió bastante al encontrarse con el rostro hosco de la señorita Crow.

—Buena tarde, señora Bingham. ¿Es este un momento conveniente? —preguntó, echando una mirada crítica a las migajas de galleta en la blusa de Gertie.

Mientras Gertie con discreción las tiraba al suelo, Hemingway se lanzó sobre los preciados pedazos de galleta con un enorme deleite.

—Por supuesto —dijo—. ¿Le apetecería un poco de té?

Por un momento, la señorita Crow pareció insegura, como si nadie le hubiera ofrecido té antes.

—Sí. Está bien. Gracias.

—Pase al salón. No tardaré más que un momento.

Cuando Gertie regresó, la señorita Crow estaba de pie junto a la repisa de la chimenea, luciendo incómoda.

—Por favor, siéntese.

Ella hizo lo que se le dijo, aferrándose al borde de un sillón mientras Gertie le entregaba el té.

—Gracias.

—Así que —inició Gertie tomando su lugar en el sofá—. ¿En qué puedo ayudarle?

La señorita Crow la miró con ojos penetrantes.

—Debe reabrir la librería.

De todas las frases que Gertie esperaba escuchar de la boca de la señorita Crow, ésta era una de las más improbables, junto con «Luce encantadora hoy, señora Bingham» y «Permítame compartir mis raciones de comida con usted».

—¿Perdón? —dijo.

La señorita Crow frunció el ceño como si se dirigiera a alguien con pocas luces.

—Su librería —reiteró lentamente—. Debe reabrirla.

—Pero ha sido destruida —dijo Gertie atónita.

—Bueno —mencionó la señorita Crow, jugueteando con el asa de su taza—. La cuestión es que he estado hablando con Eleanora.

—¿La señorita Snipp?

—Sí. Nos enfadamos, verá, después de la escuela. Fue por una tontería. Un joven, en realidad —explicó.

Los ojos de Gertie se abrieron ante la idea de la señorita Snipp y la señorita Crow compitiendo por el mismo galán.

—Al final terminó casándose con otra persona, así que todo fue en vano.

—Ya veo —dijo Gertie, desconcertada pero disfrutando de la historia de todos modos.

—En fin —prosiguió la señorita Crow—. Después de lo que le pasó a mi sobrino y aquella noche en la que su tienda fue destruida, empecé a darme cuenta de lo tonta que había sido. Así que fui a ver a Eleanora e hicimos las paces.

—Me alegro mucho por usted, pero todavía no entiendo qué tiene que ver esto con la librería.

—Es el destino —exclamó con un tono de exasperación—. Es debido a la librería que reavivamos nuestra amistad. Entré para conseguir ese libro para el niño de mi sobrino. *La isla del tesoro*. Le encantó, por cierto. —Evitó la mirada de Gertie mientras continuaba—. El problema es que nunca he sido muy buena leyendo. Eleanora me ha estado ayudando para que pueda leerle al joven Fred.

—Eso es maravilloso, señorita Crow.

—Sí, sí, pero ¿no lo ve? —dijo la mujer, agitando las manos con impaciencia.

—No realmente.

—Tiene que reabrir la librería.

Gertie se removió en su asiento.

—Me temo que no puedo.

—Si le preocupa el daño, no debería. He hablado con el señor Travers. Dice que la estructura está sólida. Todo puede ser reparado —aseguró la señorita.

Excepto los corazones, pensó Gertie.

—Le agradezco que se haya tomado el tiempo de decirme todo esto, señorita Crow, pero la respuesta sigue siendo no.

La señorita Crow frunció el ceño.

—¿Puedo preguntar por qué?

Gertie suspiró.

—Construí ese negocio durante más de veinticinco años con mi esposo. No puedo empezar de nuevo desde cero.

—Bueno —dijo la señorita dejando su taza de té y levantándose—. Supongo que no hay más que decir.

—Supongo que no. Lamento que haya hecho un viaje en vano.

La señorita Crow se dirigió hacia la puerta, pero se detuvo al ver una fotografía de Harry en la repisa de la chimenea. Había sido tomada poco después de que se graduara como bibliotecario y era una de las favoritas de Gertie.

—Fue una gran pérdida para Beechwood cuando el señor Bingham murió —dijo.

—Es amable de su parte decirlo.

—Era un buen hombre —dijo la señorita Crow—, amable.

—Sí, lo era.

—No podría imaginarlo abandonando a su comunidad.

Y ahí estaba. El destino. No acariciando su mejilla con un guante de terciopelo, sino golpeándola en la cara con un puño de hierro. Gertie hervía de indignación. No iba a dejar que Philomena Crow se saliera con la suya. Esta mujer no tenía idea del dolor que había soportado.

—¿Cómo se atreve? —balbuceó—. Lo he perdido todo.

—¿De veras? —dijo la señorita Crow, con los ojos centelleando—. Aún tiene esta casa. Aún tiene a esa joven que se preocupa por usted. —Gertie se ruborizó de vergüenza—. Por cierto, ella visitó a Eleanora porque estaba preocupada y quería saber si se podía hacer algo. Ella es la razón por la que estoy aquí en primer lugar. Pero no se preocupe. Usted lo ha perdido todo. Quédese aquí, compadeciéndose de usted misma. —Apuntó frunciendo el ceño, con los hombros derechos y una mirada fría fija en Gertie—. Todos hemos perdido algo. No es diferente al resto de nosotros. Y es una cobarde si se rinde ahora.

Gertie abrió la boca para protestar, pero por mucho que le doliera, sabía que la señorita Crow tenía razón. Se estaba rindiendo. Se estaba escondiendo. Evitando el mundo. Compadeciéndose de sí misma. Tenía que parar. Se lo debía a Hedy, a sus padres, a Jack, a su querido Harry, pero sobre todo se lo debía a sí misma. Se volvió hacia la señorita Crow.

—Mencionó que el señor Travers dijo que todo se puede reparar...

La mujer asintió brevemente.

—Vaya a la tienda mañana a las nueve en punto. Lo verá.

Aun si Clark Gable, en persona, le hubiera pedido matrimonio, Gertie no podría estar más sorprendida. Al día siguiente, mientras ella y Hedy cruzaban el umbral de la librería, parecía como si cada persona que alguna vez había sido recibida en la Librería Bingham estuviera allí. El rostro manchado de hollín de la señorita Snipp fruncía el ceño hacia la pared que estaba fregando, desafiándola a mantenerse sucia. Elizabeth Chambers y la señora Wise estaban sacando bolsas de basura por la puerta trasera. Incluso la señora Constantine estaba allí, añadiendo un toque de glamour a los acontecimientos, con el pelo recogido en un pañuelo de seda magenta, barriendo el suelo con un cuidado elegante.

—Buenos días, queridas —dijo levantando la mirada de su trabajo.

—Buenos días —saludó Gertie, con la voz temblorosa.

—Permítame ayudarle con eso, señora Constantine —ofreció Hedy.

—Gracias, querida. El señor Reynolds y yo debíamos turnarnos, pero parece estar bastante ocupado en este momento —especificó asintiendo hacia el anciano, quien estaba apoyado en una silla en la esquina, con la cabeza inclinada hacia el pecho y con una copia de *Amid These Storms* de Churchill a sus pies.

—Ah, señora Bingham, justo la mujer que necesitamos —expresó Gerald Travers, apareciendo al fondo de la tienda—. Espero que no le importe, pero un amigo mío que sabe de estas cosas ha revisado todo para estar seguro, con todas las precauciones necesarias. En cuanto a la estructura, está perfecta. Y por suerte, la puerta del refugio estaba cerrada y tan sólida como un bloque de hormigón, así que...

—¿Los libros? —interrumpió Gertie.

—Compruébelo usted misma —respondió gesticulando como un mago a punto de revelar un truco.

Gertie dio un paso adelante y empujó la puerta cubierta de hollín.

—Siguen aquí —susurró.

Era como entrar en una habitación llena de viejos amigos. Vio a Jane Eyre, Bertie Wooster, David Copperfield, Monsieur Poirot, las hijas del doctor March. Habían estado allí todo el tiempo, esperándola. Ni siquiera importaba que el inventario fuera escaso. Los libros eran suficientes. Cogió un ejemplar de *Winnie the Pooh* y hojeó las páginas. Podía percibir el olor a ceniza y azufre, pero detrás de eso estaba el reconfortante aroma rancio de los libros.

—Creo que con algo de esfuerzo, podremos ponerlo en marcha en poco tiempo —señaló el señor Travers.

Gertie extendió su mano para sujetar las manos de Gerald mientras luchaba contra las lágrimas.

—Le estoy muy agradecida —dijo.

Él acarició su mano.

—Y yo le agradezco por toda su amabilidad cuando mi Beryl estuvo enferma, señora Bingham. Así es como se hacen las cosas en Beechwood.

El modo Beechwood. Gertie sonrió mientras volvía a entrar en la tienda.

—Gracias —dijo a los ayudantes reunidos—. Gracias a todos. No tenía idea de que la gente se preocupara tanto por la librería.

—Es mucho más que una librería, señora Bingham —apuntó la señorita Snipp con cierto aire de reproche—. Es un tesoro precioso de conocimiento e imaginación. Los libros tienen el poder de cambiar el curso de la historia misma y nos ayudarán a ganar esta guerra, recuerde mis palabras.

—Entendido, entendido —puntualizó la señora Wise, levantando la mirada de su escoba—. Mi Ted no tendría ni idea de cómo colgar un cuadro si no fuera por el libro que le recomendó, señora Bingham. Por cierto, él dijo que vendrá después del trabajo para ayudar a reparar las estanterías cuando lo necesite.

—Sí, y el señor Reynolds mencionó que tenía algo de pintura vieja que podría donar —dijo la señora Constantine—. ¿No es así, Wally? ¡Wally!

El señor Reynolds se despertó de repente.

—¿Qué? ¿Quién está ahí? ¡Vuelve a intentarlo, Adolf, y te mando a volar! —Los miró asombrado al darse cuenta de dónde estaba—. Perdón, creo que me quedé dormido.

—Y yo puedo volver a pintar el letrero de la Librería Bingham —propuso Elizabeth—. Estaba pensando en un pequeño fénix dorado para marcar un nuevo comienzo.

—No sé qué decir —exclamó Gertie, mirando a todos a su alrededor—. No puedo agradecerles lo suficiente. De verdad.

—No necesita decir nada —afirmó la señorita Crow—, pero espero que esas no sean sus mejores ropas. —Le extendió una escoba—. Su librería la necesita.

Durante las siguientes semanas, Gertie observó con orgullo y gratitud cómo la Librería Bingham empezaba a resurgir, recordándole a uno de los brotes de magnolia dormidos de Harry y su afirmación de que «el mundo siempre comienza de nuevo». Qué cierto era y cuánta alegría sentía por haber sido persuadida a no rendirse y aceptar ayuda. Esta ayuda llegaba en muchas formas, algunas más útiles que otras. Las hermanas Finch aparecieron una mañana para ayudar con la pintura, pero pronto fueron enviadas de vuelta por su tía cuando resultaron ser una distracción para algunos de los jóvenes voluntarios. La señorita Crow sorprendió a todos con su ojo de águila a la hora de alinear estantes, y por supuesto, el señor Travers siempre estaba disponible, trayendo a un puñado de nuevos colegas de Precaución Contra Ataques Aéreos cada día para arreglar, reconstruir, pintar y barnizar hasta que todo lo que quedaba por hacer era reponer los estantes. Unos días antes de la gran reapertura, Gerald llegó temprano con su compañero guardián Evan Williams, un hombre gigantesco que impresionó a todos al colocar el gran mostrador de roble en su lugar sin sudar ni una gota, y cuya esposa hacía las mejores galletas galesas al oeste del río Severn.

—Pensamos ayudarle con los últimos retoques, señora Bingham —dijo Gerald—. Evan y yo estamos ansiosos por saber cuál será el próximo título de su club de lectura.

—Oh cielos, no le había dado muchas vueltas. ¿Alguna sugerencia?

—Bueno, ya sabe que siempre me decanto por el señor Steinbeck —apuntó Gerald.

Evan metió su mano, grande como una pata, en su bolsillo y sacó un libro.

—¿Podría sugerir esto humildemente, señora Bingham? Parece muy apropiado. A mi esposa y a mí nos gustó mucho.

Gertie aceptó el libro con una sonrisa.

—Gracias, señor Williams. Espero disfrutarlo.

No fue una sorpresa para Gertie que el día de la reapertura la señorita Constantine fuera la primera en cruzar el umbral. Hemingway saludó a su vieja amiga meneando la cola con alegría antes de sentarse ante ella como el perro más obediente del mundo.

—Los he echado de menos, queridos míos —dijo metiendo la mano en su bolso y recompensándolo con media chuleta de cordero.

—¿Estás hablando con nosotros o con los libros? —preguntó Gertie.

—Con ambos —respondió la señorita Constantine con una sonrisa cariñosa—. Y ahora, a los negocios, Gertie. Necesito un nuevo detective, si tienes alguno. No pude llevarme bien con Sherlock Holmes. Demasiado arrogante. Me recordaba a un tío que detestaba particularmente.

—Creo que podría tener justo lo que necesitas —afirmó Gertie, quien recuperó una copia de una novela de Dorothy L. Sayers—. Lord Peter Wimsey. El autor asegura que es una mezcla de Fred Astaire y Bertie Wooster.

—Suena divino. Me lo llevo —respondió la señorita Constantine. Luego se dirigió a Hedy—. Y tú, querida, ¿cómo estás? ¿Alguna novedad?

Hedy levantó la vista del libro de pedidos.

—Recibí una carta de Sam la semana pasada. Lo ascendieron a cabo —dijo—. También ha visto a Betty desde que se unió a la Fuerza Aérea Auxiliar Femenina. Dice que sigue siendo tan molesta como siempre, pero que fue bueno poder vigilarla.

La señorita Constantine rio.

—Es un buen chico. ¿Recibiste algo de tu casa?

—Nada desde el telegrama de mamá el mes pasado. Todos estaban bien entonces.

La señorita Constantine tomó su mano y la apretó.

—Eso es lo mejor que puede ser, querida —aseguró—. ¿Y esto qué es? —Tomó una copia de ¡Qué verde era mi valle! de una pila en el mostrador.

—Es nuestro nuevo título del club de lectura, recomendado por uno de los alguaciles de Protección Contra Ataques Aéreos —precisó Gertie—. Trata sobre una comunidad galesa que se ayuda mutuamente en tiempos difíciles. Los personajes son maravillosos.

—Qué apropiado —exclamó la señorita Constantine, colocándolo encima de su otro libro—. Me lo llevo.

1943
15

Quien realmente ama cree en lo imposible.
Elizabeth Barrett Browning

Archibald Sparrow era un hombre alto y tímido que había estudiado para convertirse en pastor por insistencia de su madre, pero abandonó el llamado cuando dejó de creer en el Dios que «permitió que mis dos hermanos perecieran durante la Gran Guerra». Él mismo estaba exento de la conscripción debido a su asombrosa mala vista, lo que significaba que debía leer su amada poesía a través de gafas de carey con gruesos lentes que le daban una expresión de constante sorpresa. Pasaba horas recorriendo los estantes de la Librería Bingham, por lo general cuando la tienda estaba en su momento más tranquilo. Tan pronto como se llenaba de gente, o bien hacía una compra apresurada o se alejaba sin comprar nada. A Gertie le agradaba este hombre un tanto torpe. Le recordaba a Harry cuando se conocieron por primera vez.

—Buenos días, señor Sparrow. ¿Busca algo en particular hoy? —preguntó ella un día cuando él apareció.

—Bu-bu-buenos, señora Bi-Bi-Bingham —respondió en tono quedo. Tenía una forma suave y gentil de hablar. Gertie notó que en lugar de un saludo enérgico, Hemingway siempre se acercaba a él con un movimiento de cola benigno. Archibald colocó su mano sobre la cabeza del perro en respuesta, como si le estuviera ofreciendo una bendición—. So-so-sólo estoy mirando, gracias.

—Por supuesto. Avíseme si necesita algo.

Él tocó el ala de su sombrero en respuesta y se dirigió directamente a los estantes de poesía. La campanilla sobre la puerta de la librería sonó y Gerald Travers cruzó el umbral.

—*Guerra y paz*, señora Bingham —apuntó a modo de saludo—. ¿Lo tendrá, por favor?

Gertie sacó tres volúmenes rojos encuadernados con tela del estante. Desde que recuperó su amor por la lectura, el señor Travers se había convertido en uno de sus mejores clientes.

—Es nuestro libro más popular en este momento, así que tiene suerte de que haya en existencia. Lo mantendrá entretenido durante bastante tiempo.

—Vaya —exclamó Gerald, observando los libros como si estuviera contemplando la cima del Everest—. Bueno, esta guerra parece interminable, así que más vale elegir algo que me mantenga ocupado.

—Ah, mi querido señor Travers —llamó una voz tan resonante que casi hizo que el señor Sparrow dejara caer el volumen de poesía de Keats que estaba hojeando. Se giraron y vieron a Margery Fortescue entrar por la puerta; parecía llenar cada rincón y resquicio con su personalidad. Vestía un uniforme de lana verde botella rematado con un sombrero de copa que apenas se aferraba a su nube impecable de cabello gris oscuro. Cynthia la seguía, vestida de manera similar, llevando una tabla de anotaciones.

Los ojos del señor Travers brillaron cuando se volteó para presentarlos.

—¿Conoce a la señora Fortescue? —le preguntó a Gertie.

—No formalmente —contestó ella, ofreciendo su mano—. Gertie Bingham.

La señora Fortescue esbozó una sonrisa beatífica al aceptarla.

—Margery Fortescue, jefa del Servicio Local Voluntario de Mujeres. Encantada de conocerla. Y aquí está mi hija y subdirectora, Cynthia.

Cynthia se ruborizó mucho al escuchar su nombre.

—Entonces —dijo la señora Fortescue, escrutando críticamente la tienda—, ¿le contó el señor Travers las noticias?

—No creo —respondió Gertie, mirando a Gerald.

El señor Travers parecía desconcertado.

—¿Noticias?

Margery frunció un poco el ceño.

—Sobre la necesidad de nuevas instalaciones para el Servicio Local Voluntario de Mujeres.

—Oh, sí —dijo Gerald—. El Ministerio de Alimentación se está haciendo cargo del salón del pueblo... —comenzó Gerald.

Margery lo interrumpió.

—No se están haciendo cargo. Nosotros estamos desalojando las instalaciones. Nuestras necesidades son algo diferentes —señaló entre dientes apretados.

Cynthia miró a su madre con confusión.

—¿No fue por el alboroto después de la demostración de «tejer con pelo de perro», mami? ¿No acabó contaminando un lote de mermelada de ciruela?

—Se tardó horas en barrer ese pelo de pekinés —dijo Gerald con seriedad.

La señora Fortescue parecía furiosa.

—No tuvo nada que ver con eso. Hubo simplemente un conflicto en la planificación horaria de nuestras actividades, y dado que el SVM es una pieza vital en la máquina de guerra...

—Vital —repitió Gerald asintiendo con vehemencia.

—... las autoridades consideraron necesario que tuviéramos acceso a un espacio exclusivo para nuestro uso. Y como las instalaciones de al lado llevan vacías un tiempo, seremos vecinas, señora Bingham. Una librería y el Servicio Voluntario de

Mujeres. Uno podría decir que es una combinación incongruente, pero estoy segura de que no nos estorbaremos demasiado la una a la otra —emitió esta última declaración como un firme desafío.

Gertie enderezó los hombros.

—Espero que no. Por favor, cuente con nosotros si necesita algo.

—Oh, dudo mucho que acudamos a ustedes. Nosotros somos las que ofrecemos ayuda, ¿sabe? —rectificó Margery, alzándose hasta su plena y no desdeñable altura.

—Bueno, quizás podamos ofrecerles un respiro de su arduo trabajo con una recomendación de lectura —comentó Gertie mientras Hedy aparecía desde el fondo de la tienda cargando un montón de libros.

La señora Fortescue frunció el ceño.

—Yo nunca he sido una lectora. Prefiero la ópera. Cynthia, por otro lado, siempre tiene la nariz metida en un libro, ¿no es cierto, cariño?

Su hija emitió un pequeño chirrido en respuesta.

—Sí, te he visto en la tienda en ocasiones —afirmó Gertie.

Cynthia asintió tímidamente.

—Por cierto, esta es Hedy Fischer. Trabaja aquí —añadió Gertie.

Cynthia miró a Hedy con asombro, como si le acabaran de presentar a la reina. Hedy sonrió.

—Hola. Este es nuestro último libro del club de lectura, si te interesa.

Cynthia tomó el libro con reverente admiración.

—¿*El código de los Wooster*? —preguntó Margery, resoplando con desdén—. Suena como algún panfleto espantoso de propaganda comunista.

—Es de P. G. Wodehouse, mami. Es muy divertido —puntualizó Cynthia.

Margery Fortescue cruzó los brazos y clavó una mirada larga y dura en su hija.

—La guerra no es momento para frivolidades, Cynthia. Ahora ven, debemos mostrarle al señor Travers lo que hay que hacer al lado. Buen día, señora Bingham. Señorita Fischer.

Y con eso, Margery Fortescue salió como había entrado, como un cisne, digna, pero sin dejar de imponer respeto.

Gerald miró la forma en que Margery se alejaba, luego hacia todos los volúmenes sin vender, y por último a Gertie.

—No se preocupe, señor Travers, los guardaré aparte para usted.

—Gracias, señora Bingham —dijo apresurándose tras la formidable mujer.

Cynthia vaciló, claramente deseando poder quedarse un poco más.

—¡Cynthia! —llamó Margery desde el otro lado, con una sorprendente fuerza en la voz—. ¿Dónde te has metido?

—Adiós —se despidió, apresurándose hacia la puerta.

—Disculpe. —La voz era tan suave que Gertie se sorprendió de que Cynthia lo oyera. Se volvió para ver a Archibald Sparrow acercándose—. Dejó esto —afirmó extendiendo uno de sus guantes de cuero mostaza.

—Gracias —respondió Cynthia en tono también suave.

Gertie e Hedy intercambiaron miradas mientras la pareja sostenía la mirada durante un instante.

—Archibald Sparrow —dijo él.

—¡Cynthia! —bramó Margery de nuevo.

—Tengo que irme —aseguró Cynthia—. Lo siento.

Archibald colocó un volumen de poesía de Elizabeth Barrett Browning en el mostrador y suspiró.

—Sólo esto, por favor, señora Bingham.

—Bueno —dijo Gertie después de que él se fue—. Siento como si acabara de ver una obra de Shakespeare. Hemos tenido amor, drama e intriga. Y Margery Fortescue es, sin duda, una fuerza de la naturaleza.

Hedy se rio.

—Me pregunto si Hitler sabe contra qué se enfrenta.

Gertie estaba segura de que podía ajustar su reloj según los telegramas de Else Fischer. Llegaban cada mes casi a la misma hora. Algunas personas podrían pensar que era difícil transmitir todo lo que necesitabas decir en sólo veinticinco palabras, pero la madre de Hedy siempre lo lograba. A menudo, Gertie reflexionaba que cuando la vida era cruel, no había mucho que decir excepto «te amo». Era todo lo que necesitabas escuchar. Sin embargo, el telegrama de hoy tenía un tono diferente.

—¿Qué crees que quiere decir con «viajar hacia el este»? —preguntó Hedy, frunciendo el ceño ante las palabras como si deseara que ofrecieran las respuestas que anhelaba.

Gertie podía ver la desesperación en sus ojos y anhelaba ofrecer alguna pequeña esperanza, pero la conversación telefónica que había tenido con Charles la semana anterior pesaba en su mente. Él había regresado recientemente de otro viaje. Gertie no le preguntó a dónde. Por alguna razón, pensó que era mejor no hacerlo.

—¿Cómo está Hedy? —preguntó—. ¿Ha recibido noticias de su familia?

Un tono en su voz sugería que él sabía algo.

—Sólo que todavía están en Theresienstadt, en Checoslovaquia, después de que los trasladaron allí el año pasado. ¿Por qué?

Carraspeó.

—Sin motivo en particular. Sólo hay muchos rumores circulando en este momento.

—¿Qué rumores?

—Sólo eso, Gertie. Rumores. No quiero preocuparte, ni a Hedy, innecesariamente. Sobre todo a Hedy.

Gertie suspiró.

—Oh, Charles. Esta maldita guerra. ¿Cuándo terminará?

—Creo que la pregunta más importante no es cuándo, sino cómo.

Ahora todo lo que Gertie podía hacer era ofrecerle a Hedy una sonrisa tranquilizadora.

—No creo que debas preocuparte. Esto demuestra que tu familia está bien y puede enviarte mensajes.

—Pero, ¿a dónde van?

—Ojalá lo supiera, pero la guerra vuelve todo incierto.

Grandes lágrimas se formaron en los ojos de Hedy.

—Quiero a mi madre, Gertie. La extraño tanto. Gertie rodeó a Hedy con sus brazos mientras sollozaba. Recordó cuando Hedy llegó, lo reticente que había sido para ofrecer un abrazo, y, sin embargo, ahora se sentía como la acción más natural del mundo. Hemingway se acercó a su lado y apoyó su gran cabeza suave en el regazo de Hedy.

—Sé que lo haces, querida —aseveró Gertie—. Lo sé. Ojalá pudiera agitar mi varita mágica y traerlos a todos aquí. Tu encantadora mamá, tu querido papá, tu apuesto hermano.

—¿Y Mischa? —preguntó Hedy, acariciando las orejas de Hemingway.

—¡Oh, por supuesto! Mischa sería la invitada de honor.

—Mi familia te gustará.

Gertie se acercó para secar las lágrimas de Hedy.

—Siento como si ya los conociera por todo lo que me has contado.

—¿Crees que los volveré a ver alguna vez?

La mente de Gertie se agitaba mientras buscaba las palabras adecuadas.

—Es mi más sincero deseo que lo hagas. Todo lo que podemos hacer es esperar y rezar.

—Me siento inútil —confesó Hedy—. ¿Qué podemos hacer para poner fin a todo esto si no se nos permite luchar?

Hedy tenía razón y eso frustraba a Gertie. Los instaban a soportar por la victoria, ahorrar para aguantar la guerra, guardar silencio, pero ¿de qué serviría eso si la guerra continuaba durante mucho más tiempo?

—Creo que si Margery Fortescue estuviera a cargo terminaríamos la guerra antes de la hora del té.

—Tal vez deberíamos unir fuerzas.

Gertie levantó las cejas.

—Tal vez deberíamos.

Margery Fortescue se estaba convirtiendo en algo así como una barilla en el costado de Gertie. Quedaba claro que consideraba que la librería era algo insignificante en el esfuerzo contra la guerra. Un día, un ataque aéreo hizo que sus caminos se cruzaran.

—¿Podrían la señora Fortescue y sus voluntarias usar su refugio, por favor, señora Bingham? —preguntó Gerald desde la puerta de la librería mientras sonaba la sirena—. El suyo aún no está del todo preparado.

—¿Y de quién es la culpa de eso, eh, señor Travers? —interrogó Margery entrando a paso rápido, frunciendo el ceño ante los libros como si le hubieran causado una gran ofensa—. Esto es muy irregular, pero supongo que servirá. Vengan, señoras. Síganme.

Las condujo hacia la parte trasera de la tienda. Gerald le ofreció a Gertie una sonrisa de disculpa antes de irse.

—Sí, por aquí —señaló Gertie impresionada a regañadientes por la habilidad de esta mujer para tomar el control de cada situación que enfrentaba.

—Oh, es acogedor aquí dentro —comentó Emily Farthing, una de las entusiastas tejedoras de Margery, mientras todos se reunían en el refugio y Gertie cerraba la puerta.

—Por lo general, durante los ataques aéreos, discutimos un título de nuestro club de lectura —dijo Gertie—. El libro de este mes es *El código de los Wooster*, de P. G. Wodehouse. ¿Alguien lo ha leído?

—Normalmente, cantamos canciones para levantar el ánimo durante los ataques aéreos —respondió Margery.

—Y-y-yo lo he le-le-leído, señora Bi-Bi-Bingham. —Se oyó una voz desde el rincón del refugio, misma que Margery fulminó con la mirada.

—Señor Sparrow —exclamó Gertie, lanzando una mirada aliviada hacia Hedy—. No sabía que estaba aquí. ¿Le gustaría contarnos un poco sobre el libro?

Al parecer, Archibald prefería correr a la calle y arriesgarse a luchar contra uno de los *Messerschmitt* de Hitler que hablar ante este grupo de mujeres, en especial ante Margery. Ella lo miraba con el desdén de una persona que ha encontrado recientemente un olor desagradable.

—Um, bueno, no estoy seguro...

Otra voz habló.

—Todo comienza cuando la tía de Bertie Wooster, Dahlia, le ordena engañar a un anticuario para que le venda una cremera de vaca del siglo XVIII. Sin embargo, cuando Bertie llega a la tienda, descubre que Sir Watkyn Bassett, magistrado local, está allí junto a Roderick Spode, líder fascista de los Salvadores de Gran Bretaña. Sir Watkyn utiliza el engaño para obtener la cremera para sí mismo. Entonces, tía Dahlia envía a Bertie a la casa de los Bassett para robar la cremera. Las cosas se complican mucho cuando el amigo de Bertie, Gussie Fink-Nottle, le pide ayuda para su próximo matrimonio con la hija de Sir Watkyn, Madeline. Sin embargo, debido a varios malentendidos, Madeline cree que Gussie le es infiel y decide que ama a Bertie en su lugar. Mientras tanto, la tía Dahlia roba la cremera e insiste en que Bertie la esconda en su apartamento. Sir

Watkyn quiere encarcelar a Bertie por robo, pero por fortuna Bertie sabe que Roderick Spode dirige en secreto una tienda de ropa interior de mujer llamada Eulalie Soeurs, y lo persuade para que asuma la culpa; de lo contrario, Bertie lo desacreditará revelando esta información a sus seguidores fascistas. Al final, el fiel mayordomo de Bertie, el siempre leal Jeeves, ayuda a rescatar a Bertie de comprometerse por error y emprenden un crucero por Europa.

Sólo se escuchaba el zumbido de los aviones en el cielo mientras todos se volvían asombrados hacia Cynthia Fortescue, cuyas mejillas ardían color escarlata y estaba un poco sin aliento después de esta descripción del argumento.

—Vaya —dijo Archibald.

—Bravo —exclamó Gertie intercambiando una sonrisa con Hedy.

—Apúnteme para una copia, señora Bingham —pidió Emily—. ¿Usted también querrá una, señora Wise? Le encantan las aventuras.

La mujer a su lado asintió.

—Sí, querida. Este Bertie Wooster parece un buen chico.

—Es un poco bobalicón —afirmó Cynthia, enderezándose en su asiento—. Pero el verdadero héroe es Jeeves. Es muy astuto y se asegura de que Bertie no se meta en demasiados líos.

—¿Y qué piensas de Roderick Spode? —preguntó Hedy—. ¿Qué te pareció?

—Es una bri-bri-brillante pieza de sá-tira política de Wodehouse —respondió Archibald, dirigiendo su comentario hacia la lejana pared—. Ridiculizar al fascismo lo hace menos aterrador de alguna manera.

—Y también nos da el coraje para combatirlo —completó Cynthia, asintiendo.

Archibald se arriesgó a mirar en dirección a Cynthia.

—No podría estar más de acuerdo.

Sólo Margery permaneció callada durante toda esta conversación, bufando ocasionalmente con impaciencia como una vieja máquina de vapor. Cuando sonó la señal de todo despejado, se levantó de un salto.

—Bien, vamos, señoras. Ya hemos perdido suficiente tiempo. Gracias por su refugio, señora Bingham. —Marchó de nuevo por la tienda, lanzando un último comentario por encima del hombro antes de irse—. Recuerden, luchamos por la victoria, ahorramos por la victoria, soportamos por la victoria. No *leemos* por la victoria.

Gertie siempre había disfrutado de un desafío, en especial cuando sabía que había una opinión que necesitaba cambiar. En su juventud, probablemente se habría acercado directamente a Margery Fortescue para hacerla entrar en razón. Sin embargo, Gertie sabía que a veces las personas necesitan ser persuadidas y, en lo más profundo de su corazón, presentía que ella y Margery incluso podrían tener puntos en común en el páramo de la viudez. Gertie también admiraba la forma en que ella llevaba a cabo su negocio. Organizaba a sus tropas, como ella las llamaba, con la precisión militar de un mariscal de campo. Los lunes llegaban sus tejedoras voluntarias, el tintineo de sus agujas llenaba el aire de actividad mientras producían innumerables cantidades de calcetines y bufandas. Los miércoles eran días de «arreglar y reutilizar», cuando su ejército de expertas costureras reparaba montones de uniformes enviados desde todo el país. Los viernes recibían a cualquiera que necesitara ayuda como resultado de los bombardeos. Intentaban encontrarles nuevos hogares si era necesario, ofrecían bolsas de ropa u otros artículos esenciales y, en general, brindaban el tan confortante té y la comprensión. Mientras tanto, la señora Fortescue producía innumerables tazas de refresco de la «Vieja generala», como llamaba a la caldera de agua, que siseaba en la esquina de la habitación como un neumático siempre desinflado.

A Gertie le gustaban especialmente los viernes. La tienda de al lado cobraba vida con ruidosos niños pequeños, madres cansadas cargando bebés, ancianos confundidos que necesitaban ayuda o sólo una buena taza de té. Margery estaba en su elemento en esos días. Gertie notaba cómo repartía bolsas de ropa, juguetes y amabilidad con un toque suave. Había desaparecido el autoritarismo de los lunes y miércoles, y en su lugar surgía el cuidado sencillo de una mujer tratando de ayudar a los demás.

Un viernes, Gertie se atrevió a entrar al local de al lado con una caja bajo el brazo.

—Me preguntaba si esto podría ser de utilidad —reflexionó—. Son libros ilustrados de segunda mano. Pensé que a los niños les gustarían.

Margery contempló la oferta con los labios apretados, dispuesta a rechazarla.

—Mamá, mira —dijo Cynthia, inusualmente audaz mientras levantaba un ejemplar de las aventuras de *Alicia en el país de las maravillas* de la caja—. Solías leérnoslo cuando era niña. Nos encantaba mirar las ilustraciones juntas. El conejo blanco nos recordaba a papá.

El rostro de Margery pareció arrugarse mientras una tormenta de emociones cruzaba por él.

—Sí —susurró—. Lo recuerdo.

Se enderezó el uniforme y tomó la caja.

—Gracias, señora Bingham. Muy generoso de su parte. ¿Cómo van las cosas en su librería? —Pronunció la palabra *librería* como si se interesara por una enfermedad.

Gertie se negó a desanimarse.

—Oh, sí. Muy bien, gracias.

—Me alegra saberlo —dijo, tomando asiento y comenzando a clasificar una cesta de ropa—. Bueno, estamos bastante ocupadas, así que si eso es todo...

—¿Cómo se hace para ser voluntaria? —Las palabras saltaron de la boca de Gertie antes de que tuviera tiempo de detenerlas—. Pregunto tanto por mí como por Hedy.

La señora Fortescue se levantó, mirándola con ojo crítico. Era más alta que la mayoría de los hombres que Gertie conocía. Ciertamente era más alta que Gertie.

—¿Sabe coser?

Gertie hizo una mueca.

—No mucho. La señorita Deeble, mi profesora de costura en la escuela, dijo que era el punto de cobija más malo que había visto en su vida.

—Vaya.

—Exacto. Pero Hedy ha heredado las habilidades de costura de su madre.

—Muy bien. Dile que venga a verme. Si no puedes coser, ¿sabes tejer?

—Un poco. Aunque una vez le hice a mi padre un par de calcetines y él dijo que sólo los usaría los domingos porque estaban llenos de agujeros. —Una de las voluntarias respondió ante esto con una carcajada.

—Señorita Farthing. Por favor —dijo la señora Fortescue, clara enemiga del humor ocioso—. Bueno, ¿es buena haciendo té?

—Oh sí. Nivel olímpico.

—Muy bien. Tenemos puestos en las unidades móviles de alimentación para las operaciones de defensa civil todas las noches. ¿La apunto para algunos turnos?

—Absolutamente.

La señora Fortescue extendió la mano.

—Bienvenida al Servicio Voluntario de Mujeres, señora Bingham.

16

Tenemos que continuar pues es imposible el regreso.

Robert Louis Stevenson, *La isla del tesoro*

Gertie arrastró el viejo generador hasta el mostrador de la unidad móvil de alimentación y se dispuso a llenarlo con abundantes jarras de agua. Miró su reloj y frunció el ceño. No era propio de Margery Fortescue llegar tarde. Durante los últimos meses habían compartido más de una docena de turnos y Margery siempre estaba allí antes de que Gertie llegara, un torbellino de eficiencia. Gertie no creía que fuera la persona más fácil de tratar. Era brusca, aunque educada en sus interacciones, pero cuando algún miembro fatigado del servicio de defensa civil aparecía necesitando desesperadamente un poco de ánimo y una taza de sustento, ella se transformaba.

Gertie recordó una noche en particular cuando apareció un joven guardia ARP, de la misma edad que Hedy. Volvía de un incidente en un pub a la vuelta de la esquina. Había sido alcanzado directamente y el edificio entero se derrumbó como una lata. Pasaron horas buscando sobrevivientes, cavando en vano entre los escombros. Los ojos del chico eran tan grandes como un par de platos mientras se acercaba a la unidad móvil de alimentación. Gertie no recordaba la última vez que había visto a alguien tan pálido o asustado. El chico murmuraba entre dientes. Gertie se giró para señalárselo a Margery, pero ella ya estaba fuera del camión, envolviendo una manta alrededor del joven de forma reconfortante.

—No pudimos salvarlos —le confesó—. No quedaba nada. Sólo brazos y piernas. Y...

—Lo sé —contestó Margery en tono calmante—. Es espantoso, pero no había nada que pudieras haber hecho. Ahora debes descansar.

—Aquí, señora Fortescue —indicó Gertie, ofreciéndole una taza de té—. Le he puesto tres de azúcar para el susto.

—Gracias, señora Bingham —dijo ella acercando la taza a los labios del chico—. Debes beber esto. Te hará sentir un poco mejor.

—Piernas y brazos —le dijo a ella, pronunciándolo como una pregunta, aturdido de horror.

—Shhh, ahora tranquilo, querido. Ven conmigo. Ahora puedes descansar. Necesitas descansar —afirmó llevándolo consigo.

Gertie los observó marcharse. Era evidente que debajo del exterior robusto y vestido de lana de Margery Fortescue se escondía un gran corazón tierno.

A pesar de los modales bruscos de Margery, Gertie disfrutaba de sus turnos nocturnos en la cantina. Había esperado que fuera una operación bastante rudimentaria, algo parecido a una expedición de acampada, pero de hecho, Margery siempre parecía tener las mejores provisiones. Junto con suficiente té para saciar la sed de la mitad de Londres y cigarros, había sándwiches, pasteles, salchichas, empanadas de Cornualles, pastel, galletas y, en una ocasión, un pudín de pan.

—Un ejército marcha sobre el estómago —solía decir Margery con autoridad mientras servía taza tras taza de té—. Y este ejército nos necesita para alimentarlo.

Cuando Gertie veía los rostros agradecidos, manchados de ceniza y grasa, de hombres y mujeres después de un turno luchando contra incendios o lidiando con los destrozos de edificios y cuerpos, sabía que Margery tenía razón. Una taza de té, una rebanada de pan de malta y una palabra amable no parecían mucho, pero Gertie había vivido lo suficiente como para saber la diferencia que podían hacer, sobre todo en tiempos oscuros.

Casi había terminado de colocar las tazas de té cuando Margery llegó con el rostro enrojecido y sin aliento.

—Mil disculpas, señora Bingham —dijo mientras subía al camión—. Me distraje con un asunto doméstico.

—No se preocupe —replicó Gertie—. ¿Está todo bien?

—Oh sí, todo está bien, gracias —contestó Margery—. ¿Cómo está el viejo generador?

—Respirando como siempre —afirmó Gertie.

Margery resopló con una inusual mueca de diversión.

—Muy bien.

Gertie notó que su rostro estaba un poco sonrosado y que había una expresión distante en sus ojos.

—Señora Fortescue —dijo con suavidad—. ¿Ha estado bebiendo?

Margery eructó y se llevó una mano a la boca.

—Sólo un poco de jerez. Lo hago todos los años en este día.

—Oh —exclamó Gertie—. ¿Es una ocasión especial?

Los hombros de Margery se hundieron un poco.

—Es el cumpleaños de mi querido Edward —señaló—. Siempre brindo por su memoria con una pequeña copa de jerez, pero debí haberme quedado dormida después, de ahí mi tardanza.

Gertie levantó una de las tazas de té.

—Feliz cumpleaños, Edward.

Margery esbozó una sonrisa resignada

—Hubiera cumplido setenta y dos años este año. Lo extraño todos los días.

Miró hacia la distancia por un momento antes de volver bruscamente al presente.

—Disculpe, señora Bingham, ha sido muy maleducado de mi parte y encima llegué tarde. Perdóneme.

—No hay nada que perdonar. Extraño a mi esposo todos los días —respondió Gertie.

Margery la observó por un momento.

—¿Cómo se llamaba?

—Harry.

Margery levantó una taza de té.

—Por Harry y Edward.

—Harry y Edward —repitió Gertie—. ¿Señora Fortescue?

—Sí.

—Me preguntaba si podríamos tratarnos de tú a tú, utilizando nuestros nombres de pila. A veces encuentro la formalidad de ser la señora Bingham bastante sofocante. Por favor, llámame Gertie.

Margery enderezó los hombros y alisó su uniforme

—Es muy informal, pero supongo que podríamos intentarlo, Gertie.

—Gracias, Margery —dijo Gertie con una sonrisa.

Gertie estaba tan absorta en la tarea de aplastar sus papas que no escuchó el timbre de la puerta. Había sido una primavera particularmente cálida y disfrutaba de sus domingos en el jardín con una taza de té de lata y Hemingway como compañía. Si no fuera por el refugio antiaéreo, decorado ahora con una calabaza trepadora, y la línea de barrera a lo lejos, casi se podría olvidar que había una guerra. El cielo lucía azul centaurea con sólo algún hilo de nube moviéndose con la brisa. Gertie inhaló y se dio cuenta de que era feliz. En ese momento, en su jardín, con Hedy arriba escribiendo sus cartas e historias, era feliz. Nadie podía predecir lo que vendría a continuación, pero si había aprendido algo en los últimos cinco años, era la importancia de aprovechar el día. Después de todo, ¿qué era la vida sino una serie de momentos para ser aprovechados? Conocer a Harry, encontrar la librería, permitir que Hedy entrara en su vida y, ahora, unirse al esfuerzo contra la guerra de Margery. Gertie presentía que estaba avanzando una vez más, en lugar de estar pegada al pasado con obstinación.

Fue Hemingway quien la alertó primero sobre la visita, dejando de lado su siesta al sol y corriendo de vuelta hacia la cocina. Cuando Gertie escuchó el grito de Hedy, dejó todo y voló hacia la casa. «Noticias. Debían de ser noticias. Por favor, que fuesen buenas».

Gertie casi chocó con la noticia cuando ésta salió por la puerta de la cocina en forma de Sam, tomado de la mano de Hedy.

—Sam me ha pedido matrimonio —gritó ella.

—¡Oh, pero que maravilloso, queridos! —celebró Gertie, abriendo los brazos de par en par.

En ese momento, entendió cómo se sentían las madres, algunas viendo a sus hijos marchar a la guerra, otras viendo a sus hijas quedarse atrás. Esperando. Esperanzadas. Rogando. Enamorarse no debería ser tan peligroso, tan dependiente del destino. Su vida debería estar llena de felicidad de aquélla que no pedía ningún esfuerzo. La del matrimonio, la familia, la vida juntos. Y la guerra lo volvía todo imposible, el planear o el atreverse a esperar algo así. Recordaba que al inicio había dado el amor de Harry por sentado. La vida era tan frágil como era de rápido para los humanos olvidar ésto cuando los eventos los sobrepasaban. Qué rápido se toma todo por sentado.

—¿Cuándo se van a casar? —les preguntó.

—No hasta que mis padres lo sepan —dijo Hedy—. Les he contado de Sam en mis cartas, claro, pero esto es distinto.

Sam acomodó su brazo alrededor de su prometida y le besó la frente.

—Cuando esta guerra termine, tendremos la boda que derrote a todas las bodas.

—Voy a empezar a reservar mis raciones para el pastel —dijo Gertie.

Parte de ella estaba aliviada de que no se casaran de inmediato. Sabía de demasiadas viudas jóvenes que habían hecho justo eso. Como ella, Sam y Hedy festejaron con té y rebanadas de pastel de jengibre. La conversación fue sobre el futuro, los planes de boda, la familia de Hedy y su llegada a Inglaterra para las celebraciones, su madre haciendo el vestido. Gertie sabía que no había otro modo de sobrevivir a la guerra. Es necesario seguir avanzando, seguir tratando de alcanzar un futuro más brillante y cualquier cosa que lo acompañe.

Se estaba volviendo rápidamente evidente que la aparente admiración de Gerald Travers por Margery Fortescue era algo más que sólo amistad y que se trataba de un sentimiento mutuo. Hedy fue la primera en notarlo y fue rápida para decirle a Gertie.

—Mira, él camina frente a la tienda todos los días justo cuando faltan diez minutos para las once porque va camino a verla.

—¿Estás segura de que no estás metida en tu propia burbuja de romance por lo que está pasando? —interrogó Gertie—. Fuiste muy insistente respecto a la elección de libro para este mes —añadió, apuntando hacia las copias de *Lo que el viento se llevó* que Hedy estaba acomodando en la ventana.

Hedy negó con la cabeza.

—Estaba ayudando en una de las sesiones de «Hazlo tú mismo y arréglalo» de la señora Fortescue el otro día, y deberías haber visto su rostro cuando él entró por la puerta —dijo—. Era como si Scarlett O'Hara y Ashley Wilkes volvieran a estar juntos ¿Te lo puedes imaginar?

Gertie se rio.

—Disculpe, pero seguramente ha habido un error. —Gertie levantó la vista hacia el ceño fruncido de un hombre que tenía más o menos la misma edad que su tío Thomas.

—¿Un error? —preguntó.

—Sí —respondió el hombre levantando una copia de *Lo que el viento se llevó* encima—. ¿Acaso una librería recomendaría un tomo como éste?

Gertie levantó las cejas.

—¿Exactamente, cuál es el problema?

Su ceño fruncido cada vez más marcado, junto con un par de pequeñas gafas redondas, le daban la apariencia de un topo enfadado.

—No es exactamente literatura, ¿verdad?

Gertie se cruzó de brazos.

—Y, ¿cómo se define la literatura?

El hombre agitó los brazos con la intención de enfatizar.

—Tolstói, Dickens, Henry James. No este tipo de garabatos sensibleros.

Gertie lo miró fijamente.

—Creo que una buena historia es una buena historia, y parece que la mitad del mundo de lectores está de acuerdo conmigo en este caso —argumentó—. Es uno de nuestros libros más vendidos.

El hombre soltó un suspiro molesto y colocó una copia de *Moby Dick* en el mostrador.

—Me llevaré esto, gracias —afirmó para después colocar una copia de *Lo que el viento se llevó* encima del libro de Melville—, y esto me lo llevo para mi esposa. A ella sí le encantan estos romances tontos.

—Bueno —declaró Gertie después de que se fuera—. Qué hombre tan pomposo.

Hedy encogió los hombros.

—Uno come carne y otro come veneno.

—Gertie, ¿tienes un minuto? —llamó Margery, apareciendo en la puerta—. ¿Podríamos dar un paseo por los jardines junto al salón del pueblo? Es algo importante.

—Por supuesto —contestó Gertie. Le lanzó a Hedy una mirada de asombro—. Vuelvo en un momento.

Gerald cuidaba el jardín que rodeaba el salón del pueblo con la ternura adoradora de un padre primerizo. Perfumados alhelíes se agrupaban dulcemente con narcisos y tulipanes, todos inclinándose con la suave brisa. Era un glorioso día de primavera con apenas una leve bruma de nubes. En total oposición a la belleza del escenario, Margery se mantenía seria, con los brazos cruzados frente a un árbol de saúco.

—¿Está todo bien? —preguntó Gertie.

Margery inhaló y exhaló. Si hubiera sido un dragón, sin duda habría soltado algo de humo.

—Somos amigas, ¿verdad?

—Por supuesto.

—Entonces puedo ser franca contigo.

—Por completo —afirmó Gertie, con una creciente sensación de temor.

Margery habló despacio, enunciando cada palabra para enfatizar.

—El señor Travers me ha invitado a tomar el té. En su casa.

—Ya veo —dijo Gertie. Esperó más información, pero Margery se mantuvo callada—. ¿Algo más?

Margery la miró alarmada.

—¿No es suficiente?

Gertie entrecerró los ojos mientras trataba de entender.

—Perdóname, Margery, pero ¿cuál es el problema de que tomes té con el señor Travers?

Margery levantó los brazos.

—Soy una mujer sola y él es un caballero solo. No sería apropiado —exclamó.

—Oh, ya veo. Te preocupa la falta de decoro.

Los ojos de Margery se abultaron.

—Causaría un escándalo, Gertie.

—Claro, claro. —Gertie intuyó que este asunto requería una delicadeza extrema—. Bueno, ¿te gustaría tomar té con el señor Travers?

La expresión de Margery se suavizó.

—Creo que sí.

—Entonces, ¿qué te parece si voy contigo? Para hacer de chaperona.

—¿Harías eso?

—Por supuesto, Margery. Después de todo, somos amigas.

Margery sorprendió a Gertie al abrazarla.

—Gracias, Gertie. No sabes lo que esto significa para mí.

Gertie le dio unas palmaditas en la espalda.

—De nada, está bien.

Margery se separó y alisó su uniforme.

—Vaya. Me disculpo por ese arrebato. No estoy segura de qué me ha pasado. Muy bien. Nunca ganaremos esta guerra si nos quedamos aquí chismeando. A trabajar.

—A trabajar —repitió Gertie, lista para seguirla. Antes de irse, avistó al cliente insatisfecho, sentado en una esquina del jardín al sol, con una suave sonrisa en el rostro y su ejemplar de *Lo que el viento se llevó* abierto frente a él—. Todos necesitan un poco de romance —murmuró.

Unas semanas después, Betty obtuvo un permiso y Gertie aprovechó la oportunidad para invitarla a cenar. Ambas estaban de buen humor mientras preparaban la mesa, colocando la mejor vajilla y cubertería de Gertie. Gertie había ahorrado sus raciones para que tres chuletas de cerdo duraran en la despensa, listas para la sartén, y Hedy había hecho un pastel de ciruela utilizando la fruta conservada por Gertie del año anterior. También había cortado algunos tallos de flores del jardín y los estaba colocando artísticamente en un jarrón cuando llamaron a la puerta. Se apresuraron a responder con Hemingway pisándoles los talones.

—Betty Godwin se presenta para el servicio —dijo Betty con una sonrisa—. Tuve que usar el uniforme. Pica un poco, pero creo que es bastante elegante.

—Oh, Hedy, ¿no se ve maravillosa? —exclamó Gertie.

—Muy elegante —opinó Hedy—. Ese azul te queda muy bien. Entra para que podamos verte mejor.

Betty se pavoneó por el pasillo, adoptando una pose como de estrella de Hollywood en la alfombra roja antes de comenzar a reírse y abrazarlas a ambas.

—Es bueno verte —afirmó mientras se dirigían a la cocina—. Mi hermano es un bicho raro, pero estoy muy contenta de que vayamos a ser cuñadas —le dijo a Hedy—. Y oí que se está haciendo amiga de la señora Fortescue y del Servicio Voluntario de Mujeres también, señora B. ¿Sigue siendo tan aterradora como siempre?

—Tiene sus momentos —afirmó Gertie—. Ahora, cuéntanos todo sobre lo que has estado haciendo en lo que preparo la cena.

Los ojos de Betty brillaron mientras hablaba.

—Estoy pasando el mejor momento de mi vida.

—Eso es maravilloso, querida —comentó Gertie.

—Quiero decir, es duro, pero siento que en verdad estoy haciendo algo para ayudar a ganar la guerra.

—¿Es difícil el trabajo? —preguntó Hedy.

—No se nos permite hablar de los detalles, pero recibimos todo el entrenamiento. También es muy interesante. Tenemos un grupo estupendo de chicas en nuestra estación. Muchas de tu edad, Hedy. Nos llevamos muy bien y nos divertimos mucho yendo a la ciudad. Hay una sala de baile y un teatro. Oh, y conocí a un chico.

—¿Cómo es? —preguntó Hedy con los ojos brillando de emoción.

—Es estadounidense. William Hardy. Le dije que iba a visitarte y envió esto. —Betty sacó una barra de chocolate tropical Hershey's de su bolso.

Hedy la miró fijamente.

—¿Chocolate?

—Tienen toneladas. Y medias de nylon y cigarros. Hablando de eso, ¿le importa si fumo, señora B?

—En absoluto —dijo Gertie, sacando el cenicero que reservaba para los caros cigarros cubanos de su tío Thomas.

—Nuestro superior es un poco cascarrabias, pero le caigo bien. Me dijo que era mejor que la mitad de los tipos con los que había trabajado —contó Betty.

—Suena muy interesante —comentó Hedy.

—No todo es diversión y juegos. Perdimos a una de las chicas durante un bombardeo la otra noche —confesó Betty, inhalando su cigarrillo—. Todos los días escuchamos que el novio de alguien fue asesinado. Te enseña a vivir en el momento, eso es seguro.

—La cena está servida —avisó Gertie, colocando platos de chuletas, papas cultivadas en casa, repollo y zanahorias frente a ellas.

—Vaya, esto es un festín —elogió Betty—. Gracias, señora B. Las raciones de la Fuerza Aérea no están mal, pero no hay nada como una comida casera.

Estaban preparadas con cuchillos y tenedores en mano cuando la sirena sonó.

—¿Cenamos en el refugio? —preguntó Gertie.

Hedy y Betty se rieron mientras recogían sus platos y la siguieron por la puerta hacia el fresco aire nocturno.

A la mañana siguiente, Billy llegó temprano a la librería para ayudar con los preparativos del club de lectura infantil sobre bombardeos. Aunque los bombardeos se habían vuelto menos frecuentes, aún había apagones con los que lidiar y las madres locales estaban agradecidas con Gertie y Hedy por proporcionarles cualquier distracción. A los niños también les gustaba reunirse una vez al mes en el refugio de la librería.

—Es tan acogedor —señaló una niña llamada Daisy—. Mucho mejor que nuestro refugio en casa y me encanta el olor de los libros.

—A mí me gusta porque está oscuro y podemos contar historias de fantasmas —dijo un niño llamado Wilfred, que tenía una mancha de hollín en la punta de la nariz.

Ese día Billy estaba ayudando a Hedy a confeccionar una docena de parches para los ojos como preparación para su charla sobre *La isla del tesoro*. Se tomaba muy en serio su papel de asistente del club de lectura y tenía un ojo agudo para los detalles de la historia. Por lo tanto, era muy estricto con los demás miembros del club y envió a Wilfred a casa una vez cuando no pudo mencionar el nombre de la tía de Tom Sawyer.

—No me gustó la parte con el esqueleto —le confesó a Hedy con un escalofrío—. No estoy seguro de querer embarcarme en un viaje en busca de tesoros.

—Pero imagina si encontraras oro y pudieras ser rico más allá de tus sueños más salvajes.

Billy encogió los hombros.

—El abuelo es rico, pero no creo que sea muy feliz. —Hedy intercambió una mirada con Gertie—. Aunque no lo veo mucho, así que no puedo preguntarle.

—Bueno, supongo que es un hombre ocupado. Al menos ves a tu abuela de vez en cuando —dijo Gertie.

—Sí, pero me gustaría ver más a ambos. Y a papá. Aunque mamá dice que está afuera en un negocio importante —dijo Billy inclinándose para susurrar—. Creo que podría ser un espía.

Gertie estaba a punto de responder cuando la puerta de la librería se abrió de golpe. Betty apareció, luciendo frenética. Tan pronto como sus ojos se encontraron, Gertie supo que eran malas noticias. El mundo parecía detenerse mientras Hedy se acercaba a ella.

—Es Sam, ¿verdad? —susurró.

Betty asintió.

—Oh, Gertie —gritó Hedy, volviéndose hacia ella con ojos suplicantes.

Gertie se apresuró a avanzar y colocó un brazo alrededor de los hombros de Hedy. Podía sentir su cuerpo temblando y elevó una oración silenciosa. Por favor. Por favor, que esté vivo. Por favor, no le robes hasta el último rastro de esperanza a esta pobre chica.

Betty tomó las manos de Hedy, su voz entrecortada.

—Estaba en un bombardeo en Europa la otra noche cuando su avión fue derribado. Lamento tener que decirte que está desaparecido.

Gertie abrazó a Hedy mientras sollozaba, al tiempo que Billy colocaba una mano en su hombro.

—Tranquila, tranquila, Hedy Fischer —dijo—. Todo estará bien. Ya verás.

Gertie acarició la mejilla de aquel niño amable y deseó con todo su corazón que tuviera razón.

17

Sin duda es mejor un amor prudente, pero es preferible
amar locamente a carecer de todo amor.

William Makepeace Thackeray, *La historia de Pendennis*

Gertie observó el acogedor salón de alfombra rosa pálido, dos mullidos sillones verdes salvia y la radio anidada entre ellos. Sus ojos viajaron desde la fotografía de boda de Gerald y Beryl, sonrientes en la repisa polvorienta, hacia la pequeña mesa del comedor, cuadrada con dos sillas Windsor frente a frente, y la pila de libros de jardinería de Gerald ocupando el espacio donde solían compartir comidas y contar historias de sus días. El espíritu de Beryl Travers no podría haber sido más evidente si hubiera entrado flotando en la habitación y se hubiera parado en una esquina saludándolas.

Margery se sentó erguida en el borde del sofá junto a Gertie, mientras esperaban que Gerald regresara con el té. Podían escuchar su silbido al tiempo que hacía ruido con las tazas de té y abría y cerraba cajones. Gertie le echó un vistazo, lista para entablar una conversación, pero Margery mantuvo sus ojos fijos hacia adelante, respirando profundo, con una expresión sombría mientras miraba fijamente a los perros Staffordshire de porcelana colocados en la repisa, mismos que la observaban atónitos. Tenía el aire de una mujer soportando un terrible dolor de muelas.

—Aquí estoy —afirmó Gerald, entrando por la puerta y colocando la bandeja en la mesa auxiliar—. Seré el anfitrión, ¿de acuerdo?

Margery soltó una risa nerviosa y aguda que casi hizo saltar a Gertie de su asiento.

—Oh sí, muy bien.

—¿Leche y azúcar, señora Bingham?

—Sólo leche, gracias, señor Travers.

—¿Y para usted, señora Fortescue?

—Lo mismo, por favor —dijo Margery con una sonrisa alarmantemente dentuda que Gertie no recordaba haber visto. Él les pasó el té antes de abrir un paquete de pastelillos y ofrecérselo a Margery.

—Fue muy amable de su parte hornear estos pasteles, señora Fortescue. No he comido un bollo de roca desde... —Era evidente por su expresión perdida que se había sumergido en un recuerdo de Beryl—. Bueno, no importa. Por favor, sírvanse.

Margery lanzó una mirada de pánico a Gertie.

—Supongo que no tendrá platos pequeños, señor Travers —dijo Gertie leyendo su mente.

Gerald se llevó una mano a la cabeza.

—Lo siento muchísimo, señoras. No suelo recibir visitas estos días. Vuelvo en un momentillo.

Margery se volvió hacia Gertie.

—Esto es un terrible error.

—Pero, ¿por qué?

—No debería haber venido. Todo esto está mal. No puedo dejar de pensar en el querido Edward y es claro que el señor Travers todavía está abrumado por los pensamientos de su esposa. Mira a tu alrededor, Gertie. Ella está en todas partes.

—Bueno, no puedes esperar que él haya olvidado a su esposa. Estuvieron casados por más de cuarenta años.

Margery hizo una mueca.

—Por supuesto que no espero eso. Es sólo que...

—Aquí estoy de nuevo —aseguró Gerald regresando y repartiendo los platos, servilletas y pasteles con un aire triunfante—. Tuve que rebuscar un poco, pero los encontré. No los he usado en mucho tiempo. Para ser honesto, había olvidado que los tenía.

—Gracias, señor Travers —replicó Gertie, decidiendo llevar la conversación hacia un terreno más neutral—. Debo decir que su jardín delantero se ve espléndido. ¿Cómo logra tener tantas rosas en un solo arbusto?

—Estiércol de caballo.

—¿Perdón?

—Estiércol de caballo —repitió—. Conozco a un granjero. Él me entrega bolsas de eso cada vez que lo necesito. Funciona de maravilla.

—Vaya —exclamó Gertie—. ¡Qué maravilloso!

—¿Sabe qué es maravilloso? —dijo Gerald—. Estos pasteles. Absolutamente deliciosos, señora Fortescue.

—Gracias, señor Travers. Y estoy de acuerdo con usted respecto al estiércol de caballo, aunque hace que los días después de esparcirlo sean bastante aromáticos.

Gerald contuvo la risa.

—Muy cierto. Beryl solía pelear conmigo porque tenía que cerrar todas las ventanas. Le gustaba airear la casa todos los días.

Gertie notó cómo Margery se movía en su asiento.

—Harry era igual —le dijo—. No soportaba las corrientes de aire. Abría las ventanas cada mañana y luego yo tenía que ir cerrándolas.

Gerald asintió.

—Recuerdo a tu Harry ayudándome a encontrar un libro para Beryl cuando estaba enferma. Siempre tenía una palabra amable cuando la necesitaba. Valoré mucho eso.

Gertie sonrió.

—Tu Beryl era igual. No habría tenido la mitad de éxito con mis judías verdes si no fuera por ella. Plantar capuchinas junto a ellas para detener los pulgones hizo toda la diferencia.

—Ahh, Beryl era una experta en cultivar frutas y verduras. Coles del tamaño de una cabeza, ¿y sus grosellas negras? Bueno. Hacía suficientes pasteles, jaleas y mermeladas para toda la calle.

—Hemos tenido suerte, ¿verdad? —susurró Margery. Su rostro irradiaba una felicidad tranquila—. Por haber conocido y habernos podido casar con personas así.

—Sí —contestó Gerald captando su mirada—. Muy afortunados, sin duda.

Un día un coche estaba esperando a Gertie y Hedy a su regreso de la librería. Gertie lo reconoció de inmediato de aquella vez en que Sam los llevó a todos a la playa. Esa memoria parecía de otra vida. Por supuesto, no era Sam quien estaba al volante, sino una versión mayor de él con el cabello gris carbón cuidadosamente peinado. El conductor se había quedado dormido, con sus gafas tambaleándose en la punta de su nariz. Hedy golpeó con ligereza la ventana.

—Doctor Godwin —dijo con su voz inundada de expectación.

El Doctor Godwin despertó con un fuerte resoplido, parpadeando ante las dos mujeres mientras trataba de recordar dónde demonios estaba. Gertie sólo había visto al padre de Betty y Sam una o dos veces, pero podía percatarse de cómo las agonías diarias, derivadas de una guerra en la que su hijo estaba envuelto, le habían pasado factura. Tenía un aspecto cansado y agotado. El doctor Godwin se levantó del coche con cierto esfuerzo y se volteó hacia Hedy.

—Betty me dio instrucciones estrictas de venir de inmediato para darte la noticia. Samuel está en un campo de prisioneros de guerra en Polonia. —Le tendió un pedazo de papel—. Daphne escribió la dirección para ti.

Hedy miró el papel por un momento antes de abrazarlo por el cuello. Él miró a Gertie sorprendido antes de aceptar el abrazo con una suave sonrisa.

—Tranquila, querida. No hace falta que te pongas triste. Todo está bien.

—Gracias —susurró Hedy—. Muchas gracias.

—Al menos sabemos que está a salvo —dijo—. Ahora sólo nos queda rezar.

—Voy a hacer más que eso —aseguró Hedy con determinación en la mirada.

Al día siguiente, Gertie se encontraba parada frente a la oficina local de reclutamiento con Hedy a su lado.

—¿Estás segura de que quieres hacer esto? —le preguntó—. Sabes que podrían enviarte a las islas Hébridas Exteriores.

Hedy asintió enfática.

—Quiero hacer lo que está haciendo Betty. Quiero marcar la diferencia. Ayudar a poner fin a todo esto.

Gertie anhelaba decirle a Hedy lo mucho que la extrañaría y cómo la casa volvería a sentirse vacía sin ella, pero podía ver en su mirada lo decidida que estaba. Reconocía ese fuego, esa necesidad de luchar. Ella misma lo había experimentado antes, no le arrebataría ese impulso a Hedy.

—Vamos, entonces. Registremos tu ingreso.

Empujaron las puertas de las desnudas oficinas y siguieron las indicaciones hacia una sala donde un hombre aburrido, de más o menos la misma edad que Gertie, estaba entrevistando a una joven de la edad de Hedy.

—Puedo ofrecerte trabajar en el ejército de tierra o trabajar en una fábrica de municiones —le propuso.

—En realidad, no me gustan los animales —contestó—. Pero tampoco me gustan las armas.

El hombre suspiró.

—¿Qué tal si te envío a una granja de papas donde no hay animales?

—¿Tendré que excavar?

El hombre levantó las cejas.

—Un poco.

—Mmm, está bien entonces, aunque no quiero romperme una uña.

El hombre escribió algo en su documentación, selló el formulario y se lo devolvió.

—Siguiente.

La chica les sonrió a Hedy y Gertie mientras pasaba.

—Papas —dijo alegremente.

—Espléndido —comentó Gertie.

—¿Nombre? —interrogó el hombre.

—Hedy Fischer —respondió ella, entregando sus documentos. El hombre se sorprendió al ver la esvástica, como si esperara que todo el ejército alemán saliera de detrás de ella.

—Eres alemana.

—Sí. Así es —afirmó Hedy—. Soy una judía alemana que escapó de la persecución nazi en 1939. —Las mejillas de Gertie ardían de orgullo.

El hombre deslizó los papeles sobre la mesa de regreso hacia ella.

—Lo siento. No podemos emplear a extranjeros enemigos para trabajos de guerra. Representan demasiado riesgo.

Gertie clavó una mirada de desaprobación en el hombre.

—¿Tiene idea de lo que esta joven ha vivido?

El hombre mantuvo una expresión vacía.

—Lo siento. Yo no hago las reglas.

Hedy la tomó por el brazo.

—Vamos, Gertie. No sirve de nada. Vámonos.

Mientras caminaban de regreso por el laberinto de pasillos, Gertie notó una habitación etiquetada como «Centro de paquetes para prisioneros de guerra». Se detuvo en seco y miró el letrero.

—¿Qué pasa? —preguntó Hedy.

—Se me ocurrió una idea —contestó Gertie con un destello en los ojos—, pero primero necesito ir a casa y encontrar algo.

La carta estaba justo donde pensaba que estaría, en la caja de nogal en su cajón secreto, la que tanto intrigaba a Gertie cuando era niña y que le había dejado su madre. Era donde guardaba todos sus tesoros más preciados.

—Aquí está —indicó sentándose en el borde de la cama junto a Hedy—. La última carta de Jack, enviada en 1917.

—Tu hermano tenía una letra terrible —observó Hedy.

Gertie rio.

—Solía volver loco a papá porque se negaba a practicar su caligrafía. ¿Quieres que te la lea?

Hedy asintió y se apoyó en ella, como una niña escuchando un cuento. Gertie carraspeó, limpiándose la garganta antes de comenzar:

Mi querida Gertie,

Espero que esta carta te encuentre en buen estado de salud. Gracias por tu carta y el paquete. Te agradezco por enviarme una copia de Los treinta y nueve escalones, *al igual que al resto de los muchachos aquí. Es bastante tedioso estar encerrado por la guerra, aunque sé que no debería quejarme. He oído hablar de las condiciones en los campos de los Tommies. Los guardias están bien siempre y cuando uno se comporte. El lugar es bastante básico y no muy limpio. Hacemos lo posible por mantener el ánimo. Montamos obras de teatro o nos entretenemos cantando, pero es duro, Gertie. No creo que vuelva a dar por sentada mi vida como hombre libre. Esto hace que uno reflexione sobre cómo vivió su vida antes.*

Sé que esto te hará reír, pero te prometo ahora que seré un mejor hombre cuando vuelva a casa. Sé que he sido egoísta en el pasado, pero voy a cambiar, Gert. Puedes exigirme que lo cumpla. Sigo pensando en esas vacaciones en Suffolk cuando éramos niños. ¿Te acuerdas? Conocimos a ese granjero y nos mostró sus perros, caballos y cerdos. ¿Recuerdas a los cerdos? Le rogamos a papá durante semanas para que nos dejara tener un cerdo de mascota. ¿Te lo imaginas? A menudo pienso en ese tiempo como el más feliz de mi vida, cuando todo era sencillo, cuando no teníamos preocupaciones reales. A veces encuentro la vida de un hombre tan desconcertante. Sé que por eso actúo como un tonto y bebo demasiado. Estoy fingiendo, actuando como alguien que no soy. Bueno, eso cambiará cuando vuelva a casa. Ya verás, Gertie. Seré el hombre que debo ser y tal vez pase el resto de mis días en una granja en Suffolk. Puedes visitarme a mí y a mis perros y cerdos. Dios mío, se me enchina la piel sólo de pensarlo. Estoy cansado, creo. El compañero de la cama junto a la mía tose la mitad de la noche y hoy no me siento como yo mismo. Probablemente se debe a la terrible sustancia con la que nos alimentan aquí. No te preocupes. Voy a volver a cansarlos a ti y a Harry tan pronto como termine la guerra. Dale a ese hombre mis mejores deseos. Sé que a veces te tomo el pelo hablando de él, pero es un buen hombre. Son afortunados de haberse encontrado el uno al otro. ¿Cómo están mamá y papá? Mamá me escribe cada semana, pero nunca recibo nada de papá. Ashford me escribió hace unas semanas, todavía está al borde, pobre hombre. Te extraño, Gertie. Tus cartas son como medicina. Anhelo el día en el que pueda volver a cenar contigo en Savoy con Harry y Charles. Yo invito.

Siempre tuyo, tu amado hermano,
Jack

Hedy extendió un pañuelo para secar las lágrimas de Gertie una vez que terminó de leer la carta.

—Creo que tú y Jack son tal como Arno y yo —dijo ella.

Gertie sostuvo su mirada por un momento.

—Quiero que ayudemos a otros prisioneros de guerra como ayudé a Jack. Quiero ayudar a Sam y a todos los demás pobres chicos que intentan sobrevivir a esta guerra.

Hedy asintió.

—Creo que es una idea brillante.

—Sólo hay un pequeño problema —comentó Gertie.

—¿La señorita Snipp? —Gertie asintió y Hedy la miró sabiamente—. Déjamelo a mí, Gertie. Sé qué hacer.

Al día siguiente, la señorita Snipp estaba ordenando todo cuando Gertie y Hedy llegaron a la librería con Hemingway acompañándolas.

—¿Una taza de té, señorita Snipp? —dijo Gertie—. Hedy ha horneado galletas de jengibre esta mañana.

La señorita Snipp entrecerró los ojos.

—¿Necesita un favor, señora Bingham?

—Agradecería su consejo, señorita Snipp. Si puede dedicarnos un poco de tiempo.

Gertie conocía a Eleanora Snipp lo suficiente como para saber que debía ser cautelosa. No era una mujer que aceptara el cambio con los brazos abiertos. Le había llevado unos buenos cinco años asimilar que las mujeres habían obtenido el derecho al voto. Hasta hoy, todavía lo mencionaba con un estremecimiento de desdén.

—Muy bien —dijo la señorita Snipp.

—Bueno, dado el éxito de nuestro club de lectura durante los bombardeos aéreos, estaba considerando extenderlo a los prisioneros de guerra.

La señorita Snipp parpadeó.

—Prisioneros de guerra —repitió.

—En efecto. Pero, por supuesto, no consideraría tal cosa sin hablar con usted primero. —La señorita Snipp asintió solemne—. Así que agradecería los beneficios de su sabiduría sobre qué tipo de trámite administrativo podría requerirse para tal objetivo —solicitó Gertie, sabiendo muy bien que tendría las respuestas al alcance de la mano.

—Bueno —respondió la señorita Snipp con un suspiro laborioso—. Habrá mucho papeleo y, por supuesto, coordinación con las autoridades pertinentes, como la Organización Conjunta de Guerra, la Cruz Roja Internacional y demás, sin mencionar los materiales de embalaje adicionales necesarios.

—Mmm —reconsideró Gertie—. Parece mucho trabajo extra. Quizás no valga la pena. Hedy, sé que te gustaría mucho poder enviar libros a Sam y sus compañeros prisioneros de guerra, pero creo que va a ser una tarea demasiado monumental. ¿Entiendes, verdad, querida?

Hedy se mordió el labio para contener su diversión.

—Por supuesto.

La señorita Snipp miró a Gertie como si acabara de sugerir la rendición inmediata de los aliados.

—Encontraremos una manera —aseveró.

—¿Está segura? —preguntó Gertie.

—Por supuesto —respondió señalando a Hedy—. Cualquier cosa para ayudar a esta pobre chica.

Hedy se acercó corriendo y rodeó con los brazos el cuello de la señorita Snipp.

—Oh, mi querida señorita Snipp. Es usted maravillosa. La ayudaré en todo lo que pueda. Gracias.

La señorita Snipp parpadeó asombrada y le dio a Hedy una palmadita rígida en la espalda como respuesta.

—Sí, bueno, querida. Todos debemos hacer nuestra parte. Pero tal vez necesitemos ayuda extra para empaquetarlos, señora Bingham —dijo con una mirada reprochadora.

—Déjemelo a mí —le pidió Gertie, dirigiéndose hacia la puerta.

—¿El club de lectura para prisioneros de guerra, dices? —preguntó Margery mientras paseaban por los jardines del salón del pueblo.

Gertie asintió.

—Mi hermano fue prisionero durante la Gran Guerra y siempre estuvo agradecido cuando le enviaba libros. Le encantaba *Los treinta y nueve escalones*, así que pensé que podría ser nuestra primera elección.

—No sabía que tenías un hermano.

Gertie asintió.

—Murió en el campo. Hubo un brote de tifus.

Margery sostuvo su mirada por un momento antes de asentir con solemnidad.

—Dime qué hay que hacer.

—Bueno, estaba pensando que podríamos poner nuestro espacio como centro de distribución y mandar libros con los envíos de comida y actividades de recreación que hace la Cruz Roja.

Margery se detuvo para admirar una rosa grande del color de un durazno maduro. Inhaló profundo, cerrando los ojos mientras el exquisito aroma llenaba sus fosas nasales.

—Creo que es una idea espléndida, Gertie.

—Esperaba que lo pensaras así. —Gertie observó a su amiga por un momento—. Debo decir que te ves particularmente radiante, Margery. ¿Puedo preguntar si esto tiene algo que ver con el señor Travers?

Margery le lanzó una mirada soñadora.

—Me ha invitado a un baile.

—¿Un baile?

Ella asintió.

—El sábado. Me preguntaba si te gustaría acompañarnos.

—Oh, no lo sé...

—Vamos, Gertie. ¿No deberíamos aferrarnos a estos pequeños momentos de alegría cuando podemos? Quién sabe qué nos deparará el mañana.

—Es cierto.

—¿Entonces vendrás?

Gertie suspiró.

—Muy bien. Le pediré a mi viejo amigo Charles Ashford que me acompañe.

—Espléndido —expresó Margery.

Giraron fuera del jardín en dirección a la calle principal.

—¿Tuviste suerte en la oficina de reclutamiento? —Gertie negó con la cabeza—. Qué absoluta tontería —añadió Margery—. ¿No nos dicen siempre que debemos estar listas y activas? Seguro necesitamos a todas las brillantes jóvenes que podamos reunir para ayudar con el esfuerzo en la guerra.

Habían llegado a la librería cuando Margery se dio cuenta de que Gerald estaba mirando los escaparates. Le hizo un gesto a Gertie para que la siguiera.

—Señor Travers —saludó entrando a la tienda—. ¿No necesitará un nuevo guardián de Protección Contra Ataques Aéreos?

Gerald levantó la vista de la novela de George Orwell que estaba hojeando, aparentemente sin sorprenderse por su pregunta directa.

—En efecto.

—Bien, ¿no crees que esta joven sería perfecta para el puesto? —preguntó Margery señalando a Hedy.

Gerald la evaluó por un momento.

—Así lo creo.

—¿De verdad? —exclamó Hedy—. Pero, ¿no te meterás en problemas con la oficina de reclutamiento?

Gerald tocó el costado de su nariz.

—Lo que no sepan, no les hará daño. El entrenamiento comienza mañana a las seis en punto. No llegues tarde.

Gertie abrió su armario con aire de derrota. Hacía años que no tenía motivo para vestirse elegante y no recordaba la última vez que había asistido a un baile. Sin duda, ya era demasiado mayor para andar correteando por ahí. Revolvió entre las prendas, acariciando los pliegues suaves y frescos de su vestido de seda turquesa para baile, preguntándose por qué demonios lo había guardado. Gertie recordaba haberlo usado una vez en una de las cenas literarias de su tío, y eso debió de haber sido hacía al menos veinte años. Lo cierto es que debería haberlo donado. Podía imaginar a Margery transformándolo en al menos una docena de pañuelos.

—Oh, esto es desesperante —exclamó mirando las columnas llenas de faldas anticuadas y vestidos sencillos.

—¿Estás bien? —preguntó Hedy apareciendo en el umbral de la puerta, observando los rulos en el cabello de Gertie y la expresión desesperada en su rostro.

—¿Qué se usa para los bailes en estos días? —interrogó Gertie.

Hedy encogió los hombros.

—Nada extravagante. Sólo un lindo vestido y buenos zapatos para bailar. ¿Quieres que te ayude?

—Sí, por favor. Y si pudieras enseñarme el charlestón mientras estás en eso, sería espléndido.

Hedy rio.

—No creo que debas preocuparte. Sólo debes disfrutar.

Gertie sabía que tenía razón, pero la idea se sentía tan ajena. ¿Cuándo fue la última vez que hizo algo simplemente por el placer de hacerlo? ¿Eso estaba permitido cuando el mundo se hallaba en turbulencia? Luego miró a Hedy, con todas sus preocupaciones y angustias. Ella se mantenía alegre, iba al cine o salía a bailar con sus amigos. Seguía adelante, porque ¿qué más se podía hacer? La vida continuaba y todo lo que podías hacer era seguir adelante con ella.

—Creo que deberías usar esto —mencionó Hedy, recuperando un vestido de té azul marino con un pequeño diseño de flores de manzano blanco—. Es tan bonito.

—Había olvidado que lo tenía —se asombró Gertie.

—¿Quieres que te arregle el cabello? —preguntó Hedy—. Solía ayudar a mamá a prepararse para sus conciertos, así que sé cómo hacerlo.

Gertie sonrió.

—Me gustaría mucho eso. Gracias, querida.

Charles estaba esperando a Gertie en el vestíbulo. Cuando Gertie bajó las escaleras él dijo:

—Siento como si estuviera viendo a una estrella de Hollywood descender por la alfombra roja. —Comentario que acompañó con el gesto de enmarcar sus manos y tomar una fotografía.

—Todo es gracias a Hedy. Ella eligió mi atuendo y peinó mi cabello —puntualizó acariciando sus rizos cuidadosamente peinados.

—Bravo, Hedy —celebró Charles—. Te ves hermosa, Gertie. —Tomó su mano y la besó antes de ofrecerle su brazo—. ¿Vamos?

—Nos vemos más tarde —anunció Gertie por encima de su hombro.

—Diviértete —dijo Hedy, agitando la mano desde el umbral con Hemingway sentado fielmente a su lado.

Gertie no tenía que preocuparse por ser demasiado mayor para el salón de baile Orchid. La mayoría de las parejas que bailaban esa noche eran o bien personas en sus sesenta o mujeres jóvenes en grupos. A pesar de este hecho, el salón estaba lleno de una energía libre de preocupaciones mientras la gente disfrutaba de un bienvenido escape de la monotonía de su existencia en tiempos de guerra. Una banda de tres músicos con un cantante tocaban «*Don't Sit Under the Apple Tree*» cuando llegaron, lo que hizo imposible resistirse a unirse de inmediato a la pista de baile. Por fortuna para Gertie, Charles también carecía de experiencia en el baile, pero lograron mantener el ritmo del resto de su compañía, moviéndose por la pista sin pisarse demasiado los pies. Por otro lado, Gerald y Margery resultaron ser bailarines extremadamente elegantes, recibiendo muchas miradas de admiración por su elegante vals. Al parecer, además de ser una aspirante a cantante de ópera en su juventud, Margery había sido una bailarina prometedora, mientras que Gerald y Beryl habían bailado juntos desde que se conocieron en la escuela a los doce años. Gertie pronto olvidó su falta de habilidad y se encontró siguiendo el consejo de Hedy mientras caía en una crisis de risa incontrolable durante el fallido intento de ella y Charles por seguir el ritmo de «The Pennsylvania Polka».

—Creo que esto podría ser nuestra señal para descansar —señaló Charles.

—Muy buena idea —secundó Gertie, dejándose llevar por él hacia los cómodos sofás rojos al costado del salón y hundiéndose agradecida en el asiento a su lado.

La banda había comenzado a tocar un charleston y los observaron sorprendidos mientras la multitud se abría para revelar a Gerald y Margery y un puñado de otros bailarines tomando el centro del escenario.

—Margery Fortescue nunca deja de sorprenderme —confesó Gertie a Charles, observándolos girar y dar patadas de un lado a otro.

—Nos perdimos un poco el charlestón, ¿verdad? —dijo él.

Gertie rio.

—Es cierto. Harry tenía dos pies izquierdos, así que, en realidad, nunca fuimos a bailar; pero debo decir que me la estoy pasando de maravilla.

—Yo también.

—Casi te hace olvidar que hay una guerra, ¿verdad? —interrogó Gertie.

—Creo que esa es la única forma de soportarla a veces.

—He aprendido ese truco de Hedy —admitió Gertie.

—Parece estar alegre, considerando todo.

Gertie asintió.

—Estoy orgullosa de ella. Gerald la está entrenando como asistente de defensa civil. No se lo digas, pero me alivia que no haya podido incorporarse al trabajo de guerra. Al menos, sabré dónde está.

—Pareces una mamá gallina.

—Bueno.

Charles extendió la mano y tomó la de ella.

—Sabes, he cometido muchos errores en mi vida, pero lo único de lo que nunca me arrepentiré es de haberte pedido que cuidaras de esa niña. Te ha transformado, Gertie. Nunca pensé que te vería tan feliz de nuevo.

Ella lo observó por un momento; miró con detenimiento aquel rostro amable y guapo de un alma dulce que le recordaba tanto a Harry. Ya fuera por la música o por la sensación de su mano en la suya, Gertie tuvo un repentino destello de memoria sobre cómo era ser joven y estar enamorada, lo cual hizo que su corazón se elevara con inesperada esperanza.

—Yo tampoco —contestó.

18

Su sufrimiento era mi sufrimiento, y su alegría
provocaba pequeños saltos y risas en todo mi cuerpo…

George Eliot, «*Brother and Sister*»

Las dos cartas llegaron con días de diferencia. La primera era de Sam. Siempre le enviaba a Hedy, durante la primera semana de cada mes, una larga carta seguida de dos postales en la segunda y cuarta semana. El rostro de Hedy se transformaba cada vez que veía una entre los correos de esos días. Apretaba el sobre contra su corazón y se alejaba para leerlo a solas en su habitación. Por la noche, se sentaba con Gertie en la sala y le contaba sus anécdotas. A Gertie le agradaba Sam y sus divertidas historias. Tenía un buen amigo en el campamento llamado Harris y juntos organizaban espectáculos para mantener a todos entretenidos. La pareja se vestía como un par de ancianas aristócratas y cantaban canciones con voces agudas. Parece que incluso algunos de los guardias alemanes de prisiones disfrutaron de estas escenas.

La segunda carta llegó dos días después. El pulso de Gertie se aceleró cuando vio la letra alemana y el matasellos suizo.

—¡Hedy! —le gritó ella—. Hedy, debes venir de inmediato.

Hedy bajó corriendo las escaleras con Hemingway pisándole los talones.

—¿Qué es?

Gertie le tendió el sobre. La joven lo aceptó con dedos temblorosos. «Arno», susurró mirando las letras como si se atreviera a esperar que él apareciera de alguna manera en ellas.

—¿Quieres leerla sola? —preguntó Gertie. Hedy negó con la cabeza—. Ven a la cocina entonces. La leeremos juntas.

Se sentaron a la mesa con Hemingway muy erguido a su lado como si entendiera el significado de este momento. Hedy desdobló el papel de pergamino azul y miró las palabras con sorpresa. Había escrito en inglés.

—Tal vez para evitar que muchos ojos alemanes curiosos lo lean —especuló Gertie.

Hedy respiró hondo. «Mi querida Hedchen». Hizo una pausa cuando las lágrimas comenzaron a rodar por sus mejillas.

—¿Quieres que la lea, querida? —preguntó Gertie suavemente.

Hedy asintió. Gertie tomó la carta de sus manos temblorosas y comenzó:

Mi querida Hedchen, mi querida hermana,

Sólo puedo esperar y rezar para que esta carta te llegue. Se la he confiado a alguien que estoy seguro que no me defraudará, pero nunca se puede estar seguro en esta guerra. Debo ser rápido escribiendo ya que no tengo mucho tiempo. Estoy a salvo, trabajando en una fábrica en Polonia. Tuve la suerte de conseguir este trabajo y estoy agradecido por ello. La última vez que vi a mamá y papá fue cuando viajábamos al este y, aparte del hambre, los dos tenían buena salud. Espero que hayas encontrado una vida feliz en Inglaterra. Pienso en ti a menudo, en las tardes paseando contigo por el Englischer Garten, comiendo Pfeffernüsse. . .

Hedy dejó escapar un sollozo. Hemingway apoyó su enorme y cálida cabeza en su regazo.

—¿Me detengo, querida? —Hedy negó con la cabeza, abrazando al perro mientras Gertie continuaba.

. . . hablando de nuestros planes para el futuro. Iba a construir el rascacielos más alto de Europa, más grande que el Empire State Building, y tú ibas a escribir libros, historias de aventuras de niñas y niños valientes que vencen a los villanos. Espero que todavía tengamos esos sueños, mi querida Hedchen, y espero que los valientes niños y niñas al final venzan a esos villanos. Te extraño mucho y te amo aún más. Ojalá te impresione el inglés de tu perezoso hermano alemán. Espero que ahora tu inglés sea mejor que el de la reina.

Siempre tuyo, tu hermano, Arno

Los ojos de Gertie estaban llenos de lágrimas cuando terminó. Ella y Hedy se abrazaron durante mucho tiempo, llorando por aquellos a los que no podían proteger. Después de un rato, Gertie metió la mano en su bolsillo y sacó un pañuelo. Muy despacio, secó los ojos de Hedy y la besó en la frente.

—Está vivo, Hedy. Tu hermano está vivo —dijo ella, abrazándola con fuerza.

Al tío Thomas no le gustaba viajar al sur del río. De hecho, no le gustaba viajar más allá de los confines de Cecil Court, pero hizo una excepción para el cumpleaños número sesenta y cuatro de su sobrina. La cena había sido idea de Hedy. Ella sugirió que cada invitado trajera un plato para que sus raciones se estiraran más.

—Mis padres solían tener estas cenas en nuestro apartamento en Múnich. Me encantaba cuando era niña. El lugar estaba lleno de artistas y músicos, todos bebían, fumaban y discutían sobre arte y literatura —le contó a Gertie mientras ponían la mesa, decorándola con un jarrón de rosas recién cortadas y un candelabro de plata.

Gertie sonrió y dejó los tazones de ensalada hechos con productos de su propia cosecha. Había notado una clara confianza en Hedy durante las últimas semanas. Gerald declaró que ella era «más competente que cualquier compañero al que haya entrenado jamás», y su compromiso con Sam y la carta de Arno parecían darle un renovado entusiasmo por la vida. Devoraba todas las noticias de los periódicos y la radio, y pasaba las horas libres garabateando con furia en sus cuadernos. Todavía no compartía sus historias con Gertie. Sin embargo, Billy había asomado la cabeza por encima de la cerca un día para conversar y le informó de manera confiable que:

—Son historias para niños, así que en realidad no son para ti, Gertie Bingham. Las escuché cuando nos las leyó a mamá y a mí. Son muy buenas.

El tío Thomas fue el primero en llegar a la fiesta. Gertie estaba intrigada por ver lo que traería.

—Pastel de tocino y huevo —dijo con orgullo, entregando un plato cubierto con un paño.

—Dios mío —exclamó Gertie—. ¿Lo hiciste tú mismo?

Se le salió una risa.

—Muy bueno, Gertie. Sí. Muy divertido. No podría hervir un huevo ni para salvar mi propia vida. No, la señora Havers me lo preparó. Pastel de patata y huevo seco, por desgracia, pero no hay otra opción. —Sacó un paquete de papel marrón de su bolsillo—. Feliz cumpleaños, mi querida pequeña. —Abrió el paquete para revelar un pequeño libro de poesía encuadernado en tela azul con letras plateadas.

—George Eliot —afirmó besando su mejilla—. Gracias, querido tío.

—Sólo una muestra de mi estimado afecto —dijo—. Oh, y encontré esto para ti, jovencita —agregó, sacando un libro de su otro bolsillo y ofreciéndoselo a Hedy.

—*Emilio y los detectives.* —Lloró—. Arno y yo solíamos amar este libro. Gracias.

El tío Thomas asintió con aprobación.

—Supongo que no habrás guardado nada del *whisky* de Harry, ¿verdad, querido corazón? Ya sabes cómo afecta a mi constitución viajar tan al sur.

Gertie sonrió.

—Tal vez pueda servirte un trago con fines medicinales.

—Estoy muy agradecido, Gertie. Muy agradecido.

Charles fue el siguiente en llegar con una bandeja de croquetas de salmón.

—Hecho por mi propia mano —aseguró pasándoselos a Hedy.

—No tenía ni idea de que albergaras tales talentos —confesó Gertie, besándolo en la mejilla y captando el reconfortante aroma de cedro y especias.

—Cuando has vivido solo tanto como yo y has pasado tiempo en el ejército, aprendes una o dos cosas —afirmó—. Feliz cumpleaños, querida Gertie. —Le tendió una pequeña caja de terciopelo rojo con un broche de oro.

—Esto no es una propuesta de matrimonio, ¿verdad, Charles? Él rio.

—Hoy no. Ábrelo.

Gertie presionó el cierre del botón para revelar un collar con un dije de oro en forma de corazón y decorado con un pequeño rubí.

—Es hermoso —dijo sacándolo de la caja.

—Me alegro de que te guste. Toma, déjame ayudarte.

Mientras él ataba la cadena detrás de su cuello, la piel de Gertie hormigueó con su toque.

—Perfecto —exclamó retrocediendo para admirarla.

Los últimos invitados en llegar fueron Billy y su madre.

—Feliz cumpleaños, Gertie Bingham —gritó Billy al entrar en la habitación—. Aquí está tu regalo. —Le entregó un paquete rectangular plano, envuelto sin apretar en papel marrón.

—Gracias, Billy. ¿Y qué tenemos aquí?

Lo desplegó y sacó un dibujo de acuarela enmarcado.

—Mamá lo hizo —señaló con alegría—. ¿No es inteligente?

—Con mis disculpas al señor E. H. Shepard —se excusó Elizabeth.

Gertie se quedó mirando la foto. Elizabeth había dibujado a Gertie, Hedy y Hemingway junto con Billy y ella sentados en su refugio antiaéreo con Winnie the Pooh y Piglet.

—Lo adoro. Gracias —aseguró, besándola en la mejilla.

Elizabeth le contestó con una sonrisa tímida.

—Y ésta es nuestra comida en contribución —afirmó entregándole una palangana atada con tela—. Hice un budín de verano.

—Mi favorito —admitió el tío Thomas con una sonrisa satisfecha.

Después de la comida, Gertie se puso de pie y levantó su copa hacia los presentes.

—Gracias a todos por hacer que mi cumpleaños fuera tan especial. Gracias, Hedy, por organizar esto. Ha sido maravilloso, completamente maravilloso.

—Tengo una sorpresa más para ti —comentó Hedy.

Desapareció de la habitación y regresó momentos después con un fajo de papeles doblados.

—Éste es el primer capítulo. He estado trabajando en él durante un tiempo. Elizabeth también ha hecho algunas ilustraciones maravillosas.

Gertie tomó los papeles y los acercó a su corazón.

—Lo guardaré para la hora de dormir —dijo—. Gracias a ustedes dos.

—¿Y puedo ser el primero en ofrecerle representación? —propuso el tío Thomas, metiendo la mano en su bolsillo para sacar una tarjeta de presentación y deslizarla sobre la mesa. Elizabeth y Hedy intercambiaron sonrisas.

—¿De qué trata tu historia, Hedy? —preguntó Charles.

Los ojos de Hedy brillaron mientras hablaba.

—De un hermano y una hermana que tienen muchas aventuras y siempre vencen a los villanos.

—¿Podría llamarse Billy el niño? —cuestionó Billy.

—Tal vez. Aunque había pensado que Billy podría ser un buen nombre para su pequeño perro blanco y negro, que es excelente para olfatear pistas.

Billy consideró esto por un momento.

—No me importaría ser un perro —dijo extendiendo una mano para acariciar a Hemingway, que estaba dormido a sus pies.

—¿El niño se llama Arno por casualidad? —preguntó Gertie.

Hedy asintió.

—Y la chica se llama Gertie.

Charles se rio.

—Gertie Bingham. ¡En papel por fin! ¿Qué será lo que dirá la señorita Snipp?

—Está ya demasiado ocupada quejándose de todo el trabajo extra que tiene que hacer para el club de lectura de *Prisioneros de guerra* —comentó Gertie—. Parece que *Los treinta y nueve escalones* tiene la culpa de que su ciática estalle de nuevo.

—John Buchan debería estar avergonzado de sí mismo —afirmó el tío Thomas con un brillo en los ojos.

—Bueno, es un gran logro, Gertie —admitió Charles—. Apuesto a que esos muchachos están agradecidos de tener algo que les ayude a pasar el tiempo.

—Sam dice que son un regalo del cielo —mencionó Hedy—. Aparentemente, las copias de Maugham y Hemingway que le enviamos se han compartido tanto que se están cayendo a pedazos.

—¿Dice mucho sobre cómo ha sido la vida ahí? —preguntó Elizabeth.

Hedy negó con la cabeza.

—No precisamente. Están agradecidos por los paquetes de comida, ya que las raciones no son suficientes, pero se mantienen ocupados.

—¿Qué más puedes hacer en esta maldita guerra? —exclamó el tío Thomas.

—Cierto —dijo Gertie palmeando su mano—. Ahora, ¿quién está listo para el té?

—No deberías preparar el té en tu cumpleaños —sugirió Charles poniéndose de pie.

—Puedes ayudarme entonces.

El cielo se llenaba de tonos desvanecidos de durazno y albaricoque mientras el sol descendía detrás de los árboles, cubriendo el mundo en la sombra. Gertie y Charles se movían de forma amistosa por la cocina, colocando las tazas y poniendo a hervir la tetera. Gertie tarareaba una tonada para sí misma mientras iba a buscar la leche.

—Es bueno verte feliz, Gertie.

Ella lo miró a los ojos azul claro, superada por un repentino impulso de decirle lo que estaba sintiendo. Justo en el momento que estaba a punto de hacerlo, la sirena de ataque aéreo sonó.

—Bueno, siempre pienso que el té sabe mejor en el refugio —dijo—. Vamos, todos. ¡Rápido, rápido!

—Verán, ésta es la razón por la que no me aventuro a cruzar el río —mencionó el tío Thomas, cojeando hacia la puerta trasera.

—Creo que también tienen ataques aéreos al norte del río, tío —comentó Gertie, colocando un brazo debajo de su codo y guiándolo hacia el jardín.

—¿Jugamos un juego? —preguntó Billy, sus ojos brillaban mientras todos se acurrucaban dentro del refugio.

—¿O qué tal una historia? —propuso Hedy—. Solía jugar un juego con mi familia en el que nos turnábamos y decíamos algunas líneas cada uno.

—Eso suena divertido —dijo Gertie tomando un sorbo de té—. ¿Quién quiere empezar?

—¡Yo lo haré! —gritó Billy.

—Muy bien, joven. Empiece.

Billy se aclaró la garganta.

—Había una vez una chica llamada Gertie Bingham —comenzó—. Vivía en una casa llena de libros y era muy valiente...

—Me gusta cómo suena —admitió Charles, ofreciéndole una sonrisa a Gertie. Billy frunció el ceño—. Lo siento, Billy. Por favor continua.

—Vivía en una casa llena de libros y era muy valiente, pero se sentía sola. —Gertie sintió que Charles le tomaba la mano—. Tu turno, mamá.

—Un día —contó Elizabeth—, tocaron a la puerta y allí, en el umbral, había un huevo gigante.

—¿Un huevo de dinosaurio? —susurró Billy.

—Espera y verás —comentó Elizabeth—. Hedy, tú eres la cuentacuentos. Creo que deberías continuar.

Hedy pensó por un momento.

—Gertie llevó el huevo adentro y lo colocó en un estante en el armario de ventilación para mantenerlo caliente. Unos días más tarde, estaba preparando su desayuno cuando escuchó un chirrido y un crujido en el armario y luego un fuerte ¡Crac!

Billy gritó. Hedy lo miró con ojos saltones mientras susurraba:

—Gertie se deslizó hasta el armario y abrió la puerta muy lento. Dentro estaba… —Miró a Charles.

—¿Qué? —gritó Billy, moviéndose arriba y abajo—. ¿Qué había en el armario?

Charles vaciló por un momento antes de responder.

—Un dragón bebé —dijo.

—Me encantan los dragones —comentó Billy.

—Esta era una niña dragona. Era de color verde sauce y sus escamas tenían puntas de color púrpura. Cuando Gertie abrió el armario, la pequeña dragona estornudó. Una pequeña chispa de fuego salió volando de las fosas nasales de la dragona, por lo que Gertie tuvo que apartarse de un salto para evitar que se quemara. La mayoría de la gente tendría miedo de encontrar un dragón en su armario de ventilación, pero Gertie no. Llevó a la pequeña dragona a la cocina y le dio de comer arenques para el desayuno.

Le sonrió a Gertie, que puso los ojos en blanco.

—Tu turno.

Ella sonrió.

—Al principio, Gertie no estaba segura acerca de esta pequeña dragona —dijo mirando hacia Hedy—. Pero se dio cuenta de cuánto la necesitaba y se alegró mucho de que la dragona viniera para quedarse.

—¿Es ese el final? —preguntó Billy con una nota de decepción.

—Creo que es mi oportunidad —comentó el tío Thomas—. Y luego la dragona creció demasiado y comenzó un incendio colosal que quemó toda la casa.

—Dios mío —exclamó Billy—. ¿Estaban todos bien?

—Sí, todos estaban bien. Sólo estaba bromeando —aseguró Gertie aliviada, cuando sonó la señal de que todo estaba despejado—. Y por eso es mejor para ti vender libros que escribirlos —le dijo al tío Thomas mientras lo ayudaba a salir del refugio.

—Creo que será mejor que lleve a Billy a la cama —señaló Elizabeth—. Es muy tarde.

Gertie les dio un beso de buenas noches a ambos.

—Gracias por venir. Y por mi hermosa foto.

—Yo también me iré ahora, querida amiga —afirmó el tío Thomas, dándole un beso en la mejilla—. Fue una velada despampanante. Hacía siglos que no me divertía tanto.

Cuando regresaron al salón, Gertie vio la botella de *whisky* que aún estaba a un lado.

—¿Un último brindis? —le preguntó a Charles, deseosa de que se quedara un poco más.

—¿Por qué no?

Gertie sirvió dos vasos y le entregó uno.

—Muchas felicidades —expresó él con una sonrisa.

Hedy levantó la foto de Elizabeth para admirarla.

—Deberíamos encontrar un lugar para esto.

Gertie hizo un gesto hacia una pequeña escena pastoril enmarcada al lado de la librería.

—Podrías desmontar ese y ponerlo allí, tal vez.

Hedy levantó el cuadro de la pared y, al hacerlo, algo se deslizó al suelo. Ella se inclinó para recuperarlo.

—Creo que esto podría ser tuyo, Gertie —comentó mientras lo desdoblaba.

Tan pronto como Gertie vio las palabras «Mi amor más querido», supo lo que era. Las palabras nadaban ante ella, pero no necesitaba leerlas. Se las sabía de memoria. Cada sílaba colgaba pesadamente en su memoria como el péndulo de un reloj de pie que marcaba sin cesar, con culpa y arrepentimiento. Por eso había escondido la carta durante tanto tiempo. No podía soportar separarse de él ni enfrentarse al recordatorio diario de su contenido.

—¿Estás bien, Gertie? —preguntó Charles mientras ella se sentaba en el sofá con su rostro sin color.

—Fue mi culpa —susurró apretando la carta contra su corazón mientras se le formaban lágrimas en los ojos.

Cuando Harry mencionó por primera vez su tos, Gertie lo había descartado como un resfriado común. Una semana después, cuando cayó en cama y ella no mandó a buscar al médico. Pensó que Harry estaría bien. Había perdido a Jack, a su padre y a su madre, pero ¿Harry? Harry no podía ir a ninguna parte. Ella simplemente no lo permitiría. El día que llegó a casa y lo encontró desplomado en el baño, supo que había cometido un error.

—¿No sabías sobre su condición infantil? —preguntó el médico de manera acusadora.

Gertie asintió. Fue por eso que recibió la exención médica en la guerra.

—Bueno, debería haber venido con nosotros mucho antes. Está muy enfermo.

Gertie salió del hospital y fue directo a la catedral de Southwark. Un servicio religioso transcurría cuando ella se deslizó en la parte de atrás. Se sentó en la calma sagrada, volviendo su rostro desesperado hacia los ángeles y arcángeles.

«Por favor. Harry no».

Cuando Harry comenzó a recuperarse parecía que alguien lo había estado escuchando.

—Ha tenido mucha, mucha suerte —señaló el mismo doctor en el mismo tono acusador.

En ese momento, Gertie y Harry acordaron que las visitas diarias eran innecesarias y, en su lugar, comenzaron a escribirse cartas. Gertie escribió largas historias sobre los eventos de ese día en la librería. De cómo la señorita Snipp informó al representante de su editorial, el señor Barnaby Salmon, que era un ultraje que su editorial dejara que los títulos de Florence L. Barclay se agotaran. De lo triste que estaba el señor Travers ahora que su esposa había muerto. De lo enojada que se sintió cuando Hemingway masticó una primera edición de los poemas de Thomas Hardy. A cambio, Harry respondió con cuentos de la vida en el hospital. De un paciente que discutió con su esposa antes de que ella tomara su muleta de madera y lo golpeara en la cabeza con ella, y del alboroto cuando hubo que llamar a la policía. Le dijo que la enfermera llamada Winnie era su favorita porque le recordaba a una tía amable que siempre le había dado galletas. Su menos favorita se llamaba Enid. Tenía una lengua afilada y le hacía pensar en una bruja de cuento por el lunar peludo de su barbilla. El corazón de Gertie bailaba de alegría cada vez que llegaba el correo.

La carta que ahora tenía en sus manos fue la última que recibió. Había llegado el día en que Harry tenía que regresar a casa del hospital. Gertie se quedó mirando las palabras a través de un borrón de lágrimas.

Mi amor más querido,
Otra noche ha terminado y todo lo que puedo pensar es que me encuentro una noche más cerca de estar contigo de nuevo. Los médicos creen que debería reponerme lo suficiente para el jueves. No puedo esperar a estar a salvo contigo y Hemingway en nuestra querida casita. Vivir atrapado en el hospital por mucho tiempo hace que un hombre se dé cuenta de lo afortunado que es, y yo soy tremendamente afortunado de tenerte, mi querida Gertie. El día que entré a Arnold hace tantos años fue el más feliz de mi vida. No pasa un solo momento en el que no le agradezca al dios del destino por habernos unido. He estado pensando que deberíamos hacer un pequeño viaje. ¿Quizás a París para ver a los bouquinistas? Todo lo que sé es que debemos vivir al día, querida. La vida es frágil y quiero saborear cada momento mío contigo.
Tu siempre amado esposo,
Harry

—Todavía teníamos mucha vida por delante —les dijo a Charles y Hedy con un sollozo de angustia. Vinieron a sentarse a ambos lados de ella, ofreciéndole un murmullo de consuelo mientras el dolor de Gertie la rodeaba como una densa niebla londinense—. Todo fue mi culpa —confesó ignorando sus amables protestas—. Debería haber insistido para que fuera al médico antes. Pude haber evitado su muerte.

Ella miró a cada uno de los que allí estaban cuando finalmente pronunció el secreto que había enterrado durante tanto tiempo.

—Harry todavía estaría vivo hoy si no fuera por mí.

19

El paso del tiempo trae consigo resignación
y una melancolía que es más dulce que la alegría común.

Emily Brontë, *Cumbres borrascosas*

El evento navideño fue idea de Gertie.

—Creo que es justo lo que se necesita para levantar el ánimo —le comentó a Margery un día mientras se reunían para armar los paquetes de la Cruz Roja—. Podríamos invitar a los residentes locales a participar, adornar el ayuntamiento con ramas de acebo, encender el viejo generador para el té. ¿Qué opinas?

Margery miró a Gertie con asombro.

—Creo... —empezó mientras la habitación entera contuvo la respiración— ...que desearía haberlo pensado primero. ¿Gerald?

—¿Sí, querida? —Levantó la vista de su periódico. Después de muchos bailes de fin de semana y paseos por el campo, Gerald y Margery ahora habían alcanzado las vertiginosas alturas de llamarse por sus nombres de pila.

—¿Estabas escuchando la idea de Gertie?

Gerald entrecerró los ojos concentrándose.

—Evento de Navidad. Ayuntamiento —dijo—. Creo que es una idea espléndida. Pero sólo si cantas, Margery.

Parecía un poco tímida.

—Bueno, no lo sé…

—Vamos, Margery. No seas tímida —mencionó Gertie colocando una pila de libros en un extremo de la mesa de embalaje.

—Oh, por favor, señora Fortescue —dijo Hedy—. Sería maravilloso si pudiera.

—Lo pensaré un poco —contestó Margery con ojos brillantes—. Ahora bien. ¿Qué tenemos hoy en la lista de empaque, señora Chambers?

Elizabeth se aclaró la garganta y señaló cada elemento en orden.

—Una lata de galletas de ración de servicio, una lata de queso, un paquete de chocolate, una lata de crema de arroz, una lata de mermelada, una lata de margarina, una lata de carne prensada, una lata de leche, una pastilla de jabón, una lata de azúcar, un paquete de té, una lata de guisantes, un paquete de cigarrillos y un budín de Navidad.

—Y un ejemplar de *Cuento de Navidad* —afirmó Gertie, señalando los libros.

—Muy bien —dijo Margery—. Vamos a hacerlo.

Había un espíritu de alegre optimismo en el aire mientras trabajaban. La gente empezaba a creer que la guerra terminaría el próximo año. La idea de que ésta sería la última Navidad que tendrían que guardar sus raciones para la cena y las restricciones sobre el toque de campanas, los ataques aéreos y los apagones, tranquilizaba a todos.

A pesar de las dudas iniciales de la señorita Snipp y los desafíos logísticos, Gertie estaba convencida de que juntos hacían una diferencia en el trabajo de la guerra y sabía que la gente en esa sala estaba de acuerdo con ella. Muchos de ellos tenían motivos personales para asegurarse de que las vidas de los prisioneros de guerra se facilitaran de cualquier forma posible. El hermano de Emily Farthing se hallaba en un campo en Italia, mientras que el nieto de Ethel Wise, como Sam, estaba prisionero en Polonia. Además de armar los paquetes de la Cruz Roja, también funcionaba la librería como un lugar de clasificación para los paquetes de los familiares cercanos. Hoy Emily estaba reempacando uno para la vecina de Gertie, la señora Herbert, cuyo esposo, Bill, era prisionero de guerra en Berlín. La mujer se paró frente a ella mientras Emily revisaba los artículos uno por uno.

—Correcto, señora Herbert. Voy a separar el jabón del chocolate. No queremos que el señor Herbert pruebe por error la barra de jabón cuando esté disfrutando de su regalo, ¿verdad? Oh, ¿no son preciosos estos calcetines tejidos a mano? —añadió dándoles la vuelta—. Justo lo necesario para mantenerlo abrigado durante el invierno. —Sacó un ejemplar de bolsillo de *El hombre invisible* de H. G. Wells y lo sacudió.

—No estará buscando contrabando aquí, ¿verdad? —inquirió la señora Herbert, ofendida.

—Lo siento, pero son las reglas —respondió Emily—. Tenemos que buscar artículos prohibidos para evitar que los soldados alemanes confisquen todo el lote. Sólo quiero asegurarme de que esto llegue al señor Herbert.

Las mejillas de la señora Herbert parecieron sonrojarse un poco bajo el escrutinio.

—¿Qué podría estar prohibido, exactamente?

—Alguien trató de enviar un tarro de mermelada de cereza casera el otro día —dijo Emily comprobando el sello de una lata de betún para botas—. Sólo se permite chocolate en los paquetes para familiares.

—Oh, bueno, está bien entonces. No podría hacer mermelada ni por amor ni por dinero.

Fue el turno de Emily de sonrojarse mientras sacaba un par de grandes calzoncillos de lana.

—Termales —dijo la señora Herbert.

—Dicen que los inviernos alemanes son amargos.

—Espere un minuto —pidió Emily levantando la ropa interior—. ¿Qué es este texto?

Elizabeth, Hedy y Gertie miraron divertidas.

—V de victoria —precisó la señora Herbert alzando la barbilla—. Nuestros muchachos van a ganar la guerra cualquier día y quiero enviar ese mensaje a los soldados alemanes alto y claro.

Todos los reunidos se rieron y vitorearon, excepto Margery.

—Señora Herbert, sabe tan bien como yo que no se permiten mensajes escritos de ningún tipo en estos paquetes —dijo con una mirada de desaprobación.

—Oh, muy bien —expresó la señora Herbert, tomandolos de las manos de Emily—. Supongo que tendré que usarlos y mostrar mi trasero a la próxima nave aérea que vuele sobre nosotros.

Emily se aguantó la risa cuando Margery puso los ojos en blanco.

—Muy impropio —comentó, pero no con mucho vigor.

—¿Podemos hablar de *Cumbres borrascosas*, por favor? —pidió Ethel Wise, volviéndose hacia Gertie después de que la señora Herbert se marchó.

—Oh, sí, fue una buena elección, señora Bingham —mencionó Emily—. Me encantaría perderme en los páramos con Heathcliff.

—¡Señorita Farthing, por favor! —la regañó Margery.

—Lo siento, señora Fortescue.

—Verán, yo estaba un poco confundida —admitió Ethel lentamente.

—¿Cómo es eso? —preguntó Gertie.

—Bueno, había tantos personajes y todos tenían el mismo nombre.

—Está Catherine Earnshaw y tiene una hija llamada Cathy —dijo Cynthia sentándose más erguida en su silla. Se había convertido en colaboradora habitual de los debates de sus clubes de lectura y Gertie siempre estaba agradecida por su vasto conocimiento literario.

—¿Es ella la que ama a Heathcliff?

—No. Es Catherine quien ama a Heathcliff.

—Oh, ¿y Cathy también es su hija?

—No. Catherine se casa con Edgar Linton. Cathy es su hija.

—Ya veo, ¿entonces Heathcliff no se casa?

—Lo hace. Se casa con la hermana de Edgar, Elizabeth Linton, y tienen un hijo llamado Linton Heathcliff, que se casa con Cathy.

La frente de Ethel estaba fruncida cada vez más profundamente mientras luchaba por mantenerse al día.

—Entonces, ¿Heathcliff se casa con Cathy?

Cynthia lanzó una mirada suplicante hacia los demás.

—Es el hijo de Heathcliff quien se casa con la hija de Catherine, pero luego su hijo muere y ella se casa con Hareton Earnshaw —explicó Hedy.

—¿Y quién diablos es él?

—Es el hijo del hermano de Catherine, Hindley.

Ethel levantó las manos.

—Es demasiado complicado. ¿Por qué no podría la autora darles nombres diferentes como Jim, Bet o Ethel?

Hedy se rio.

—No estoy segura, pero ¿lo disfrutaste?

—Oh, sí —exclamó Ethel.

—Fue un gran deleite.

Gertie sonrió para sí misma mientras escuchaba su conversación.

Cuando Charles le pidió que acogiera a un niño hacía tantos años, nunca podría haber imaginado cómo transformaría su vida. La suya era una relación forjada en la necesidad que había florecido en un lazo de verdadera amistad.

La noche en que compartió su culpa por la muerte de Harry, Hedy le ofreció sus brazos y, mientras lloraba, Gertie no había sentido tanto consuelo desde que su madre vivía. Era como si el amor la sostuviera en la palma de la mano.

Sabía que nunca habría tenido el coraje de asumir los desafíos de esta guerra sin Hedy; para caer y levantarse de nuevo, para apoyar a su comunidad, para ofrecer alivio y consuelo. Gertie se había dado cuenta de que las guerras no eran peleadas por generales y políticos. Fueron combatidas por ejércitos de gente común luchando, luchando y sosteniéndose unos a otros mientras avanzaban. Personas comunes que viven tiempos extraordinarios y marcan la diferencia a través de pequeños esfuerzos y gran coraje. Eran Margery y su legión de tejedoras, Gerald y su Protección Contra Ataques Aéreos y la Librería Bingham que ofrecía un escape a través del poder de las historias.

Cuando Gertie regresó a casa con Hedy y Elizabeth, un rato después, un viento helado les mordió las orejas. Gertie ajustó su bufanda con más fuerza alrededor de su cuello y miró hacia los bancos de nubes blancas con un escalofrío.

—Me pregunto si tendremos nieve para Navidad.

—Siempre nevaba en Múnich —mencionó Hedy con aire melancólico.

—Una blanca Navidad, como en la canción —afirmó Elizabeth—. Hablando de canciones, ¿alguna de ustedes está tentada a actuar en el evento?

—No te asustes, pero tengo muchas ganas de escuchar cantar a Margery —dijo Gertie.

—Estoy segura de que a Billy le encantaría hacer algo de magia —aseguró Elizabeth.

—Debería —afirmó Hedy—. Su truco con la moneda que desaparece es muy impresionante.

Cuando doblaron la esquina de su calle, Elizabeth se detuvo en seco.

—¿Estás bien, querida? —preguntó Gertie.

—Ese es mi padre —respondió señalando con la cabeza el brillante Daimler negro estacionado afuera de su casa. Mientras se acercaban, un chofer apareció en el frente. No saludó a ninguna de las mujeres mientras le abría la puerta a su empleador. La figura que salió del auto se movía con la confianza de un hombre acostumbrado a que la gente obedeciera su voluntad. Con su pelo gris bien peinado y su bigote oscuro, a Gertie le recordaba un poco a Neville Chamberlain.

—Elizabeth —dijo con un breve asentimiento.

—Hola, padre.

—¿Dónde está el niño?

Elizabeth entrecerró los ojos.

—Por *niño* me imagino que te refieres a tu nieto, Billy.

La mirada de su padre era pétrea.

—Tú y el chico necesitan volver a casa de una vez. Chivers te ayudará a hacer las maletas. —Hizo un gesto con la cabeza al chofer, que se encaminó hacia la casa.

—No vamos a ir a ninguna parte —sentenció Elizabeth.

Su padre miró hacia Gertie y Hedy.

—Tal vez podríamos tener esta discusión en algún lugar más privado.

—No hay discusión que tener, padre. Ahora, si me disculpas, necesito hacer algunas tareas antes de recoger a Billy de la escuela.

Elizabeth le dio la espalda y comenzó a caminar por el sendero del jardín.

—Tu madre está enferma —confesó con un ligero temblor en su voz.

Elizabeth se congeló, su rostro aún fijo en la casa.

—¿Qué le pasa?

—No hablaré de esto en público, Elizabeth.

Se volteó brevemente.

—Entonces no lo discutiremos en absoluto.

Gertie le tocó con suavidad el brazo.

—¿Por qué no entras con tu padre? Hace frío aquí. Puedo hacernos un poco de té a todos.

El padre de Elizabeth miró a Gertie con desdén.

—Gracias, pero no compartimos nuestros asuntos con extraños.

Elizabeth frunció el ceño.

—Ella no es una extraña. Es una querida amiga que me ha apoyado más que mi propia familia.

Gertie notó una sombra de dolor en su rostro.

—Entonces le diré a tu madre que no te importa, ¿de acuerdo?

—Adiós, padre —se despidió Elizabeth.

Hubo un momento de vacilación antes de que su expresión se endureciera. Hizo un gesto al chofer, quien le abrió la puerta y unos instantes después se habían ido.

Gertie intercambió una mirada con Hedy.

—Esa taza de té sigue en pie, querida. ¿O algo más fuerte si lo necesitas? —ofreció notando los dedos temblorosos de Elizabeth.

—Gracias —contestó Elizabeth siguiendo a ambas hacia dentro—. Me atrevería a decir que me consideran muy cruel.

—Si he aprendido algo en mis sesenta y tantos años es a nunca juzgar los libros por sus portadas —sentenció Gertie—. Siempre espera hasta que hayas escuchado la historia completa.

—Bueno, creo que es hora de que te cuente la historia completa.

—No es necesario que nos expliques nada —dijo Hedy.

—No. Todo está bien. Quiero hacerlo.—Gertie colocó un vaso de *whisky* frente a Elizabeth, quien probó un sorbo con una mueca de dolor.

—Supongo que ya habrás adivinado que el padre de Billy no está luchando en la guerra.

—Pensé que Billy podría tener historias para compartir si así fuera —admitió Gertie.

—Lo conoces bien —dijo Elizabeth con una sonrisa afectuosa—. La verdad es que su padre es un hombre muy eminente. Un amigo de mi padre, de hecho.

—Ah, ya veo.

—Sí. Puedes imaginar cómo reaccionó mi padre ante ese pequeño escándalo. —Elizabeth tomó otro sorbo de *whisky* antes de continuar—. Al principio quería echarme, pero luego mamá le hizo ver que eso causaría aún más revuelo. No ayudó que mis hermanas siempre hicieran exactamente lo que se les decía. Se casaron con hombres de familias ricas y les dieron nietos. Por desgracia, decidí enamorarme de un hombre casado y tener un hijo fuera del matrimonio. Probablemente has notado por el comportamiento de mi padre que está acostumbrado a que la gente haga lo que él les dice. Entonces, se puso en contacto con todos los propietarios de periódicos que conoce y la historia fue suprimida. Sólo le importa la reputación de su gran apellido. Billy y yo le importamos un bledo.

—Pero, ¿y el padre de Billy? ¿Lo ves alguna vez? —preguntó Hedy.

—Lo conoció una ocasión. En un parque, cuando era un bebé. No es precisamente una experiencia memorable que forje una vida de amor paternal. Sin embargo, sí paga la casa. Él y mi padre llegaron a un acuerdo.

—Lo siento mucho, Elizabeth —aseguró Gertie—. Tú y Billy son peones en todo esto.

Elizabeth se encogió de hombros.

—Es lo que sucede cuando te encuentras con hombres poderosos. Me considero una de las afortunadas. Tengo a Billy, tengo un techo sobre mi cabeza y te tengo a ti. ¿Qué más necesito?

—¿Y tu madre? —preguntó Gertie inclinándose al frente—. No quiero hablar si no me corresponde, pero pude ver cuánto ama a Billy cuando llamó en Navidad. Y cuánto él la ama también.

Elizabeth se cruzó de brazos.

—Ella se pone del lado de papá. Viene a ver a Billy, pero siempre en secreto, como si se avergonzara de nosotros.

Gertie puso una mano sobre la de Elizabeth.

—Entiendo tu angustia, pero también puedo ver lo difícil que es para tu madre. Ella claramente se preocupa por ustedes dos.

Elizabeth se movió en su asiento.

—¿Crees que debería ir con ella?

—Puede que te arrepientas si no lo haces —especuló Hedy.

Elizabeth la miró fijamente.

—Lo siento, Hedy. Debes pensar que soy un monstruo. Sé que harías cualquier cosa por ver a tu propia madre.

Hedy negó con la cabeza.

—Todas somos diferentes. Mi madre solía enfurecerme a veces, pero nadie me amó más que ella. Creo que es lo mismo con tu madre. Vi cómo fue con Billy. Quiere mejorar las cosas, pero no sabe cómo hacerlo.

Los ojos de Elizabeth se llenaron de lágrimas.

—Tienes razón. Por supuesto que sé que tienes razón. Me he sentido tan sola. Hasta ahora.

—Tal vez así es como se siente tu madre —comentó Gertie.

Elizabeth asintió.

—Debo ir con ella. Me llevaré a Billy. Al diablo con lo que piensa mi padre. Gracias a ustedes dos. Me preocupaba que pensaran mal de mí.

—Hay mucha gente haciendo cosas terribles en el mundo en este momento —dijo Gertie—. Te puedo asegurar que no eres una de ellas.

Margery Fortescue lo había logrado una vez más. El salón del pueblo estaba fragante con el delicioso aroma a pino, producido por el abeto que ella había ordenado a Gerald que cortara de su jardín esa mañana. Se sentó con orgullo en la esquina del escenario decorado con piñas encaladas y lazos hechos a mano con restos de tela. Guirnaldas de acebo y hiedra, que brillaban gracias a la ingeniosa idea de Emily Farthing de sumergirlas en una fuerte solución de sales de Epsom, colgaban de esquina a esquina. El viejo generador siseó desde el otro extremo de la sala, listo para servirle el té a la audiencia, que ahora se reunía muy emocionada con murmullos de anticipación. Gertie y Hedy ocuparon sus lugares junto a Elizabeth y Billy, quien se veía extremadamente elegante con su capa de mago y su corbata de moño.

—Mamá, ¿tengo que hacer mis trucos? —susurró.

Elizabeth pasó una mano por su cabello.

—Has estado practicando toda la semana, Billy.

—En realidad me gustaría ver tu presentación —dijo Hedy.

—¿Serás mi asistente?

—Sería un honor para mí.

—Fuimos a visitar a mi madre la semana pasada —susurró Elizabeth cuando Margery subió al escenario.

—¿Cómo está? —preguntó Gertie.

—Mucho mejor, gracias. Fue una buena visita —mencionó Elizabeth.

—Me alegro, querida —dijo Gertie, palmeando su mano.

—Buenas noches a todos —gritó Margery en tono resonante—. Bienvenidos a nuestro evento de Navidad. Tenemos un programa maravilloso lleno de talento sorprendente. Y para comenzar nuestro espectáculo, les presento a la señorita Eleanora Snipp, quien interpretará el «Ave María» en la sierra.

Gertie observó con asombro cómo su recepcionista, a quien conocía desde hacía más de treinta años, comenzaba a tocar el más excéntrico de los instrumentos, con la expresión fija en una seria concentración. Fue fascinante y extrañamente encantador, y la primera de una sucesión de muchas sorpresas entretenidas esa noche. El señor Travers demostró ser un experto en la armónica, Emily Farthing los entretuvo con una canción y un número de comedia que le recordó a Gertie a Gracie Fields, mientras un hombre montaba un monociclo, otro equilibraba ladrillos y una mujer bailaba claqué y tocaba el banjo al unísono perfectamente. Gertie lo encontró todo encantador. Cuando llegó el turno de Billy, su madre lo besó en la mejilla y Hedy le tendió la mano.

—Está muy nervioso —le susurró Elizabeth a Gertie.

Hubo un crujido detrás de ellas cuando la puerta del pasillo se abrió. Gertie miró por encima del hombro y vio aparecer a la madre y al padre de Elizabeth. Cuando Gerald se puso de pie para dejar que *Lady* Mary se sentara, ella aceptó con una graciosa inclinación de cabeza, mientras su esposo permaneció de pie a un lado de la habitación con cara de piedra. Gertie miró a Elizabeth, quien estaba paralizada por su hijo y no había notado la entrada de sus padres. Billy ya tenía al público en la palma de su mano mientras sacaba una hilera de banderas del bolsillo de Hedy. Hedy estaba actuando como la asistente perfecta al reaccionar a sus acciones con una mezcla de asombro y deleite. Gertie y Elizabeth se rieron junto con todos cuando Billy le pidió a Hedy que imitara a un pollo mientras agitaba su varita mágica sobre una bolsa de fieltro negra vacía. Cuando sacó dos huevos de la bolsa, la multitud rugió. Para su final, se ganó un acalorado aplauso al fingir arrojar una jarra de agua, que resultó estar llena de serpentinas plateadas, sobre los espectadores. Elizabeth y Gertie se pusieron de pie de un salto, gritando y vitoreando con el resto de la audiencia. Gertie echó un vistazo detrás de ella y notó que la madre de Elizabeth estaba haciendo lo mismo mientras que la expresión seria de su padre se había convertido en una de ojos brillantes y divertidos. Billy y Hedy hicieron varias reverencias antes de que él la sacara del escenario.

—¡Abuela! —gritó corriendo hacia el fondo del salón tan pronto como la vio.

Elizabeth miró con asombro cómo Billy volaba a los brazos de su madre. Se volteó hacia su padre, quien saludó a su hija con un asentimiento cortés.

Margery apareció en el escenario una vez más, esperando el silencio del público.

—Me gustaría agradecer a todos nuestros artistas —dijo—. Espero que estén de acuerdo en que esta ha sido una velada muy gratificante. Debo agradecer a la señora Gertie Bingham por haber tenido la idea en primer lugar. —Hubo vítores de acuerdo mientras dirigía a la audiencia en una ronda de aplausos. Margery esperó a que el clamor se calmara antes de continuar—. Todos enfrentamos tiempos difíciles y oscuros, pero creo que podemos seguir adelante gracias a las personas que nos rodean—. Miró a Gertie—. Obtenemos fuerza unos de otros cuando más lo necesitamos, y por mi parte, estoy agradecida de ello. Me gustaría terminar esta noche con una canción. Un amigo me dijo que cantara esta noche, pero les pediría que se unieran porque creo que todos conocemos la letra. Gerald, si fueras tan amable.

Gerald ocupó su lugar al piano y tocó los primeros compases de «We'll Meet Again». Margery comenzó a cantar, impresionando a todos con su tono claro y dulce. Lentamente, toda la sala comenzó a unirse en un coro entusiasta de la canción que era tan familiar y conmovedora para todos. Al final, no hubo un solo un ojo seco en el lugar.

—Qué tarde tan espléndida —exclamó Gertie cuando salían del salón—. Y logramos pasar todo el espectáculo sin un ataque aéreo.

—¿Pueden la abuela y el abuelo venir y quedarse en nuestra casa esta noche? —preguntó Billy.

—Esta noche no —contestó Elizabeth.

—Pero te veremos en Navidad —aseguró Lady Mary.

—¿En serio? —preguntó Billy.

Su madre asintió.

Billy abrazó a su abuela y luego, por instinto, a su abuelo, quien lo miró asombrado antes de que su rostro se suavizara.

—Éste es un buen muchacho —afirmó acariciando la cabeza de su nieto.

Lady Mary tomó a Gertie de la mano.

—Gracias —susurró— por persuadir a Elizabeth para que viniera a vernos. Sé que tuvo algo que ver y se lo agradezco.

Gertie vio a Elizabeth dándole un beso de buenas noches a su padre.

—Las familias deben cuidarse unas a otras si pueden —dijo—. Feliz Navidad, *Lady* Mary.

—Feliz Navidad, señora Bingham.

La Navidad fue un asunto tranquilo. Con Elizabeth y Billy fuera y la señora Constantine en casa con un resfriado, sólo estaban Gertie, Hedy y Charles para la cena de Navidad. Incluso Hemingway parecía sin entusiasmo con las delicias festivas que se ofrecieron ese año. El cordero seguido de peras en lata no parecía una receta para alegrarse y, sin embargo, cuando los tres se sentaron alrededor de la mesa, Gertie supo que tenía mucho que agradecer.

Un extraño que los mirara ahora podría suponer que eran una familia y, en muchos sentidos, para Gertie, eso era precisamente lo que eran. Observó cómo Hedy se reía de algo que decía Charles y se preguntó por las circunstancias que los habían unido. Pensar que podría haberse perdido todo esto al jubilarse. No podía imaginar una vida más allá de la guerra, pero lo más importante de todo era que no podía imaginar un mundo sin esas dos personas. Por supuesto, extrañaba a Harry todos los días, pero la vida sin él se había vuelto más soportable desde que la guerra le daba un nuevo propósito.

Mientras recogían los platos más tarde, Charles parecía más callado que de costumbre.

—Te doy un centavo si me cuentas en qué piensas —propuso Gertie entregándole un plato para que lo secara.

—Lo siento —dijo—. Cuanto mayor me hago, más melancolía encuentro en la Navidad. Demasiados años y demasiados recuerdos.

—Felices, sin embargo.

Él asintió.

—Muy. Ése es el problema. Debe ser lo mismo para ti.

—Sí, pero parece que estoy creando nuevos recuerdos en estos días, y los viejos me brindan consuelo.

—Dios mío, Gertie. Suenas realmente adulta.

Ella rio.

—A la grandiosa vejez de sesenta y cuatro años. —Lo miró de reojo—. ¿Puedo hacerte una pregunta?

—Por supuesto.

—¿Por qué nunca te casaste? ¿Fue sólo porque jamás apareció la persona adecuada?

Miró por la ventana hacia la oscuridad.

—Algo así.

El teléfono empezó a sonar en el pasillo.

—Yo contestaré —exclamó Hedy.

Gertie le tocó el brazo.

—Está bien, Charles. Me puedes decir. Hemos sido amigos por mucho tiempo. No me sorprenderé.

Charles abrió la boca para responder cuando Hedy dejó escapar un grito de angustia. Gertie arrojó el trapo que traía en las manos y salió corriendo al pasillo.

—¿Qué pasa, querida? ¿Qué ha pasado?

Hedy volteó con lágrimas en los ojos.

—Sam y Harris intentaron escapar del campamento, pero un guardia le disparó a Harris. Está muerto.

Gertie le tocó suavemente el brazo.

—¿Qué pasó con Sam?

—Ha desaparecido, Gertie. —Hedy la miró fijo—. Está pró-
fugo. Si lo encuentran, lo matarán.

Gertie miró a Charles mientras envolvía a Hedy en un fuerte abrazo. Era todo lo que podía hacer, consolar y tranquilizar,
murmurar que todo iría bien, mientras se aferraba a la esperanza de que fuera cierto.

TERCERA PARTE

1944
20

No tengo miedo a las tormentas, pues estoy aprendiendo cómo navegar mi propio barco.

Louisa May Alcott, *Mujercitas*

La boda civil de Margery y Gerald fue inesperada. Para una mujer cuyo conservadurismo podría desafiar al de Churchill, fue sorprendentemente impulsiva. La novia se veía radiante con un traje utilitario azul de la fuerza aérea, evitando su sombrero habitual en favor de uno inclinado, adornado con plumas a juego. El novio vestía su mejor traje, una rosa de Navidad de su jardín y la sonrisa más grande que Gertie había visto jamás. Las mujeres del grupo de voluntarias, Gertie y Hedy entre ellas, formaron una guardia de honor con agujas de tejer, mientras que los guardianes de PCAA de Gerald tocaron sus campanas de «todo despejado» en celebración. En el almuerzo, que se realizó después en la casa de Margery, hubo sándwiches de sardina, flanes de papa y queso, todo tipo de ensaladas de vegetales, gracias a la abundante cosecha de Gerald, y un pastel de frutas hecho con las raciones que Margery, la señora Constantine, Gertie y la señorita Snipp juntaron. Gerald se las había arreglado para comprar un barril de cerveza de un amigo tabernero local, lo que se sumó al alegre ambiente de fiesta. Archibald Sparrow, quien había estado

293

cortejando discretamente a Cynthia desde la discusión del club de lectura de Wodehouse, era un pianista talentoso y estaba más que feliz de entretener a la reunión en lugar de relacionarse socialmente con ellos. Cynthia se sentó a su lado en el taburete del piano, sonriendo y, de vez en cuando, estirando la mano para pasarle la página.

—Tal vez deberíamos anunciar que la Librería Bingham es el mejor lugar para enamorarse —le dijo Gertie a Hedy mientras observaban a la pareja enamorada.

—Tal vez seas tú, Gertie —comentó Hedy—. Después de todo, no habría conocido a Sam si no fuera por ti.

Gertie le apretó el brazo. No había habido noticias de Sam desde su fuga. Hedy lo soportaba todo con el estoicismo que había aprendido a llevar como un manto desde el inicio de la guerra. Ya no corría al correo ni preguntaba si había telegramas. Gertie sabía que Hedy estudiaba con detenimiento las noticias y había escuchado los rumores sobre la difícil situación de los judíos. Antes habría tratado de protegerla de eso, pero Hedy era ya una adulta. No se podía ocultar la terrible verdad de la guerra cuando la vivías. Lo único que podían hacer era aferrarse al hecho de que no tener noticias era una buena noticia. Parecía extraño vivir en un mundo donde tu esperanza existía sólo porque nadie te había dado la noticia para extinguirla y, sin embargo, ¿qué opción tenían? Si nadie perdía esa esperanza, entonces permanecía, como una pequeña semilla esperando ser nutrida.

—¿Pastel de frutas?

Gertie se giró para ver a Margery tendiéndole un plato.

—Gracias. ¿Cómo estás?

—Nunca he sido más feliz, mi querida Gertie. Por cierto, quería decírtelo. Leí *Jane Eyre*.

Gertie la miró a los ojos.

—Margery Fortescue leyó un libro.

—Margery Travers, por favor —precisó con una sonrisa—. Bueno, ya sabes cuánto le gusta leer a Gerald y dijiste que era una buena historia.

—¿Y? ¿Qué pensaste?

Margery asintió con aprobación.

—Admiro el valor de Jane. Sería una excelente recluta para la organización.

Gertie se rio.

—Esta es una celebración espléndida, Margery. Me alegro por ti y por Gerald.

—*Carpe diem*, mi querida Gertie. Todos podríamos ser volados de nuestras camas en cualquier segundo. Tienes que agarrar estas posibilidades de felicidad por el cuello mientras puedas.

Gertie se preguntó cómo se sentiría la felicidad si de verdad la gente la agarrara por el cuello, pero supuso que cumpliría con los deseos de Margery, como hacía la mayoría de la gente.

—Hacen una pareja maravillosa.

Margery asombró a Gertie al besarla en la mejilla.

—Nunca hubiera sucedido de no ser por ti, querida. Gerald y yo te llamamos «nuestro pequeño cupido». Es un hombre encantador. Nunca habrá otro como mi Edward, pero nunca habrá otro como mi Gerald. Me considero muy afortunada de haber sido bendecida con dos maridos tan buenos. Sabes, realmente deberías pensarlo, Gertie.

—Si me encuentro por casualidad con Clark Gable de camino a casa, me aseguraré de hacerle la pregunta.

—Lo digo en serio. Nunca es demasiado tarde para una segunda oportunidad de ser feliz.

Ya fuera por el apoyo de Margery o por el hecho de que Gertie había bebido un vaso de cerveza para brindar por la feliz pareja, tomó la decisión de telefonear a Charles esa noche. No habían hablado desde Navidad. Gertie recordó su conversación inconclusa y decidió que era hora de retomar el hilo.

—¿Gertie? ¿Está todo bien? —Parecía cansado.

—Todo está bien. Quería hablar contigo sobre lo que se dijo en Navidad.

—No estoy seguro de que sea un buen momento.

Gertie estaba decidida a no dejarse engañar.

—¿Cuándo será un buen momento, Charles? Cuándo termine esta maldita guerra, porque quién sabe cuándo será. Es claro que necesitamos vivir el día a día. O aprovechar el tiempo o algo así.

—¿Has estado bebiendo, Gertie? —Su voz era suave, burlona, era el Charles de antaño, con quien podría compartir sus sentimientos más profundos.

—Un poco. Margery y Gerald se casaron hoy y es posible que haya bebido una pequeña cerveza para brindar por su felicidad.

—Bien por ti, Gertie.

—Y, en consecuencia, me siento bastante lenguaraz.

—Estoy impresionado de que todavía puedas decir la palabra.

Gertie se rio.

—Te amo, Charles Ashford.

—Yo también te amo, Gertie Bingham.

—No. Quiero decir que te amo como Margery ama a Gerald. Bueno, tal vez no así. No te mandaría como ella manda a Gerald, pero te amo y creo que es hora de que nos casemos. —Hubo un silencio al otro lado de la línea—. ¿Charles? estás ahí todavía ¿Escuchaste lo que dije?

—Sí.

—Oh —exclamó ella—. Tú no me amas de esa manera.

—Gertie…

—No. Está bien, Charles. He sido una perfecta tonta. Por favor, perdóname.

—Gertie, por favor escucha. Todo está bien. Me halaga. Estoy muy, muy halagado, pero la verdad es que nunca podría hacerte feliz. Nunca podría hacer feliz a nadie. Te amo mucho, más que a cualquier esposa, en verdad, pero no soy el hombre para ti. Lo lamento.

Gertie se sintió aliviada de que no pudiera ver su rostro, estaba convencida de que ahora tenía el color de una de las preciadas remolachas de Gerald.

—Todo está bien, Charles. Entiendo. Es sólo que significas el mundo para mí y pensé que podría haber más. Seguimos siendo amigos, ¿no?

—Por supuesto. Para siempre y un día más. Te amo, Gertie Bingham.

—Yo sé que sí. Buenas noches, Charles.

Gertie colgó el teléfono y se hundió en su sillón, agarrándose la frente con las manos. Hemingway se inclinó y apoyó la cabeza en su regazo. Ella acarició su suave pelaje y suspiró.

—Tu ama es una completa tonta.

Las bombas voladoras trajeron un nuevo terror que Gertie no había experimentado desde el *Blitz* de Londres. Eran implacables y mortales, cayendo toda la noche y todas las noches durante semanas. Incluso si Gertie hubiera querido dormir, no habría podido, especialmente en las noches en que Hedy estaba de guardia en el ARP. Se sentó en el refugio con Hemingway acurrucado pero alerta a sus pies. Echaba de menos la presencia tranquilizadora de los Chambers, pero estaba contenta de que Elizabeth hubiera decidido llevarse a Billy a vivir con sus padres. Al menos estarían a salvo allí.

Esas noches, Gertie se distraía con un libro. Los clubes de lectura de ataques aéreos y prisioneros de guerra se habían ido fortaleciendo en el transcurso de la guerra. Para gran disgusto de la señorita Snipp, ahora enviaban libros a todos los rincones del mundo. El libro de este mes había sido sugerido por Cynthia. Se acercó a Gertie un día cuando la tienda estaba tranquila, deslizando una copia de *Mujercitas* sobre el mostrador.

—Pensé que esto podría ser una buena lectura para el club —señaló evitando la mirada de Gertie—. Lo encontré muy reconfortante después de la muerte de mi padre.

—Creo que es una idea maravillosa —opinó Gertie—. Marmee siempre me recuerda a mi madre.

Cynthia sonrió al suelo.

—Laurie me recuerda a Archie.

Gertie estaba perdida en el mundo de las chicas March cuando escuchó caer la primera bomba fantasmal. Un robot mortal rechinando los dientes. Un momento de silencio sepulcral. La carrera chirriante de un tren de vapor seguido de astillas, aplastamientos, caídas, golpes sordos. Caos. Carnicería. Calles enteras arrasadas. Cuerpos destrozados. Niños enterrados vivos. El infierno en la tierra.

Cuando Hedy regresaba de noches como esta, mientras el sol se abría paso entre las nubes, transformando el cielo de escarlata a anaranjado intenso, a limón maduro, Gertie siempre la estaba esperando en la mesa de la cocina. Hacía té y escuchaba las historias de Hedy con lágrimas en los ojos, agradecida por su regreso a salvo. Gertie se alegró de haber compartido estos cuentos en lugar de tragárselos para que permanecieran en su corazón. Mejor hablar y llorar por la familia cuyo bebé había volado de su cuna y que Hedy cubrió con su abrigo y llevó a la ambulancia, o la pareja de ancianos que fueron encontrados entre los escombros todavía abrazados en la cama conyugal que compartieron durante más de cincuenta años. Es mejor mirar el horror y la inhumanidad directo a los ojos, verlos fijamente para que no te arrastren a su oscuro pozo de desesperación, para que puedas levantarte de nuevo y enfrentar otro día.

Gertie siempre descansaba mejor las noches en que Hedy estaba en casa. No era sólo la compañía; era la seguridad de que sabía dónde estaba. «Si la mantengo cerca, puedo mantenerla a salvo», se decía a sí misma. Gertie sabía que a veces su alboroto irritaba a Hedy. Cinco años de guerra habían pasado factura y era difícil no perder la paciencia. Una noche, la sirena sonó poco después de la medianoche y Gertie se apresuró a levantarse de la cama.

—Vamos, Hedy. Bajemos al refugio —exclamó llamando a su puerta. Hubo un gemido desde adentro—. Vamos, querida. Tenemos que darnos prisa.

—Esta noche no, Gertie. Déjame quedarme en mi cama. Por favor.

Gertie empujó la puerta mientras su mente daba vueltas por el pánico. Retiró las sábanas de la cama de Hedy.

—Tienes que venir de inmediato. Es demasiado peligroso quedarse adentro.

Hedy se quitó las sábanas y se tapó la cabeza con la almohada.

—Vete, Gertie. No tengo que hacer lo que dices. No eres mi madre.

Gertie dio un paso atrás como si la hubieran picado.

—No, no soy tu madre, pero estoy segura de que ella no querría que te quedes en tu cama mientras las bombas de Hitler caen sobre tu cabeza.

Hubo un momento de silencio antes de que Hedy emitiera un gemido de resignación.

—Está bien. Ya voy.

El ambiente era tenso cuando se instalaron en el refugio. Gertie encendió la vela mientras Hedy se acurrucaba en una de las literas y sacaba su libreta.

—¿Cómo te va con tu historia? —preguntó Gertie.

—Bien —respondió Hedy garabateando.

—Lo siento si crees que hago un escándalo, pero tengo que mantenerte a salvo para tu madre, ya ves.

—Lo sé. —Hedy siguió escribiendo, así que Gertie sacó su libro y comenzó a leer—.

—¿Gertie? —intervino Hedy después de un rato.

—¿Sí, querida?

Hedy levantó la vista de su cuaderno.

—Lo siento por lo que dije.

—Todo está bien.

—Me pongo de mal humor cuando estoy cansada.

Gertie sonrió.

—Yo también. Continúa con tu escritura. Hemingway y yo estamos acostumbrados… —Ella se congeló.

—Oh, no —Gertie se volvió presa del pánico—. No debe haber oído la sirena. Está un poco sordo estos días. Estoy tan acostumbrada a que me siga hasta aquí.

—Puedo ir a buscarlo —afirmó Hedy.

Gertie negó con la cabeza.

—Quédate aquí. Sólo saldré un momento. Tal vez puedas leerme algo de lo que has escrito cuando regrese. Quiero saber si Arno y Gertie escapan del monstruo.

—Sí, por favor —pidió Hedy—. Necesito algunos consejos sobre la siguiente parte de la historia.

El cielo parecía un dosel claro de seda azul salpicado de estrellas plateadas; mientras Gertie regresaba a la casa, la luna iluminaba su camino. En noches como ésta era fácil olvidar que había una guerra. Gertie entró por la puerta trasera.

—¿Hemingway? ¿Hemingway? —gritó. Caminó a través de la cocina hasta el vestíbulo, mirando hacia el salón, pero él no estaba a la vista—. ¿Hemingway? —gritó cada vez más alarmada mientras subía las escaleras. La luna arrojaba un fragmento de luz lechosa sobre el rellano donde yacía Hemingway, su gran cuerpo de pelaje esparcido entre las dos puertas abiertas de los dormitorios de Gertie y Hedy. Un escalofrío de terror recorrió las venas de Gertie mientras miraba su pelaje, incapaz de detectar el ascenso y descenso de su respiración—. ¿Hemingway? —susurró con lágrimas en los ojos. Extendió una mano vacilante hacia su cabeza grande y suave—. Mi querido, dulce mucha-cho. No tú también. No mi querido Hemingway. —Tan pronto como ella hizo contacto con su pelaje, el perro abrió un ojo y la miró con curiosidad. Gertie se agarró el pecho—. ¡Oh, gracias a Dios! —exclamó enterrando la cara en su cuello—. Gracias a Dios. Ven conmigo, muchacho. Debemos volver con Hedy, ella está preocupada por ti.

Descendían por las escaleras cuando Gertie escuchó el zum-bido pulsante. Parecía venir de la nada, pero de repente era como si mil avispas hubieran instalado sus enjambres sobre la casa. Y luego, silencio. Gertie miró hacia la cocina. No había tiempo para llegar al refugio. No había tiempo para correr. No había tiempo para hacer nada más que rezar. Arrojó su cuerpo sobre el de Hemingway y contuvo la respiración. El mundo explotó. La oscuridad cayó sobre ella.

21

Haz lo que creas más sabio y amable,
y saca lo mejor de nosotros y no lo peor.

Charles Dickens, *Tiempos difíciles*

Gertie no se iría. No podía hacerlo. Mientras Hedy estuviera atrapada bajo la montaña de escombros de la casa que daba al jardín, ella se quedaría y la buscaría. Los bomberos intentaron razonar con ella «No es seguro, señora», y luego Gerald hizo todo lo posible por persuadirla: «Le ruego, señora Bingham. ¿Por qué no esperamos al equipo de rescate?». Finalmente, enviaron a buscar a Margery Travers.

—Si vienes a decirme que es demasiado peligroso para una mujer como yo, puedes ahorrarte tus palabras —sentenció Gertie levantando otro ladrillo de la inmensa pila que cubría el refugio.

—No me atrevería —admitió Margery—. He traído té y un par de manos adicionales, si me lo permites.

Gertie parpadeó ante el rostro de esta mujer feroz siendo amable y sintió cómo su labio temblaba.

—Le dije que se quedara en el refugio, Margery —susurró—. Pensé que estaría a salvo allí. Volví por Hemingway. —Miró de reojo al perro que yacía cerca, observando el drama con ojos desolados.

—Tranquila, tranquila, Gertie. No hay tiempo para todo eso. Hiciste lo que creías que era correcto. Eso es todo lo que podemos hacer. Ahora, debemos concentrar todos nuestros esfuerzos en el rescate —puntualizó mientras extendía una mano y apretaba su brazo—. La encontraremos.

Trabajaron toda la noche y hasta la mañana siguiente, mientras el día amanecía entre tonos rosados y anaranjados, en un cielo aún espeso por el humo y el polvo de yeso. Gerald apareció después de su turno como vigilante, trayendo otra botella de té y un aire de tranquilo propósito. Juntos, los tres se esforzaron y arrastraron los escombros sucios hasta que sus manos quedaron en carne viva. La tarea parecía imposible, como intentar cavar nieve en medio de una avalancha. Gertie miró desde el montón que habían despejado hacia las montañas de escombros que quedaban y sintió que sus hombros se hundían.

—Pensamos que podrías necesitar ayuda —expresó una voz familiar.

Gertie se giró, parpadeando entre el polvo de escombros hacia la señorita Snipp, quien estaba junto a la señorita Crow, Cynthia y varios voluntarios de la organización de Margery, incluida Emily Farthing. Por una vez en su vida, Gertie Bingham se quedó sin palabras.

—Muy bien —dijo Margery arremangándose—. Justo lo que necesitamos. Bien. Señorita Farthing, empiece a despejar desde este lado con la señorita Crow; Cynthia, ven conmigo y la señorita Snipp. Gertie, Gerald, los demás están con ustedes.

Hemingway rodeó al grupo mientras trabajaban, oliendo el aire en busca de su amada Hedy. Después de varias horas de limpieza, se escuchó un grito.

—¡Aquí veo hierro corrugado! —exclamó Emily.

Hemingway se dirigió directamente hacia el lugar y comenzó a ladrar.

—¡Aquí! —replicó Margery—. Necesitamos cavar aquí.

Se apresuraron hacia allí y redoblaron sus esfuerzos en ese único lugar, despejando lo más rápido posible hasta que todos estuvieron cubiertos de polvo y la puerta del refugio se hizo visible.

—De acuerdo —comentó Margery—. Nosotras podemos. —Tiraron de la puerta, que estaba torcida y atascada—. Otra vez —dijo levantando la barbilla—. Imaginen que estamos jugando a la cuerda con el mismísimo Hitler. —Se intercambiaron miradas que mostraban su determinación—. A mi cuenta. Uno. Dos. ¡Tres! —La puerta cedió con un chirrido metálico mientras la arrancaban de sus goznes. Echaron un vistazo a la oscuridad tenebrosa—. Necesitamos luz —pidió Margery.

Gerald pasó su linterna a Gertie, cuyos dedos temblaron al recibirla. Margery colocó una mano en su hombro mientras dirigía el haz de luz hacia el interior. El refugio lucía casi como lo había dejado. Estaban los colchones, las mantas, su taza de té y el libro de antes, la vela caída en el suelo. Gertie entrecerró los ojos, desesperada y temerosa de lo que podría ver mientras movía con rapidez la luz de izquierda a derecha.

Lo primero que captó su atención fue el relicario, destellando como un tesoro perdido. El relicario que Sam le había regalado a Hedy en su decimosexto cumpleaños, cuando el mundo aún estaba intacto, cuando la vida estaba llena de luz. Siguió el haz de luz y allí, acurrucada en la esquina, con los ojos cerrados como si estuviera profundamente dormida, se encontraba Hedy.

—¡La veo! —exclamó—. Ayúdenme a bajar. Por favor. Alguien ayúdeme a bajar.

Unas manos fuertes se extendieron para levantar a Gertie en la oscuridad. Margery iluminó con la linterna mientras Gertie se acercaba despacio hacia Hedy, su corazón retumbando en sus oídos. «Por favor», rezó. «Por favor, que esté viva». Se acercó con sigilo, susurrando.

—Hedy, ¿me puedes oír? Hedy, ¿puedes oírme?

El silencio era sofocante.

—Verifica su pulso, Gertie. Siente su muñeca —instó Margery.

Gertie se arrodilló a su lado y extendió la mano en medio de la oscuridad húmeda. Tomó su mano. Estaba helada.

—Lo siento tanto, mi querida Hedy —susurró, las lágrimas brotando en sus ojos—. Lo siento tanto, tanto.

Sintió su muñeca, trazando las venas con la yema de los dedos, esperando desesperadamente, deseando que hubiera el más mínimo latido de vida. Gertie comenzó a negar con la cabeza al darse cuenta de que era inútil.

—No. No, no, no.

—Prueba en su cuello —propuso Margery—. Justo debajo de la parte posterior de su mandíbula.

Gertie hizo lo que se le indicó, conteniendo las lágrimas.

—Por favor, Hedy. Por favor. El mundo te necesita. Yo te necesito —suplicó.

Cerró los ojos mientras los pensamientos de todos aquellos a quienes había amado y perdido inundaban su mente. No había podido salvarlos y ahora también perdería a esta preciosa niña, quien había sido entregada a Gertie por su propia madre. Una visión de los rostros luminosos de sus seres queridos danzaba ante ella: Jack bromeando con Gertie en su boda, Lilian reconfortándola cuando estaba enferma, su padre sonriendo con orgullo y Harry. Querido Harry. Su verdadero y único amor. En ese momento, Gertie lo sintió. Su propio corazón dio un salto al unísono. ¡Un destello de vida! ¡Un pulso débil, pero muy claro! Abrió los ojos y se puso de pie de un salto.

—¡Está viva! —gritó—. Puedo sentir un pulso, pero es muy débil. ¡Llamen a una ambulancia! ¡Rápido! ¡Está viva!

—El pronóstico del médico era sombrío —dijo—. Tiene suerte de estar viva, pero aún no está fuera de peligro. Inhaló una gran cantidad de polvo de yeso mientras estaba atrapada bajo los escombros. Su función pulmonar está severamente comprometida. Por ahora, necesita descanso y recuperación.

Gertie la visitaba todos los días. Había horarios estrictos de visita, pero dependiendo de qué enfermera estuviera de turno, a veces se le permitía ignorar las reglas y quedarse un poco más. La enfermera Willoughby era su favorita. Tenía una hija de la misma edad que Hedy.

—Harías cualquier cosa para asegurarte de que estén bien, ¿verdad? —dijo.

Hedy aún no había abierto los ojos ni se había comunicado más que con un suave suspiro.

Gertie mantuvo la mirada fija en el rostro de Hedy.

—Sí —contestó—. Cualquier cosa.

La enfermera Willoughby alisó las sábanas de la cama.

—Mejorará pronto y la volverá loca en un abrir y cerrar de ojos, señora Bingham. Las chicas están hechas de material resistente.

Margery había dado instrucciones estrictas a Gertie para que no se preocupara por la librería.

—Nosotros nos encargaremos de ella en tu ausencia. La señorita Snipp nos mostrará cómo hacer las cosas y Cynthia está emocionada ante la perspectiva de trabajar allí. Tú concéntrate en que Hedy se recupere.

Gertie estaba agradecida. En realidad, no le había prestado ni un segundo de atención a la tienda. Sólo había una cosa en su mente y ocupaba cada hora de su día. Hedy era su último pensamiento antes de dormir por la noche y el primero por la mañana. Cuando estaba en el hospital, su atención se centraba

307

por completo en Hedy y cada vez que se iba, no podía dejar de pensar en la próxima visita.

Por alguna fortuna o milagro, los daños en la casa de Gertie habían sido mínimos. Los cristales de las ventanas destrozadas fueron recogidos y Gerald se encargó de reemplazarlos. Cuando Gertie estaba en casa, pasaba horas en la habitación de Hedy. Se sentaba en la mesa de tocador que Hedy había convertido en escritorio, colocando una mano sobre sus cuadernos y contemplando por la ventana el espacio más allá del montón de escombros en su jardín, donde antes se alzaba una fila de casas. Hemingway apenas se separaba de su lado. La recibía en la puerta cuando regresaba, como si estuviera ansioso por noticias, y la seguía por toda la casa, durmiendo al pie de su cama cada noche.

Un día, Gertie vio el montón de libros junto a la cama de Hedy y un volumen en particular le dio una idea. Durante la siguiente semana, más o menos, fue transportada a la década de 1920 en Berlín junto a Emil, Gustav y sus detectives, Pony Hütchen y el villano Herr Grundeis. Mientras leía en voz alta, Gertie echaba un vistazo ocasional a Hedy para corroborar si había algún destello de reconocimiento. Había escuchado historias de personas inconscientes que podían oír y decidió que este libro en particular podría ser el que despertara a Hedy. Al llegar a la última página de la historia, Gertie no pudo evitar sentirse desanimada. Sus ojos se empañaron mientras se aferraban a las últimas palabras. Fue entonces cuando escuchó un murmullo. Miró hacia Hedy y quedó asombrada al ver que sus labios se movían.

—¿Qué pasa? —exclamó—. ¿Qué estás tratando de decir, querida mía?

Gertie se inclinó hacia ella, haciendo todo lo posible por discernir las palabras.

—Dinero —susurró Hedy.

—¿Dinero?

Hedy asintió.

—Siempre debe enviarse por correo —susurró.

Gertie miró la página.

—Eso es lo que le dice la abuela a Emil —exclamó.

—Oh Hedy, recordaste la frase.

—Tres hurras —susurró Hedy.

Gertie alcanzó a ver la última línea de la historia.

—¡Sí! Así es. Tres hurras, en efecto.

Poco a poco, la salud de Hedy comenzó a mejorar. Gertie la visitaba todos los días, llevando más libros. Leían a Jane Austen, John Steinbeck, Emily y Charlotte Brontë, y, por insistencia del tío Thomas, también a Charles Dickens.

—Dickens es excelente para restaurar la constitución —le decía a Gertie al llamar para preguntar por Hedy.

Ahora Hedy tenía una corriente constante de nuevos visitantes. La señora Constantine, la señorita Snipp, Margery y Cynthia venían a pasar tiempo con la paciente. Un día, Charles apareció mientras Gertie estaba allí. Había estado fuera, pero aún así llamaba de vez en cuando. Sus intercambios habían sido excesivamente alegres, rozando en lo incómodo. Gertie sentía el calor del bochorno en el cuello mientras recordaba ahora su conversación después de la boda de Margery y Gerald.

—Charles —dijo Hedy, sus ojos se iluminaron al verlo. Su voz era rasposa y todavía estaba débil, pero Gertie notó que el color regresaba a sus ojos cada día que pasaba—. Es bueno verte.

—Es bueno verte también. Nos has asustado a todos —comentó él mirando a Gertie—, pero puedo ver que estás en las mejores manos posibles.

—Gertie me ha estado leyendo —aseguró Hedy.

—El poder curativo de los libros, ¿cierto? —preguntó Charles.

—En efecto —contestó Gertie levantándose de su silla—. Bueno, creo que es hora de que me vaya a casa. No quiero agotarte, Hedy.

—Por favor, no te vayas por mi culpa —pidió Charles.

Había algo suplicante en la forma en que lo dijo que hizo que Gertie volviera a sentarse. Después de media hora, Hedy comenzó a toser.

—Toma, Hedy. Bebe un poco de agua —mencionó Gertie presionando una taza de lata en sus labios.

—Perdón por interrumpirlos, la hora de visitas ha terminado —indicó la enfermera Willoughby, entrando con con cierta dulzura en la habitación—. Además, me parece que esta joven necesita descansar.

—Sí, por supuesto —secundó Charles levantándose—. Adiós, Hedy.

—Nos vemos mañana —respondió Gertie.

—Gracias por venir —replicó Hedy con voz vacilante.

—Parece que está mejorando —aseguró Charles mientras él y Gertie caminaban por el sinuoso pasillo hacia la salida.

—Es un largo camino hacia la recuperación, pero está progresando bien. Sólo espero que lo mismo se pueda decir de estos pobres hombres —dijo señalando hacia los pabellones llenos de soldados en recuperación, con sus rostros vendados y cansados de la guerra, mirándola con expresiones vacías. Pasaron junto a un hombre que cojeaba con muletas y tenía una pierna amputada por encima de la rodilla.

—Pobre desgraciado —expresó Charles—. Y él es el afortunado. Sólo tendrá que vivir con el horror recurrente por el resto de su vida.

Gertie notó su expresión, endurecida por la amargura mientras decía esto.

—¿Es eso lo que has hecho desde 1918?

Charles desvió la mirada hacia ella.

—Intento no quedarme atrapado en ello, pero no siempre es posible. Son las pesadillas, ¿sabes? No puedes detenerlas.

—Sabes que siempre puedes hablar conmigo, ¿verdad?

Charles se tragó saliva.

—En realidad, ¿tienes un momento ahora?

—Por supuesto.

Dieron un paseo por los terrenos del hospital, una amplia extensión verde intercalada con robles, fresnos y castaños.

—Siento que te debo una explicación después de nuestra última conversación —admitió.

—No hay necesidad —respondió Gertie evitando su mirada—. Estoy muy avergonzada por todo eso. Fue un momento de locura. No sé qué me pasó.

Charles tomó sus manos.

—No, Gertie. No lo fue. Fue una oferta amable y maravillosa, y me sentí muy halagado. No debes sentirte avergonzada. Si las circunstancias fueran diferentes, habría aceptado de inmediato.

—¿Qué circunstancias?

Charles miró al suelo.

—Amo a otra persona.

—Oh, pero eso es maravilloso. ¿Quién es? ¿La conozco? Estoy muy feliz por ti. —Se adelantó rápidamente para besar su mejilla. Fue entonces cuando se dio cuenta de que él estaba llorando—. Charles, ¿qué te sucede?

—La persona que amo murió —susurró—. Hace mucho tiempo.

El rostro de Gertie se contrajo de compasión.

—Oh, Charles. Lo siento tanto. Qué terrible para ti llevar la tristeza solo. Y durante tantos años.

—Lo fue todo para mí —admitió Charles entre lágrimas—. Nadie se le asemejó nunca.

—Oh, querido —expresó Gertie—. Entiendo, pero ¿por qué el secreto? ¿Por qué no me lo dijiste antes? ¿Estaba casada? —Su mente se desvió hacia la revelación de Elizabeth—. No te preocupes, no me sorprenderé.

Charles sacudió la cabeza, una expresión de miedo surcando su rostro.

—No puedo decírtelo, Gertie. Pensé que podría, pero ahora no creo que pueda.

Gertie lo miró a los ojos.

—Charles. Una vez me dijiste que éramos los sobrevivientes, los que quedaron atrás. Has sido un apoyo para mí cuando más te necesitaba. Puedes contarme cualquier cosa, así que por favor. ¿Quién era?

Charles la miró con tristeza.

—Jack —susurró—. Tu hermano, Jack.

Gertie sintió cómo su cuerpo se balanceaba como un barco atrapado por una ola repentina.

—Jack —dijo ella.

Charles asintió.

—Amabas a Jack.

—Sí. Aún lo hago —aseguró Charles.

—Lo siento, Charles, pero ¿podríamos sentarnos un momento, por favor? —pidió mientras el mundo parecía girar a su alrededor—. Hay un banco por aquí —dijo él, guiándola hacia al asiento.

Gertie sentía como si estuviera observándose a sí misma desde arriba mientras las noticias de Charles comenzaban a asentarse. Sabía lo que decía la ley, lo que decía la sociedad y, sin embargo, nada de eso le importaba. Conocía a Charles y había conocido a su hermano. Lentamente, los recuerdos antiguos empezaron a unirse en su mente. La discusión de Jack con su padre. La sugerencia de Harry de que podría tener algo que ver con el juego. La insistencia de Charles de que simplemente no era del tipo que se casaba. Todo tenía sentido ahora. Se sentía como una tonta por no haberlo visto antes. Podría haber sido una amiga para Charles, ofrecerle consuelo cuando lo necesitara. En cambio, él había vivido con su secreto durante años, sin poder hablar de cómo se sentía en realidad después de la muerte de Jack. Imagínate perder a la persona que más amas en el mundo y nunca poder decírselo a nadie más. Cuando Gertie recordaba lo que sucedió después de la muerte de Harry y cuánto la había ayudado Charles, no sentía más que vergüenza.

—Gertie. Por favor, di algo —interrumpió Charles, esperando una respuesta de ella.

—Lo siento —contestó ella.

—¿Perdón?

Ella se volteó y lo tomó de las manos.

—Dije que lo siento —repitió.

Charles lucía confundido.

—¿Por qué te disculpas?

Ella contempló sus ojos claros y azules.

—Por ti, por tener que enfrentar todo esto solo. El dolor es un lugar terrible. Solitario y desolado. Sólo he podido sobrellevar la pérdida de Harry porque estabas allí. No imagino lo que debe haber sido no poder contárselo a nadie.

Nuevas lágrimas se formaron en los ojos de Charles.

—¿No estás horrorizada?

Gertie besó sus manos.

—El mundo está en llamas, la gente muere todos los días en una guerra que parece que nunca terminará, los seres humanos se están convirtiendo en monstruos por el puro odio hacia sus semejantes. Tú has mostrado sólo amor y amabilidad toda tu vida. Amas a mi hermano, a quien yo adoraba tanto como a la vida misma. ¿Qué podría ser horrorizante en eso?

Charles la miró por un momento antes de caer en sus brazos. Gertie lo abrazó con fuerza mientras ambos sollozaban, unidos en el amor y la pérdida.

La recuperación de Hedy fue lenta, pero constante. Los médicos parecían optimistas de que podría volver a casa dentro de una semana. Gertie comenzó a hacer preparativos para su regreso, ventilando la casa de arriba a abajo, eliminando hasta el último rastro de polvo, haciendo una cama nueva y comprándole un cuaderno nuevo. Las noticias de Alemania eran sombrías. A pesar de la afirmación de la Cruz Roja de que los campos que albergaban a muchos judíos eran benignos, los rumores que se filtraban desde el este eran de un horror inimaginable. No había telegramas. No había cartas. Era difícil saber qué hacer, excepto esperar y tener esperanzas, como habían estado esperando y esperando durante tantos años. Gertie habría dado cualquier cosa por una pizca de buenas noticias, y entonces un día llegaron.

Estaba en el jardín cosechando sus papas cuando escuchó sonar el teléfono. Clavó el tenedor en la tierra y se quitó los guantes, satisfecha con su trabajo hasta el momento. El refugio y el área detrás de él habían sido cubiertos de escombros después de la explosión, pero el huerto de verduras permaneció intacto. Se apresuró hacia el vestíbulo.

—¿Beechwood 8153?

—¿Señora Bingham? —La voz al otro lado de la línea era familiar, pero Gertie no pudo identificarla de inmediato.

—¿Sí?

—Soy Daphne Godwin. La madre de Samuel y Betty —dijo la voz al otro lado de la línea.

—Oh, Señora. Godwin. ¿Cómo está? —preguntó Gertie, con un sobresalto de alarma.

—Bueno, de hecho, estoy bastante bien. Samuel está en casa —afirmó la señora Godwin.

Al principio, Gertie pensó que había entendido mal. Toda la espera y la esperanza dificultaban aceptar las noticias sin cuestionar.

—Lo siento, ¿podría repetir eso, por favor? —preguntó Gertie.

Daphne se rio.

—Sí, yo reaccioné de la misma manera cuando me lo dijeron. Es cierto. Samuel está en casa. Quería que lo supiera para que se lo pueda decir a Hedy. Supongo que se está recuperando bien, ¿verdad?

—En efecto, lo está, y no tiene idea de cuánto esto va a acelerar su recuperación. Gracias. ¿Sam está bien?

Daphne dudó antes de responder.

—Bueno, ya sabe que esta terrible guerra pasa factura en todos nosotros. Las noches pueden ser difíciles.

La mente de Gertie regresó a su conversación con Charles.

—Pobre Sam —murmuró.

—En este momento está bastante frustrado, su padre le ha recetado reposo en cama durante la próxima semana, más o menos, y, como puede imaginar, está desesperado por ver a Hedy —comentó Daphne.

—Por supuesto. Bueno, tengo la esperanza de que esté en casa en los próximos días. Le llamaré tan pronto como lo sepa, ¿de acuerdo? —propuso Gertie.

—Gracias, señora Bingham. Por favor, dele mis mejores deseos a Hedy —respondió Daphne.

—Le mando los míos a Sam. Gracias, señora Godwin. Voy a visitar a Hedy esta tarde y no puedo esperar a darle las buenas noticias.

Gertie prácticamente saltó por el pasillo del hospital esa tarde. Ya podía imaginar la cara feliz de Hedy cuando le contara sobre Sam. Esperaba que la enfermera Willoughby estuviera de servicio, ya que sabía que se alegraría al escuchar que él se hallaba en casa sano y salvo, pero cuando entró en la sala, se quedó paralizada. La cama de Hedy estaba vacía. No se veía a ninguna enfermera. Se apresuró a regresar al pasillo y casi chocó con la enfermera Willoughby que venía en dirección contraria.

—Oh, señora Bingham. Intenté llamarla antes, pero no hubo respuesta.

—¿Pasó algo malo? —preguntó Gertie, notando que su habitual actitud amable estaba llena de preocupación.

—Creo que será mejor que venga conmigo —dijo ella—. El doctor Fitzroy querrá hablar con usted.

—De acuerdo —respondió Gertie, con el corazón retumbando en su pecho mientras la seguía.

—Señora Bingham —inició el doctor. Parecía aún más serio de lo habitual—. Lamento decirle que la señorita Fischer está gravemente enferma. Puede que recuerde que le dije que sus pulmones estaban muy dañados. Me temo que le ha dado neumonía.

—Pero estaba mejorando —protestó Gertie—. Pensé que pronto volvería a casa.

—Lo siento —dijo el doctor—, su sistema inmunológico estaba debilitado, lo que la volvía muy susceptible a este tipo de enfermedades.

—La vi ayer y parecía estar bien. Tenía esa maldita tos, pero estaba hablando conmigo.

El tono de Gertie se volvió desesperado. Esto no podía estar sucediendo de nuevo. Primero Harry. Ahora Hedy. Un ciclo interminable de pérdida y desesperación.

—Lo lamento mucho, pero empeoró durante la noche.

—Mejorará. Tiene que mejorar. —La enfermera Willoughby puso su brazo en el hombro de Gertie abrazándola.

El doctor suspiró.

—Está muy enferma. No puedo darle certezas en este momento, pero debe prepararse para lo peor.

22

No hay nada que no haría por aquellas que realmente son mis amigas.
Yo no amo a las personas a medias, no está en mi naturaleza.

Jane Austen, *La abadía de Northanger*

Margery había preparado sopa de col y betabel. Incluso si Gertie hubiera tenido hambre, dudaba que tuviera estómago para eso. El olor y el color eran alarmantes. Le había preocupado que su amiga insistiera en que era necesario comerse un plato. En cambio, Margery colocó el plato al costado y se puso a hacer té y pan tostado, untándolo con la mermelada de ciruela casera de Gertie. Ella se sentó a la mesa, observándola moverse por la cocina con una eficiencia familiar.

—¿Y si muere, Margery? —preguntó Gertie.

Margery se congeló mientras la pregunta quedaba suspendida en el aire. Se volvió hacia Gertie, su expresión por lo general estoica suavizándose en algo parecido a la compasión.

—No conviene pensar en esas cosas —repuso colocando una taza de té frente a ella junto con un plato de pan tostado.

—Ella lo significa todo para mí —admitió Gertie—. Todo.

Margery se deslizó en la silla opuesta.

—Lo sé, querida, por eso debes mantenerte fuerte; por ella, Gertie. No le sirve de nada a Hedy si te derrumbas.

—Nunca debí dejarla sola en el refugio.

—¿Hubiera sido mejor haber estado enterrada allí abajo con ella?

Gertie parpadeó.

—Supongo que no.

—Yo también supongo que no —dijo Margery—. De verdad, Gertie. Te permitiré este momento de autocompasión porque eres mi amiga, pero no lo toleraré de nuevo. No es nada útil en estos tiempos oscuros, querida. Hedy te necesita. Todos nosotros te necesitamos.

Gertie encontró su mirada con un asentimiento de cabeza apenas perceptible. Margery le acarició la mano.

—Muy bien. Ahora come el pan antes de que se enfríe.

Gertie comió el pan tostado. Sabía que Margery tenía razón y, sin embargo, sentía la responsabilidad por Hedy como un yugo sobre sus hombros. Recordó cuando contrajo fiebre escarlatina de niña. Sus padres nunca se lo dijeron, por supuesto, pero Jack fue rápido para informarle, con ojos macabros, que había oído a su madre llorando porque casi muere. Gertie recordó a Lilian leyéndole *Mujercitas* mientras se recuperaba. Durante una semana, se habían escapado al mundo de la familia March. Se deleitaron con sus caprichos teatrales, se sorprendieron cuando Jo se cortó el cabello y contuvieron la respiración cuando Amy cayó al hielo. Cuando llegaron a la parte donde Beth muere, Lilian envolvió sus brazos alrededor de su hija mientras ambas sollozaban.

—Pero ¿por qué Marmee dejó que Beth fuera a esa casa con los niños enfermos? —lloró Gertie.

Lilian extendió su mano para limpiar los ojos de Gertie con un pañuelo.

—Las madres hacen todo lo posible para proteger a sus hijos, pero no siempre pueden prever lo que viene. Sólo pueden hacer lo que creen que es mejor en ese momento.

Gertie asintió, apoyándose en el cálido y suave cuerpo de su madre.

—Estoy bien, mamá. Ya no tienes que preocuparte. Estoy completamente mejor.

Lilian abrazó a su hija y la mantuvo cerca, llorando lágrimas silenciosas. Sólo ahora Gertie comprendía de verdad cómo se había sentido su madre.

Sam visitó a Hedy en el hospital tan pronto como pudo. Gertie rezaba por un momento al estilo de *La Bella Durmiente*, donde el apuesto príncipe despertaría a la princesa de su letargo, pero el escenario infernal de la guerra no permitía finales de cuentos de hadas. Cuando Gertie llegó de visita, Sam estaba sentado junto a la cama de Hedy, sosteniendo su mano, mirando, esperando. Abrió la puerta en silencio y, al girarse, Gertie tuvo que contener su sorpresa. El rostro joven de Sam estaba desgastado y envejecido. Aún había un destello en sus ojos, pero era más tenue, como una estrella moribunda en el cielo nocturno. «Maldita sea esta guerra», pensó Gertie. «¿Cómo se atreve a dejar a estos jóvenes tan maltratados y heridos?».

—Señora B. —dijo Sam con su voz cargada de fatiga—. Es bueno verla.

Gertie estiró los brazos y lo abrazó fuerte.

—Oh Sam. Es bueno verte también. Ojalá las circunstancias fueran más felices —dijo Gertie.

Sam retrocedió y asintió.

—Sigo observando su rostro en busca de un signo de algo. Tenemos que seguir esperando, ¿no cree?

Gertie siguió su mirada hacia el apacible rostro de Hedy.

—Sí, Sam. Tenemos que hacerlo.

Los días se convirtieron en semanas. Gertie y Sam se turnaban para visitar a Hedy todos los días y se telefoneaban por la noche para actualizar sus noticias. Cada día que Hedy vivía era un progreso para Gertie. Parecía que toda esta guerra se había convertido en una constante batalla por mantenerse con vida. Si sobrevivías otro día, tenías motivo para celebrar.

Un día, el doctor recibió a Gertie con noticias menos alentadoras.

—Necesitamos que Hedy despierte pronto. Cuanto más tiempo esté inconsciente, más débil se vuelve.

Gertie miró a Hedy mientras tomaba su lugar habitual junto a la cama. Se quitó los guantes y puso una mano fresca en la ardiente frente de Hedy. Parecía tan tranquila, tan en paz. No parecía posible que estuviera en el borde entre la vida y la muerte. Gertie respiró profundo, lista para comenzar su informe diario.

—Hemingway parece haber recuperado el apetito. Ayer lo vi robando una rebanada de pastel de madera del mostrador de la cocina —relató con una pequeña risa—. Ha empezado a dormir en tu habitación todas las noches. —Gertie no mencionó el hecho de que él la extrañaba, deambulando por la casa como un alma perdida. Ambos lo hacían, en realidad—. Y la señorita Snipp tiene un nuevo admirador. El señor Higgins. Es un taxidermista, de todas las cosas. Según Emily, se gustan mutuamente. —Gertie buscó un destello de reacción en el rostro de Hedy. «Por favor, vuelve a mí», pensó. «Por favor, Hedy. Se nos está acabando el tiempo». Gertie respiró de nuevo—. Margery está planeando otro espectáculo navideño.

—Hablé con Elizabeth ayer. Te envía su amor, por supuesto. Creo que están disfrutando la vida en el campo. Ella dice que Billy quiere hacer una repetición de su espectáculo de magia, pero sólo si tú vuelves a ser su asistente. —Los ojos de Gertie se humedecieron. Se los secó—. ¿Qué más? Ah, sí, ¡Betty está comprometida! Con su soldado estadounidense. Tiene la cabeza en la luna, como te puedes imaginar. Daphne Godwin dice que ya está guardando sus raciones para el pastel. Espero que junte lo suficiente para dos pasteles. —Gertie tomó las manos de Hedy.

—Quiero que junte suficientes raciones para dos pasteles, Hedy. No hay nada que desee más que eso. —Inclinó la frente.

—¿Sabes?, cuando Charles me pidió que acogiera a un niño, tenía mis reservas. Pensé que era demasiado vieja, que estaba demasiado cansada, demasiado triste después de la muerte de Harry. Pero tenerte en mi vida ha sido un verdadero milagro. Me has enseñado tanto, pero sobre todo me has enseñado a vivir de nuevo. Nunca hubiera superado esta guerra sin ti. Nunca. Has sido una hija, una hermana, una madre para mí. Por favor, no me dejes ahora. Tienes tanto por qué vivir. Sam te ama. Yo te amo. Todos te aman, Hedy. Por favor. Por favor, no nos dejes. —Gertie sollozaba mientras miraba el rostro de Hedy, rezando por un destello de vida.

La puerta se abrió y apareció la enfermera Willoughby.

—Buenas tardes, señora Bingham. Me temo que necesito llevar a Hedy para más pruebas.

Gertie asintió, limpiándose los ojos con un pañuelo mientras se levantaba.

—Por supuesto.

Mientras recorría el pasillo, era como si sus zapatos estuvieran cargados de rocas y la esperanza se disolviera en arenas movedizas, desapareciendo con cada paso. Casi había llegado a la puerta cuando hubo un grito detrás de ella.

—¡Señora Bingham! —exclamó la enfermera Willoughby—. Venga rápido. Hedy está despierta.

Gertie corrió por el pasillo como si tuviera cinco años de nuevo. El rostro de Hedy irradiaba alegría cuando entró en la habitación.

—Acabo de tener el sueño más maravilloso, Gertie —dijo—. Íbamos caminando por el Jardín Inglés de Múnich, con mi madre, en un hermoso día soleado y ustedes dos se habían convertido en las mejores amigas. Me hizo muy feliz.

1945
23

Heredamos nuestro pasado, pero podemos crear nuestro futuro.

Anónimo

Hedy y Sam se casaron en primavera. Gertie sacudió su mejor traje y los observó llena de orgullo mientras los escuchaba decir sus votos.

Tan pronto como se fijó la fecha, Gertie subió al ático, apartando las telarañas con su plumero, para sacar una gran caja crema, descolorida. Bajó con ella y la colocó frente a Hedy, que estaba recostada en el sofá, escribiendo en su cuaderno.

—Sé que preferirías que tu madre estuviera aquí para hacerlo por ti, pero como eso no es posible, pensé que esto podría servir. —Hedy levantó la tapa y desplegó el papel de seda blanco perla para revelar un vestido de novia marfil con mangas de encaje. Miró el vestido y luego dijo a Gertie—. Tal vez necesite algunos ajustes, pero estoy segura de que el ejército de modistas de Margery puede ayudar. Por supuesto, si prefieres usar algo más actual...

Hedy saltó y abrazó el cuello de Gertie.

—Gracias —susurró—. Gracias, Gertie.

—Espero que seas tan feliz en tu día de bodas como lo fui yo en el mío, querida —dijo Gertie abrazándola con fuerza.

El ejército de modistas de Margery hizo maravillas para adaptar el vestido, añadiendo alguno que otro adorno y asegurándose de que le quedara a Hedy como si hubiera sido hecho para ella. Llevaba un tocado que Betty tejió con flores de cerezo y hiedra, y lucía radiante como una diosa griega. Sam la miraba con tanta adoración que Gertie creyó que su corazón podría saltar de su pecho. «Así es como se sienten las madres», pensó mientras estaba al lado de Daphne, observando al tiempo que posaban para las fotografías.

La recepción de la boda se llevó a cabo en la casa de la familia Godwin y para Gertie se sentía como la primera de muchas celebraciones por venir. El mundo estaba lleno de anticipación a medida que cada día se acercaba más y más la posibilidad de la paz. La noticia de que los aliados habían cruzado el río Rin llenó a todos de gran emoción. La oscura nube del fascismo se extendió por Europa como un virus, pero ahora comenzaba a disolverse.

Daphne y Margery se conocían a través de la Sociedad de Ópera de Beechwood, así que no le sorprendió a Gertie darse cuenta de que Margery se había encargado por completo de los arreglos de catering. Gracias al prometido de Betty, un soldado estadounidense, pudieron disfrutar de carne enlatada en casi todas sus formas junto con papas preparadas de tres maneras diferentes. El pastel de bodas estaba envuelto con un anillo exterior de cartón y decorado con flores de cerezo y hiedra. Gerald había logrado conseguir otro barril de cerveza y Margery y sus colegas de la svm prepararon galones de té.

—Es una boda maravillosa, ¿verdad, señora B? —comentó Betty, apareciendo a su lado mientras Sam sacaba el gramófono y comenzaba a reproducir «*On the Sunny Side of the Street*».

—Es maravillosa —reafirmó Gertie—. Tú serás la próxima.

Betty miró a su prometido, quien estaba llevando a su jubilosa madre alrededor de la improvisada pista de baile. Sonrió.

—No puedo esperar. Y usted, señora B, ¿qué hará cuando todo esto termine?

Gertie vaciló. No había pensado mucho en esa pregunta hasta ahora. Los años habían sido dedicados a sobrevivir, esperar, aguardar. Hubo poco tiempo para cualquier otra cosa. Ahora que estaban al borde de la paz, no tenía idea de qué haría. Sam y Hedy iban a vivir con ella por el momento, pero sabía que no se quedarían para siempre. Sam había continuado con su carrera de derecho mientras estaba en el campo de prisioneros de guerra y esperaba graduarse pronto. Iban a establecer su propio hogar. Mirarían hacia el futuro y Gertie debía mirar hacia el suyo. El problema era que no tenía idea de cuál podría ser. Era como si estuviera parada en la orilla, mirando hacia la niebla, incapaz de ver qué había adelante.

Antes de la guerra, estaba decidida a jubilarse. Durante la guerra, la librería le había dado un propósito. Sin embargo, ahora no tenía idea de lo que la promesa de una vida más allá de eso traería.

—Supongo que seguiré como antes —especuló, aunque la idea de esto la dejaba extrañamente insatisfecha—. ¿Estás emocionada por la perspectiva de mudarte a Estados Unidos?

Betty sonrió.

—Estoy a punto de explotar, pero no hable de eso frente a mamá. Ella llora con sólo mencionarlo —miró a su prometido y a su madre, riendo juntos—. A veces, creo que ella va a extrañar a William más que a mí.

—Bueno, sé que yo voy a extrañarte mucho —dijo Gertie.

—Hemos tenido algunas aventuras inolvidables, ¿verdad?

—Desde luego que sí, querida.

—Perdónenme —pidió William inclinándose ante ambas—. Pero me preguntaba si podría pedir prestada a mi prometida para bailar.

Betty sonrió.

—Pensé que nunca lo preguntarías. Nos vemos más tarde, señora B.

Gertie les dio un saludo jovial y decidió salir al aire libre. Había disfrutado de una copa de cerveza de Gerald y sentía la necesidad de despejar un poco la cabeza. Empujó las puertas que conducían al jardín y de inmediato vio a Hedy sentada bajo el manzano.

—No te sientes bajo el manzano con nadie más que conmigo —cantó haciendo su camino por el césped para unirse a ella—. ¡Gertie! —La cara de Hedy se iluminó—. Me sentía un poco cansada y pensé que el aire fresco me vendría bien.

—Las grandes mentes piensan igual —afirmó Gertie sentándose a su lado.

Podía ver que los ojos de Hedy estaban enrojecidos como si hubiera estado llorando. Por instinto, puso una mano sobre la suya mientras se sentaban en silencio. Después de un rato, Hedy habló.

—Hoy es el cumpleaños número cuarenta y siete de mi madre.

Las palabras quedaron suspendidas en el aire, teñidas de tristeza. Gertie ardía de frustración por no poder aparecer a Else Fischer en ese momento ni tener palabras suficientes para consolar a la chica. No había palabras que pudieran hacer eso. Apretó la mano de Hedy en un gesto que se sentía lamentablemente insuficiente.

—Sólo quiero saber, Gertie. De una manera u otra, quiero saber qué les ha pasado.

Gertie asintió.

—Haré todo lo posible para ayudarte. Te lo prometo.

Se escuchó una canción de las hermanas Andrews desde el comedor cuando Sam abrió la puerta.

—Hedy, mi amor. Mamá cree que deberíamos cortar el pastel.

—Voy —avisó ella, levantándose.

Hedy volteó hacia Gertie.

—¿Sabes?, escuché lo que me dijiste en el hospital cuando estuve enferma.

—¿Lo hiciste?

Hedy asintió y le ofreció su mano.

—Siento lo mismo.

De vuelta adentro, Gertie encontró a Charles junto al buffet.

—Hoy me siento como una madre gallina orgullosa —le dijo.

Él miró a Hedy riendo con Sam.

—Y yo me siento como un padre cariñoso.

Gertie lo tocó en el brazo.

—Tenemos que ayudar a Hedy a descubrir qué les ha pasado a sus padres y a su hermano. ¿Hay algo que puedas hacer?

La cara de Charles se puso seria.

—Déjamelo a mí. Puede llevar un tiempo, pero haré todo lo que pueda.

Hubo aplausos mientras Hedy y Sam cortaban el pastel de bodas. Charles le ofreció el brazo a Gertie.

—Vamos —dijo—. Arriesguémonos a bailar. Después de todo, es una celebración.

—¿Estás seguro de que tus dedos pueden aguantarlo?

—Llevo mis zapatos con puntera de acero por si acaso.

Gertie se rio.

—En ese caso, señor Ashford, estaría encantada.

Los primeros informes desde el interior de los campos de exterminio llegaron unas semanas después. Fueron transmitidos como parte de las noticias una noche.

—¿Estás segura de que quieres escuchar? —preguntó Sam mientras él, Hedy y Gertie se reunían alrededor de la radio en el salón.

—Por supuesto —respondió ella.

Mientras Richard Dimbleby relataba los hechos en un tono breve y urgente, los ojos de Hedy se mantuvieron fijos al frente. Nadie parecía respirar mientras trataban de comprender este «mundo de pesadilla», donde las enfermedades del tifus, la fiebre tifoidea y la disentería reinaban, donde los «esqueletos vivientes» se tambaleaban al borde de la muerte, donde los fantasmas vagaban aturdidos y perdidos, donde no existía la civilización y el monstruoso mal se había apoderado de todo. No hubo palabras de consuelo, ni destellos de esperanza, ni resquicios de luz en la aterradora oscuridad. El mundo se había cerrado sobre sí mismo. La humanidad estaba muerta. Cuando terminó la transmisión, el silencio era ensordecedor. La mirada de Hedy no se había movido del mismo lugar, mientras que los ojos de Sam estaban fijos en su esposa con una mirada de desesperación y anhelo. Gertie entendió cómo se sentía. Haría cualquier cosa para quitarle este horror a Hedy.

—Están muertos, ¿no? —susurró Hedy después de un rato—. Mamá. Papá. Arno. Están todos muertos.

—Eso no lo sabemos —mencionó Gertie juntando las manos—. Hay supervivientes. Los soldados están haciendo todo lo posible para ayudarlos.

—Quemaron vivas a diez mil personas —señaló Hedy. Miraba de Gertie a Sam—. ¿Cómo pueden ser capaces de tal odio los seres humanos?

—No lo sé, mi amor —dijo Sam con la voz llena de ira—. Pero serán llevados ante la justicia. No se les permitirá salirse con la suya.

Ella alargó una mano para acariciarle la cara.

—Querido Sam, ya lo han hecho. Se salieron con la suya

Gertie nunca había visto tantas banderas, ni siquiera después del final de la Gran Guerra. Cada calle, casa y porche estaban adornados con banderas rojas, blancas y azules, ondeando bajo el sol de mayo. Margery había prometido la mayor y mejor fiesta del Día de la Victoria del país y requirió de la ayuda del ayuntamiento para tal fin. Gracias a Gerald, se instalaron dos altavoces en el escenario y un catálogo de los favoritos de la guerra de Gracie Fields, Vera Lynn y otros circulaba por la ciudad. Emily Farthing había pintado una sábana grande con una imagen de Inglaterra y las palabras «Siempre habrá una Inglaterra» y la colocó como una cortina en la parte trasera del escenario. Pero lo más destacado fue la comida. Las mujeres a cargo de los hogares habían ahorrado sus cupones de racionamiento y trabajaron juntas para servir un festín. Media docena de mesas llenas de personas que suspiraban contodo tipo de bocadillos, pasteles, jaleas y manjares blancos.

Gertie no estaba segura de si Hedy querría unirse a la fiesta. El final de la guerra trajo la paz, por supuesto, pero la palabra *victoria* parecía inadecuada cuando tantos habían sufrido y seguían sufriendo. No había nada triunfante en el creciente número de historias que se filtraban desde Oriente a medida que se liberaba un campo de concentración tras otro. No fue el final de la historia, era sólo el principio.

Se sorprendió, por tanto, cuando Hedy apareció el día de la fiesta con una falda azul, una blusa blanca y un pañuelo de seda rojo. Sam estaba a su lado, elegante con su traje de desmovilización.

—Tenemos que honrar a los que lucharon y a los que ya no están con nosotros —sentenció.

—Me cambiaré —afirmó Gertie limpiándose las manos en el delantal.

A Gertie le pareció que todo el pueblo había acudido a la fiesta. La señorita Snipp lucía radiante, vestida con ropa tradicional y con el señor Higgins a su lado, representando a un Churchill muy convincente, ofreciendo señales de victoria a todos y cada uno. Elizabeth y Billy también habían regresado para la celebración, junto con *Lady* Mary.

—No podría pensar en un mejor lugar para celebrar que aquí —le comentó a Gertie.

Billy estaba encantado de reunirse con Hedy, aunque pronto quedó claro que estaba un poco molesto con Sam.

—Iba a pedirle a Hedy Fischer que se casara conmigo antes de que aparecieras —le dijo con el ceño fruncido.

—¡Billy! —lo regañó su madre.

Sam puso una mano en el hombro de Billy.

—Entonces me alegro de haberle preguntado antes de que tú llegaras, puedo ver, que si le hubieras propuesto matrimonio primero, yo no hubiera tenido ninguna posibilidad.

Billy examinó el rostro de Sam por un momento como si estuviera evaluando a su rival antes de asentir con satisfacción.

—¿Te gustaría ver un truco con una moneda?

—Mucho —contestó Sam.

Billy permaneció cerca de su nuevo amigo y de Hedy durante la mayor parte del día. Gertie sonrió mientras los miraba juntos, pensando en los buenos padres que Sam y Hedy podrían llegar a ser algún día.

Cuando cayó la noche, se encendió una fogata en los jardines que rodeaban el salón y todos salieron en grupo para continuar la fiesta, horneando papas en las llamas, bailando y cantando. Algunos de los niños habían hecho figuritas de Hitler para arrojarlas al fuego. Tan pronto como Hedy vio la hoguera, se volvió hacia Sam.

—Creo que me gustaría irme ahora —admitió.

—Por supuesto. ¿Nos vemos en casa, señora B?

Gertie vio el horror en los ojos de Hedy y entendió.

—Claro. Yo también iré —dijo entrelazando un brazo con el de Hedy mientras caminaban hacia la noche, dejando atrás los gritos y los vítores.

El mundo emergió parpadeando a la luz del sol de la posguerra y Gertie lo siguió, sin saber qué esperar. Después de seis años, era difícil recordar cómo eran los tiempos de paz. La vida sin apagones nocturnos, sirenas y ataques aéreos era motivo de gran celebración, pero las raciones continuaban y seguían siendo la ruina de la vida de las personas.

—¿Por qué luchamos tanto si no es para finalmente decirle adiós a estas filas y cupones infernales? —se quejó la señorita Crow cuando llegó a la reunión del club de lectura.

Si Gertie necesitaba confirmación de que el mundo realmente se había puesto patas arriba, bastaba con buscar a la señorita Crow, quien, bajo la tutela de la señorita Snipp, había descubierto un nuevo amor por la lectura.

—Oh, cállate ya, Philomena. La guerra se acabó. ¿No puedes al menos estar agradecida por eso? —cuestionó la señorita Snipp.

Gertie notó que recientemente había desarrollado una perspectiva más positiva de la vida y lo atribuía a la influencia de un tal señor Higgins.

—Mmm —expresó la señorita Crow, inusualmente regañada—. Supongo que tienes razón. —Sacó un libro de su cesta de la compra—. Ahora, esta *Rebelión en la granja* me gustó porque admiro mucho al cerdo, un animal muy inteligente, según todos los informes. Mi madre los criaba cuando yo era niña. Sin embargo, no tengo la menor idea de qué se trata todo esto.

—Espero que no empieces sin mí —comentó la señora Constantine entrando por la puerta—. Estoy muy enamorada de esta novela. Una sátira tan inteligente de la Revolución rusa y ese monstruo, Stalin. Declaro que el señor Orwell es un genio.

—Oh —exclamó la señorita Crow, emocionada—. ¿Así que Napoleón...?

—Es Stalin —confirmó la señorita Snipp.

—Bueno...

El señor Reynolds apareció poco tiempo después junto con las sobrinas de la señorita Snipp y Emily Farthing. Gertie se sentó al margen, escuchando. Emily Farthing quedó muy impresionada cuando el señor Reynolds le dijo que una vez había conocido a Karl Marx, mientras que Sylvie y Rosaline confesaron que en realidad no habían leído el libro, pero que su madre las había enviado cuando la molestaron. Fue una discusión animada y atractiva, pero Gertie descubrió que su mente divagaba pensando en el futuro.

La Librería Bingham se las arreglaba para funcionar como siempre lo había hecho. Sus clientes regulares todavía frecuentaban la tienda y había suficiente con los giros postales restantes y el club de lectura para mantener ocupada a la señorita Snipp por el momento.

Sin embargo, a Gertie le parecía que le faltaba algo. Todos los días pasaba por delante de la tienda, ahora vacía, donde Margery y su ejército habían ocupado el fuerte y miraba el interior con una punzada de anhelo. No habían luchado en primera línea, pero su trabajo se sentía importante. Ésto fue confirmado por las cartas que recibieron de prisioneros de guerra agradecidos. Hubo uno en particular que tocó la fibra sensible de Gertie.

No creo exagerar cuando digo que los libros que me enviaste me salvaron. Estaba en un lugar bastante oscuro y leer estas historias cómicas de Jeeves y Wooster me hizo olvidarlo. Poder escapar de la sombría realidad y pasar unas horas riéndome de mí mismo fue un bálsamo para mi alma.

Gertie volvió a doblar con sumo cuidado la carta y la guardó entre las páginas de su preciado volumen de Wodehouse.

—¡Señora Bingham!

Gertie volvió a mirar a la señorita Snipp, que la observaba con el ceño fruncido por encima de las gafas.

—Lo siento, señorita Snipp. ¿Qué dijo?

—Nuestra discusión ha terminado y la gente quiere saber cuál será el próximo título del club de lectura.

Gertie miró alrededor de la compañía reunida, sin saber qué decir, sin saber si era la correcta para responder.

—Si no ha seleccionado nada, estaría encantada de dirigir un debate sobre *Jude el oscuro* —ofreció.

—En realidad, leí un libro maravilloso recientemente —mencionó Emily—. *A la caza del amor* de Nancy Mitford. Muy divertido.

—Oh, eso suena como algo para nosotras —exclamó Rosaline dándole un codazo a su hermana.

—Sí, incluso podríamos leer ése —propuso Sylvie con una risita.

—*A la caza del amor*, entonces —reafirmó Gertie, ignorando la mirada de la señorita Snipp—. Gracias, Emily.

Mientras caminaba hacia su casa esa noche, Gertie se dio cuenta de que no sólo extrañaba el Servicio Voluntario de Mujeres. Hedy aún estaba muy frágil después de su enfermedad y se cansaba con facilidad. Sólo trabajaba un par de mañanas en la tienda y pasaba el resto del tiempo en casa, escribiendo sus historias. Sam estaba trabajando duro para completar sus estudios y planeaba solicitar un puesto como abogado en prácticas cuando terminara.

—Siempre me imaginé como uno de esos tipos de la corte con pelucas elegantes —les confesó una noche durante la cena—, pero ahora me doy cuenta de que prefiero tener un trabajo donde pueda estar cerca de casa. —Miró a Hedy con una mirada de ternura mientras decía esto—. Por supuesto, tendremos que encontrar ese hogar pronto. No nos quiere en su nido para siempre, señora B.

El corazón de Gertie se sumergió en un temor secreto.

—Pueden quedarse todo el tiempo que necesiten —afirmó tratando de sonar despreocupada—. Pero aprecio que busquen su propio lugar. Todas las parejas casadas lo hacen.

—Aún así nos veremos —dijo Hedy. Ella formuló la oración como una pregunta, como si buscara darle tranquilidad.

—Por supuesto —contestó Gertie.

Habían pasado por mucho juntas, más de lo que la mayoría de la gente experimenta en toda su vida. Gertie no podía pensar en otra persona, que no fuera Harry, que significara tanto para ella como Hedy. Tampoco podía imaginar cómo sería su vida sin ella. Gertie no estaba segura de querer volver al mismo mundo que antes de la guerra. La Librería Bingham. Esta casa. Una existencia cotidiana sola con Hemingway como única compañía. Era hora de tomar una decisión. El mundo había cambiado de nuevo y Gertie tendría que encontrar la manera de cambiar con él.

Como era su costumbre, Hedy y Sam insistieron en recoger las cosas de la cena, mientras Gertie se relajaba en la sala. Tomó el periódico y trató de concentrarse en una historia sobre el arresto de *Lord* Haw-Haw, pero parecía no poder calmarse.

—Sólo estoy llevando a Hemingway a dar un paseo nocturno —dijo—. No tardaré mucho. —El perro levantó la vista, después de haber escuchado una de sus palabras favoritas, pero no estaba seguro de querer dejar la comodidad de su alfombra igualmente favorita—. Vamos, perro perezoso —dijo Gertie, sujetando su correa—. Tomemos el aire.

El cielo estaba vivo con tonos lavanda y morera cuando Gertie y Hemingway salieron por la puerta principal. Hemingway volteó a ver la ciudad.

—Esta noche no, muchacho. Vamos a un lugar diferente —aseguró Gertie, guiándolo en la dirección opuesta.

Las calles residenciales pronto dieron paso a un entorno más rural. A Gertie siempre le había encantado eso de esta parte de Londres. En un momento estabas en la ciudad, al siguiente en el campo de Kent. Pasearon un rato bajo un dosel de hayas enrolladas antes de detenerse frente a un largo camino que conducía a una casa grande, cuyo cartel estaba parcialmente oculto por la hiedra. EL ASILO DE DORCAS FITZWILLIAM PARA MUJERES GENTILES. Gertie se había quedado atónita el día que su madre le había dicho que se mudaría a casa de la tía Dorcas, como se le conocía de cariño. Siempre había asumido que Lilian viviría el resto de sus días en la casa familiar que compartió con el padre de Gertie durante casi cincuenta años. Arthur Arnold había muerto diez años antes y nunca se recuperó del todo después de la muerte de su hijo. «El simple hecho es que me siento sola», le dijo un día a Gertie. «Y el mantenimiento de la casa es muy costoso. Seré alimentada y cuidada, que es todo lo que necesito. Y tienen la biblioteca más magnífica», añadió, con sus ojos brillando.

Gertie había disfrutado de los almuerzos de los domingos para ver a su madre. Recordó una visita en particular cuando les sirvieron la carne más tierna y deliciosa junto con pudines de Yorkshire tan ligeros como nubes. Fue una comida maravillosa y, sin embargo, por alguna razón, Gertie no se atrevía a disfrutarla.

—¿Está todo bien, querida? —preguntó Lilian, mirando su comida apenas tocada.

Gertie miró a su madre. Siempre había sido capaz de hablar con ella, de compartir los asuntos más íntimos de su corazón. —Me siento… —Su voz se apagó mientras buscaba a tientas la palabra correcta— diferente.

Lilian levantó una ceja.

—¿Diferente? ¿De qué manera?

Gertie se removió en su asiento.

—Es difícil de decir. Supongo que me siento inquieta.

—¿Cómo está Harry?

Gertie se encogió de hombros.

—Harry es Harry. Ya sabes cómo es él. Firme. Confiable.

—Dices estas cosas como si fueran malas cualidades.

Gertie suspiró.

—No es mi intención. Es un hombre tan querido. Siento que la vida se ha vuelto un poco aburrida últimamente.

Lilian tomó la mano de su hija.

—¿Sabes lo que he aprendido a lo largo de mis setenta y tantos años?

—Dime.

—Para apreciar la calma, siempre hay que saber que viene una tormenta. Siempre hay una batalla en el horizonte. Tienes que aprender a disfrutar de la paz antes de que desaparezca.

—¿Estoy siendo tonta? —preguntó Gertie.

Liliana negó con la cabeza.

—No, mi amor. Yo me sentía muy similar a tu edad.

—¿Y qué hiciste?

Lilian parecía nostálgica.

—Yo tengo un perro.

Gertie se rio.

—¿Te refieres a Pip?

Liliana asintió.

—Él salvó mi matrimonio, Gertie.

Lilian miró a su hija.

—Debemos aprender a ser firmes en nuestras vidas, pero no necesitamos aguantarnos si no somos felices. Si el suelo está caliente, es recomendable seguir moviéndose.

Hemingway soltó un gemido poco entusiasta, lo que hizo que Gertie volviera al presente. Le alborotó la parte superior de su cabeza.

—Tienes toda la razón —afirmó ella, llevándolo lejos—. Deberíamos seguir moviéndonos, chico listo.

24

No tiene utilidad volver al ayer, porque en ese
entonces yo era una persona diferente.

Lewis Carroll, *Alicia en el país de las maravillas*

La mujer de las oficinas del Comité de la Cruz Roja se disculpó varias veces.

—Simplemente no tenemos la información en este momento. Lo siento mucho —les dijo.

Gertie la miró fijamente y luego volvió al rostro ceniciento y apretado de Hedy. Aunque el final de la guerra había traído paz para tanta gente, a Hedy sólo le había traído incertidumbre. No importaba a quién preguntaran o cuánto se esforzaran, nadie parecía ser capaz de proporcionar una respuesta definitiva sobre el paradero de su familia y si aún estaban vivos. Todo lo que Gertie quería era ayudarla a descubrir la verdad. Había visto a Hedy crecer y pasar de ser una niña llena de espíritu a una joven valiente. Ahora, sentía como si la lucha de Hedy se estuviera agotando y toda la esperanza, que había alimentado durante tantos años, se desvaneciera como una fotografía frente a la luz del sol.

—Bueno, ¿cuándo cree que tendrá la información? —preguntó Gertie, anhelando reavivar algo de esa esperanza.

La mujer negó con la cabeza.

—No lo sé. Por supuesto, puede presentar una solicitud y haré todo lo posible para ayudar. —Deslizó un formulario hacia Hedy—. Lo siento mucho.

—Gracias —contestó Hedy en voz baja.

El corazón de Gertie se apretó de frustración. Todos estaban arrepentidos. Una disculpa. Un gesto de simpatía. Una expresión triste. A medida que el horror de la persecución sistemática de los judíos se hacía pública, eso era todo lo que cualquiera podía ofrecer. No era suficiente. Nunca sería suficiente. Gertie lo sabía y podía ver cómo pesaba sobre Hedy.

Más tarde, mientras se sentaban junto a la orilla del río Támesis mirando hacia las embarcaciones y los botes que cruzaban de un lado a otro, Hedy preguntó:

—¿Crees que alguna vez sabré qué les pasó?

Gertie tomó su mano.

—No puedo decirlo con certeza, pero sé que no querrían que eso te impida vivir tu vida.

Las lágrimas brotaron en los ojos de Hedy y Gertie la abrazó mientras se sentaban en silencio, contemplando las aguas grises y fangosas.

Cuando Hedy comenzó a toser, Gertie le entregó un pañuelo y le dio palmaditas en la espalda hasta que se recuperó, mirando sombríamente las chimeneas humeantes y el cielo cubierto de humo.

—Creo que deberían considerar mudarse fuera de Londres —les sugirió a Hedy y Sam más tarde esa noche—. Sería mucho mejor para la salud de Hedy. —Pensó en Harry y en la tos ronca que finalmente condujo a su muerte.

Sam miró a su esposa.

—¿Qué piensas, mi amor?

338

—Pero, ¿qué pasa con la librería? —preguntó ella—. No puedo dejar a Gertie con toda esa carga.

Gertie hizo un gesto para desestimar sus preocupaciones.

—Tu salud es mucho más importante. Estaré bien. No te preocupes.

Después de despedirse, Gertie estaba ordenando la cocina cuando escuchó un sonido detrás de ella. Se volvió y vio a Hedy parada en la puerta.

—¿Está todo bien, querida?

Hedy no respondió. Sólo rodeó el cuello de Gertie con sus brazos y la abrazó. Gertie la sostuvo cerca mientras permanecían así durante un largo momento, la tenue luz de la luna besando sus mejillas a través de la ventana.

La pequeña casa blanca con su brillante puerta azul era perfecta. Era una de las antiguas cabañas de pescadores que se encontraban muy cerca de la playa. El jardín que la rodeaba estaba lleno de romero, crocosmia y cardo lechoso, y desde la ventana de arriba se podía vislumbrar el mar. Sam insistió en que Gertie fuera con ellos a ver la casa. El paseo dominical la había transportado de vuelta a ese día de excursión perfecto, justo antes de que comenzara la guerra. Cuánto había sucedido en esos seis años, cómo el mundo había dado un giro completo, mostrando lo mejor y lo peor de la humanidad.

—¿Qué piensas? —preguntó Sam después de que el agente les hubiera mostrado la casa—. Está a sólo diez minutos de la ciudad, donde se econtrará mi oficina, y tan cerca de la playa. El aire marino te sentará de maravilla.

—Creo que es maravilloso —afirmó Gertie.

Hedy los miró a ambos.

—Siempre y cuando haya espacio para que Gertie y Hemingway se queden, estoy feliz.

Una semana más tarde, la señorita Snipp se acercó a Gertie con una expresión grave.

—Tengo un asunto urgente que necesito discutir con usted, señora Bingham —señaló.

A pesar de conocerse desde hace mucho, nunca habían logrado saltar del apellido al nombre de pila. En cierto sentido, Gertie encontraba esto reconfortante. Había demasiados cambios y ella dependía de la puntual presencia de la señorita Snipp.

—Por supuesto —dijo Gertie—. Pero espero que no esté a punto de presentar su renuncia. No estoy segura de soportarlo.

La señorita Snipp pareció afligida.

—¿Philomena se lo contó? —preguntó.

—Oh —exclamó Gertie—. No, no lo hizo. Estaba bromeando, pero ahora veo.

—Sí —aseveró la señorita Snipp, sorprendiendo a Gertie mientras un rubor rosado se extendía por sus mejillas—. El señor Higgins me ha propuesto matrimonio y pensé que era apropiado avisarle con tiempo.

Gertie la miró por un momento antes de acercarse rápido y besar a una sorprendida señorita Snipp en ambas mejillas.

—Oh, pero esto es maravilloso, una noticia increíble. Estoy encantada por ambos.

La señorita Snipp ofreció una rara sonrisa.

—Gracias, señora Bingham. Debo confesar que estoy muy feliz.

—No me sorprende. El señor Higgins es un hombre estupendo.

—En efecto —reafirmó la señorita Snipp con los ojos brillantes.

—Gracias. —Estaba a punto de retirarse cuando se detuvo—. ¿Puedo decir algo más?

—Por supuesto.

La señorita Snipp se detuvo antes de hablar, como si estuviera escogiendo cuidadosamente sus palabras, como conchas en la playa.

—Quería decile que ha sido un enorme placer trabajar para usted y su querido difunto esposo —aseguró.

—Oh —respondió Gertie—. Me alegra mucho oírlo.

La señorita Snipp asintió.

— Y sabe… nunca es demasiado tarde, señora Bingham.

—¿Demasiado tarde?

—Para encontrar la felicidad. —Mantuvo la mirada de Gertie durante un segundo antes de tomar un ejemplar de *A la caza del amor* de la estantería, listo para enviar a un cliente—. Sólo tiene que saber dónde buscar —aseveró por encima del hombro.

Las malezas se habían enredado en un revoltijo caótico alrededor de la tumba de Harry desde la última visita de Gertie. Arrancó la hierba pegajosa y limpió tantas de las plantas y dientes de león como pudo antes de reemplazar las flores de la semana anterior por rosas de melocotón fragantes.

—Recién cortadas para ti esta mañana, mi amor —dijo Gertie mientras Hemingway se acostaba jadeando al sol. Había notado que en días recientes se movía más lento y ella misma sentía moverse más lenta junto con él.

Ya no iba mucho a la librería, prefiriendo quedarse en casa, sentado junto a Hedy mientras ella escribía. Hedy había completado su primer libro y le dio una copia a Elizabeth, quien estaba trabajando en las ilustraciones. Guardó otra y se la pasó a Gertie para que la leyera. Gertie quedó cautivada por la historia. Era una exquisita mezcla de aventura y magia que sabía que a los niños les encantaría.

Según Billy, era «incluso mejor que *Winnie the Pooh*». Sin mencionárselo a Hedy, Gertie se lo envió a su tío Thomas para que se lo mostrara a sus contactos en el mundo editorial. «Sin compromiso, ya sabes», dijo. «Después de todo, es su primer libro».

«Entendido, querida», dijo Thomas. «Los editores son cambiantes como el viento, así que no te hagas muchas ilusiones».

Llamó un día después.

—Quieren saber si puede escribir otro este año y, es probable, dos más el próximo. Creo que sería una excelente serie para jóvenes. Dile a Hedy que estoy encantado de representarla. Mis honorarios son del veinte por ciento.

Gertie carraspeó fuerte.

—Oh, muy bien. Diez, pero sólo porque eres mi sobrina favorita.

—Renunciarás a todas las tarifas y estarás agradecido de actuar como intermediario para una talentosa joven —dijo Gertie.

—Que los santos me protejan de mujeres difíciles —dijo Thomas—. Así será. Me pondré en contacto con ella.

Gertie limpió la suciedad de la lápida de Harry con su pañuelo y pasó los dedos por las letras.

—Así que, ¿ves? Ha habido mucha emoción en la casa en las últimas semanas, mi amor, con el libro de Hedy el nuevo trabajo de Sam y su casa junto al mar... —Su voz se desvaneció—. Y, por supuesto, con la señorita Snipp que se casa y nos deja, todo vuelve a cambiar. —Suspiró—. Oh, Harry, no estoy segura de qué hacer, para ser honesta. —Gertie se enjugó una lágrima—. Qué vieja tonta soy. Siento como si me estuviera quedando atrás. Incluso la señorita Snipp me dijo que nunca es demasiado tarde. Eso está bien, pero no es como si estas cosas aparecieran de repente frente a ti como un ave a medio vuelo.

Ella miró a su alrededor, recordando el artículo de periódico que había traído a Hedy a su vida muchos años antes. Todo estaba tranquilo hoy. Apenas había una brisa, sólo un cielo azul pacífico con abejas y mariposas revoloteando sobre su cabeza.

—Hoy no hay intervención divina entonces, mi amor —comentó acariciando la lápida una última vez antes de ponerse de pie, gimiendo por sus articulaciones doloridas—. Bueno, te amo como siempre. Me voy. Vamos, muchacho —ordenó a Hemingway, quien se puso de pie con un esfuerzo similar. Caminaron juntos en compañía bajo el cálido sol de finales de verano.

Cuando Gertie entró por la puerta principal, el teléfono comenzó a sonar.

—Beechwood 8153.

—¿Señora Bingham?

—Ella habla.

—Buenas tardes, señora Bingham. Soy Alfreda Crisp. No hemos hablado en mucho tiempo. Me pongo en contacto para preguntar si todavía está interesada en vender su librería.

Gertie quedó por un momento desconcertada.

—Oh, vaya, no estoy segura...

—No se preocupe. No necesita decidir ahora. Es sólo que tengo una pareja joven que está buscando una librería para administrar y, naturalmente, pensé en usted. ¿Le gustaría conocerlos? Sin compromiso, por supuesto.

Gertie miró hacia el salón, hacia la fotografía de Harry, sonriendo como alentándola.

—¿Sabe qué, señorita Crisp? Me gustaría mucho conocerlos.

—Espléndido. ¿Podríamos decir mañana a las diez?

—Las diez en punto es perfecto —contestó Gertie.

Cuando Gertie vio entrar a Flora y Nicholas Hope por la puerta de la Librería Bingham, sintió como si estuviera retrocediendo en el tiempo. Los ojos brillantes de Flora, tan alerta como los de una pequeña ave, y el andar largo de Nicholas la transportaron directamente de vuelta a la Librería Arnold de principios de siglo.

—Oh mira, Nicky, P. G. Wodehouse —dijo Flora tomando un volumen de la estantería. Sonrió a Gertie—. Prefiero a Nancy Mitford, pero Wodehouse es el favorito de Nicky, ¿no es así, cariño?

—Nadie mejor que Plum —aseguró Nicholas—. Me disculpo por mi esposa. Se emociona mucho cuando entra en una librería. Buenos días, señora Bingham. Nicholas Hope a su servicio.

Extendió su mano con una pequeña reverencia.

—No hay nada de qué disculparse —comentó Gertie, moviéndose desde detrás del mostrador para estrecharles la mano—. Entiendo perfecto ese sentimiento.

1946
25

Gertie sabía que era la única que podía salvar a Arno.
Necesitaba ser más valiente de lo que había sido en toda su vida.
Agarró el enorme libro de terciopelo rojo con ambas manos,
levantó la cubierta y dejó que la magia volara por el aire como si fuera
fuego saliendo de la nariz de un dragón.

Hedy Fischer, *Las Aventuras de Gertie y Arno*

Gertie contempló las estanterías llenas de libros y cerró los ojos, respirando ese aroma preciado en lo que sería su última mañana como dueña de la Librería Bingham. Los abrió de nuevo y pasó sus dedos por sus amados lomos. No había nada más emocionante que una librería vacía temprano por la mañana, con el sol que entraba por la ventana, haciendo que el dorado brillara con promesas.

La decisión había sido sencilla al final. No se sentía como rendirse, más bien como traspasar el legado. Se había encariñado bastante con Flora y Nicholas en las últimas semanas. Vendrían a la fiesta esta noche. Gertie apenas podía esperar. Tomó una copia de *Las Aventuras de Gertie y Arno* del mostrador, admirando su cubierta de color verde claro adornada con la encantadora ilustración de Elizabeth de los dos personajes. Abrió la cubierta y leyó la dedicatoria con un toque de tristeza.

«Para mamá, papá y Arno, por siempre en mi corazón».

Aunque las investigaciones de Hedy y Gertie habían resultado inútiles, Charles había tenido más éxito. Llamó un domingo mientras Gertie cuidaba de sus rosas en el jardín delantero. Tan pronto como vio su rostro, Gertie supo.

—¿Tienes noticias?

Asintió, siguiéndola adentro.

—¿Está Hedy en casa?

—No. Se fue a dar un paseo con Sam. No es bueno, ¿verdad?

Charles sacó un documento de su bolsillo y se lo entregó para que lo leyera. Gertie vio los nombres Johann y Else Fischer.

—¿Qué es esto, Charles? ¿Qué significan todas estas columnas?

Charles tragó saliva.

—Es de un *Totenbuch*, un libro de prisioneros fallecidos.

Gertie se llevó una mano a la boca.

—Pero, ¿cómo obtuviste esto?

—A través de mis contactos de la Cruz Roja.

Lo miró por un momento, notando otra vez ese lado enigmático de Charles, sintiendo que no debía indagar.

—¿Qué más dice?

—Suficiente para saber que murieron en 1943 en Auschwitz. Uno de los prisioneros mantuvo este registro y lo escondió bajo pena de muerte. Lo encontraron hace unos meses oculto en una fosa séptica en el campo. —Gertie tomó los papeles de sus manos y se hundió en una silla.

—¿Y qué pasa con Arno?

Charles se deslizó en el asiento frente a ella y se frotó las sienes.

—Lo único que sé es que la fábrica donde trabajaba fue cerrada por los nazis, pero no he logrado averiguar qué sucedió con la fuerza laboral judía.

Gertie se enderezó en su silla.

—Pero él no está en este libro, ¿verdad? Así que todavía hay esperanza.

—La mayoría de los registros de los fallecidos fueron destruidos —dijo Charles seriamente—. Lamento decirlo, Gertie, pero es muy probable que haya terminado en un campo.

—Así que también crees que está muerto.

—Lo siento —extendió su mano y ella la apretó con fuerza—. ¿Quieres que se lo diga a Hedy?

Gertie negó con la cabeza.

—No. Creo que ella debería escucharlo de mí.

En ausencia de un lugar de descanso adecuado, la dedicatoria del libro era el tributo de Hedy a su familia. Gertie no podía pensar en una mejor manera de recordar a aquellos a quienes había amado y perdido que tenerlos inmortalizados para siempre entre las páginas de una historia. Estaba desempacando más copias del libro de Hedy cuando escuchó un pequeño golpe en la puerta principal. Levantó la mirada y vio a Betty sonriéndole a través del vidrio; Gertie abrió la puerta y ella entró a la tienda como un cachorro suelto de su correa.

—¿Lista para una última celebración, señora B? —exclamó.

—Tan lista como puedo estarlo, querida.

Para Gertie, todo el día fue como viajar a través de sus recuerdos de los últimos treinta años. Betty y la señorita Snipp estaban allí, por supuesto, y todos sus mejores y más queridos clientes pasaron para despedirse. El señor Reynolds tuvo que sonarse la nariz varias veces, abrumado por el pensamiento de que ella ya no estaría allí para ayudarlo a encontrar su próximo emocionante volumen de historia militar.

La señora Constantine, quien habitualmente era una persona estoica, casi hizo llorar a Gertie cuando le regaló el broche de esmeralda que había pertenecido a su madre.

—Porque te has convertido en una hija para mí —le dijo—. ¿Vendrás más tarde a la fiesta de Hedy?

La señora Constantine le regaló una sonrisa radiante que a Gertie le recordó a la de su madre.

—No me la perdería por nada del mundo, querida.

Margery llegó un poco después de las cuatro con su equipo habitual de voluntarios y ayudó a Gertie a sacar el viejo generador para hacer té.

—Bueno, Gertie —comentó mientras comenzaban a decorar la tienda con serpentinas de papel recicladas de las celebraciones del Día de la Victoria de Europa del año anterior—. ¿Cuáles son tus planes después de que Hedy se vaya?

Gertie estaba acostumbrada a la franqueza de Margery, pero incluso esta pregunta la tomó por sorpresa.

—Bueno, supongo que me retiraré.

—¿Retirarte? —Margery levantó las cejas.

—Sí.

—¿Y qué harás? ¿Sentarte bajo una manta todo el día?

—No. Cuidaré mi jardín.

—Mmm.

Gertie puso las manos en las caderas.

—Vamos, dilo. ¿Qué crees que debería hacer? —Gertie cruzó los brazos—. Margery, los pobres Sam y Hedy han estado viviendo bajo mi techo durante más de un año. Son una pareja casada. Dudo mucho que quieran que me mude a la misma ciudad.

Margery encogió los hombros.

—Yo no dejaría que mi Cynthia se alejara de mí.

—Cynthia es tu hija. Hedy es mi...

—¿Tu qué?

Gertie la miró con severidad.

—Ella no es mi hija, Margery.

—Sí, pero has sido madre para ella todos estos años.

—No soy su madre.

Margery levantó las manos.

—Muy bien, muy bien. Guardaré mis palabras, como te gusta decir.

—Gracias.

—Además, te echaría de menos si te fueras, Gertie Bingham.

Gertie rio.

—Y yo te echaría de menos, Margery Fortescue.

—Travers.

—Siempre serás la grandiosa e imperiosa Margery Fortescue para mí.

Margery asintió satisfecha.

—Muy bien. Muy bien. Ahora sigamos, ¿de acuerdo? La gente llegará pronto.

La fiesta fue tan alegre como Gertie esperaba. La editora de Hedy y Elizabeth, Eleanor, dio un breve pero sincero discurso sobre el libro y habló de cómo no podía esperar a que los lectores descubrieran el mundo de Arno y Gertie.

Todos aplaudieron y los ojos de Sam brillaron de orgullo al tiempo que besaba a su esposa, mientras que Billy pasó la mayor parte de la noche sosteniendo una copia del libro y diciéndole a todos:

—Mi madre dibujó las ilustraciones y esa es la verdadera Gertie, que está por allá.

Gertie absorbió todo como si fuera una última y deliciosa taza de té de Margery.

La señorita Snipp susurraba con la señorita Crow en la esquina, el tío Thomas invitaba a la señora Constantine a almorzar en su club y el señor Higgins entretenía a Betty y William con cuentos de cuando rellenó un armadillo como parte de su entrenamiento de taxidermia.

—¿En qué estás pensando? —preguntó Charles, apareciendo a su lado.

—Oh, sólo saboreando mis últimos momentos como librera.

—¿Alguna vez te arrepientes?

Ella lo miró y luego volvió la mirada hacia la animada multitud.

—Ni una sola vez.

—¿Podría tener su atención, por favor? —cuestionó Hedy y Gertie la miró sorprendida. Sonrió cuando todos guardaron silencio—. Cada historia tiene un comienzo, un desarrollo y un final, y así ha sido en la Librería Bingham también. —Volteó a ver a Gertie—. Ha habido una mujer que vivió su historia durante más de treinta años. Y sé que ella quería que ésto fuera una fiesta para celebrar el libro de Elizabeth y mío, pero éste es el último día de Gertie en la librería y creo que deberíamos brindar por todo lo que ha hecho por nosotros.

—¡Tres hurras por Gertie Bingham! —exclamó Billy.

La respuesta resonó fuerte y sincera en medio de la noche. Gertie contuvo las lágrimas mientras observaba los rostros llenos de alegría, deseando fotografiar ese momento. Incluso la señorita Snipp tuvo que pedir prestado el pañuelo del señor Higgins.

Gertie elevó una plegaria murmurada a Harry. «Lo logramos. Y lo hicimos bien, ¿no cariño?».

Hedy y Gertie fueron las últimas en salir de la tienda, ya que Sam se ofreció a acompañar a la señora Constantine a casa. Mientras Gertie cerraba con llave la puerta de la Librería Bingham por última vez, se detuvo un momento, mirando el letrero.

—¿Sabes que Flora y Nicholas han decidido mantener el nombre? —Hedy sonrió.

—La historia continúa.

—Con un nuevo capítulo —aseguró Gertie mientras Hedy entrelazaba su brazo con el suyo—. Gracias por quedarte conmigo hasta el final, querida.

—En realidad, Gertie, tengo un secreto que quiero contarte.

Gertie notó el destello en sus ojos.

—Vas a tener un bebé.

Hedy sonrió ampliamente.

—¿Ves, Gertie? Hay nuevas historias se están escribiendo todo el tiempo.

Sussex Occidental, 1947
26

*No podemos dejar de anhelar y desear mientras estemos
completamente vivos. Hay ciertas cosas que sentimos que
son hermosas y buenas, y debemos perseguirlas.*

George Eliot, *El molino del Floss*

La bebé se llamó Else Gertrude Godwin y era tan deliciosa como
un durazno. Hedy le había estado llamando a Gertie todos los
días. Poco antes de que naciera la bebé, Hedy llamó, ansiosa:
«Te necesito, Gertie. ¿Puedes venir a quedarte? No puedo hacer
esto sin ti».

—Quiero que tomes nota del hecho de que he resistido la tentación de decir «te lo dije» —afirmó Margery mientras ella y Gerald la llevaban en coche a West Sussex dos días después.

—Hasta ahora, mi amor —comentó Gerald levantando las
cejas hacia Gertie, quien estaba sentada en la parte trasera con
Hemingway—. Una chica necesita una madre cuando espera un
bebé.

—Te lo he dicho antes, no soy su madre, Margery —sentenció Gertie.

Margery agitó los brazos a manera de negación.

—Sí, pero has cumplido ese papel materno durante mucho tiempo. No todas las familias tienen que ser de sangre, ¿sabes? Mira cómo Gerald se convirtió en una figura paterna para mi Cynthia.Siempre está ayudándola y también a Archie a hacer mejoras en el hogar.

—Enseñé al joven cómo colocar estanterías para todos sus libros el otro día —dijo Gerald orgulloso—. Y le ayudé a Cynthia a hacer un espacio en el jardín para su cultivo de frijoles. Voy a construirles un invernadero.

—¿Ves? —cuestionó Margery—. Mira todo lo que has hecho por Hedy. Eres exactamente como una madre para ella.

—Bueno, quizás —contestó Gertie—, pero nunca presumiría de reemplazar a Else Fischer.

—Nadie te está pidiendo eso, Gertie. Dios mío, para ser una mujer inteligente a veces puedes ser bastante despistada.

—Margery —dijo Gerald con un tono suave de reproche.

Margery lo calló con un movimiento de su mano.

—Oh, cállate ahora, Gerald. Gertie está acostumbrada a mis modos directos.

—No podría imaginar un mundo sin ellos, Margery —admitió Gertie mirando hacia el amplio campo de Sussex.

El trabajo de parto de Hedy comenzó una noche mientras terminaban la cena. Ella soltó un fuerte jadeo y se agarró el vientre.

El rostro de Sam palideció mientras se apresuraba a su lado.

—¿Estás bien, mi amor?

Hedy asintió una vez que el dolor disminuyó.

—Está comenzando —señaló.

La partera del distrito se llamaba Nelly Crabb y fumaba cigarrillos Player's Navy Cut durante sus descansos para tomar té.

—Va a ser una larga noche, queridos —les dijo al examinar a Hedy—. Los primeros bebés siempre son un poco reacios a salir. —Sacó a Sam de la habitación—. Lo mejor es que te quedes abajo y mantengas esa tetera llena, joven. La madre y yo nos ocuparemos de tu esposa, no te preocupes. —Gertie captó la mirada de Hedy, pero no la contradijeron.

Hedy enfrentó el trabajo de parto y el parto con el mismo coraje y decisión con los que había mostrado hacer todo lo demás, todo aquello que enfrentó en los últimos ocho años. Gertie sostenía su mano, ofreciendo palabras de aliento, refrescando su frente con una toalla fría y observando con reverente admiración cómo esta joven mujer hacía lo que miles de mujeres hacían todos los días.

Cuando la bebé Else apareció, anunció su llegada con un llanto audaz y poderoso y Gertie sintió que el mundo a su alrededor cambiaba una vez más. Nueva vida. Nueva esperanza. El futuro se abría ante ellos.

—Éste es un grito que exige ser escuchado —mencionó Nelly mientras, con mucho cuidado, cortaba el cordón umbilical—. Y esta niña está lista para enfrentar el mundo. —Gertie y Hedy se sonrieron mutuamente antes de mirar a Else, quien las observó y luego cerró los ojos de inmediato, como si se sintiera tranquila al comprobar que todo estaba bien. Nelly abrió la puerta y Sam se desplomó en la habitación—. Entra, papá —dijo ella—. ¡Felicidades!

Gertie se apartó para dejar que Sam abrazara a su esposa y a su nueva hija.

—Oh, Hedy —exclamó—. Es perfecta. Buen trabajo, cariño mío.

—No podría haberlo logrado sin Gertie —respondió Hedy.

—Gracias, señora B —replicó Sam.

—De acuerdo —dijo Nelly, volviendo a entrar con prisa en la habitación—. Necesito ocuparme de la mamá, así que pueden llevar a la bebé abajo, pero quédense en la cocina para mantenerla abrigada.

Las lágrimas se asomaron en los ojos de Gertie mientras veía a Sam tomar a su hija de los brazos de Hedy, mirándola con tanta ternura.

—Hola, mi hermosa niña —dijo él.

Gertie puso la tetera mientras Sam se sentaba con Else en sus brazos. Hemingway olfateó el pequeño bulto antes de sentarse erguido a su lado, como si estuviera listo para proteger a este precioso ser con su vida entera.

—¿Sabe, señora B? Mi hija es lo mejor que ha surgido de esta maldita guerra. Me da esperanza después de que casi se me acabara la vida.

Gertie puso un brazo alrededor de su hombro y miró hacia abajo a la bebé. Abrió los ojos por un momento con sorpresa.

—Sé exactamente lo que quieres decir, Sam. Estoy encantada por los dos. Será muy difícil separarme de ustedes y regresar a casa.

—Entonces no lo haga.

—¿Perdón?

—No vuelva a casa, Gertie. Por favor, quédese. A ambos nos gustaría.

—¿Estás seguro?

Sam asintió.

—No lo mencioné antes porque pensé que querrías disfrutar de su jubilación, pero ahora, al verla aquí con Hedy, todo tiene sentido.

—No quiero estorbar —aseguró Gertie.

—Tenemos tres habitaciones y sé que Hedy agradecería ayuda con el bebé. ¿Por qué no se queda un tiempo y ve cómo se siente? Conozco al agente inmobiliario del pueblo. Estoy seguro de que podría encontrar una casa que le guste.

La mente de Gertie zumbaba con posibilidades. Sam tenía razón. Todo tenía sentido, pero no estaba segura de poder dejar el lugar donde había vivido con Harry, donde habían construido la Librería Bingham, donde habían sido tan felices. La bebé hizo un ruidito como ofreciendo su propia opinión. Gertie sonrió.

—Me quedaré un tiempo. Gracias, querida.

Rápidamente establecieron una rutina. Hedy alimentaba a Else tan pronto como despertaba, Sam salía a trabajar y Gertie se ocupaba de las tareas domésticas y desayunaba con Hedy mientras la bebé dormía. Si Else estaba intranquila, Gertie la sacaba a pasear y se maravillaba de cómo el sonido del mar la calmaba hasta que se quedaba dormida. Los tres pasaban días felices en el jardín o en la playa, disfrutando de ver crecer a Else. Su primera sonrisa. Su primer risita. La forma en que agarraba el dedo de Gertie y se negaba a soltarlo. La forma en que miraba a Hedy como si fuera la única persona en el mundo. Gertie tenía la sensación de que estaba exactamente donde debía estar.

Hablaba con Margery una vez por semana, los martes a las seis en punto.

—Tengo una propuesta para ti, Gertie —comentó su amiga unos meses después del nacimiento de Else.

—Oh…, sí, dime… —contestó Gertie con una creciente sensación de temor.

Las propuestas de Margery siempre hacían que Margery consiguiera lo que quisiera.

—Gerald y yo quisiéramos comprar tu casa.

—¿Perdona?

—Tu casa, querida. Es perfecta. Desde que Cynthia se casó, estoy dando tumbos en esta vieja casa como una canica en una tubería y Gerald siempre ha admirado tu jardín.

—Ya veo. ¿Y tengo opinión en este asunto?

Margery suspiró.

—Gertie, ¿de verdad me vas a decir que planeas regresar aquí y dejar a Hedy y a la bebé atrás?

—Bueno. No lo sé.

—Exactamente. Como dije, es una propuesta, pero creo que todos sabemos que es lo mejor.

—Lo pensaré.

—Haz eso. Envía mis saludos a esa divina familia tuya, ¿de acuerdo? Adiós, Gertie.

—Adiós, Margery.

Gertie vio por primera vez al hombre en el extremo lejano de la playa, pero no le dio importancia. Estaba caminando con Else mientras Hedy dormía una siesta. El bebé estaba dentando, sus encías enrojecidas y adoloridas; había sido una noche larga. Ahora, gracias a un ungüento milagroso, regalo de la maravillosa Nelly Crabb, la bebé estaba dormida y Gertie disfrutaba de un paseo matutino. Se detuvo para contemplar la vista, inhalando el fresco y salado aire marino mientras las gaviotas se zambullían y giraban por el cielo, siguiendo a un barco de pesca que se dirigía mar adentro. La voluminosa nube que había cubierto el cielo cuando se despertó comenzaba a disiparse, revelando los primeros destellos del sol. Desde que se mudó ahí, Gertie había llegado a la conclusión de que, junto con el embriagador aroma de los libros, los siguientes mejores aromas eran el dulcemente intoxicante olor de la cabeza de un bebé y un vigorizante soplo de aire marino.

Giró la mirada hacia el extremo lejano de la playa y notó al hombre que se acercaba hacia ella. Era difícil discernir su edad a esa distancia, pero tenía un aire ligeramente salvaje con una cabeza llena de cabello rizado y una barba espesa. El corazón de Gertie latía más rápido cuando lo vio dirigirse directo hacia ella. De forma instintiva, colocó un brazo protector alrededor del bebé antes de caminar rápido en dirección opuesta. «No hay nada que temer», se dijo a sí misma. «Estás cerca de casa».

Mirando por encima del hombro, notó que él aceleraba el paso en respuesta a su movimiento. Gertie entró en pánico. Comenzó a apresurarse por la playa hacia el camino que conducía a la casa.

—¡Por favor, espera! —gritó el hombre.

Gertie no miró hacia atrás. Aceleró el paso tan pronto como llegó al borde del camino, abrazando a Else. El camino era estrecho, flanqueado a ambos lados por eneldo y hierba de flecha que se inclinaban, lo que dificultaba la prisa de Gertie, y con Else en sus brazos, lo cierto es que no quería correr.

—Por favor —clamó el hombre mientras alcanzaba el camino—. Sólo quiero hablar contigo.

Había algo en su voz que hizo que Gertie se detuviera. Hablaba inglés con acento alemán. Ella giró rápidamente, haciendo todo lo posible para evocar el tono dominante de Margery Travers mientras lo enfrentaba.

—¿Qué quieres? —demandó.

El hombre se acercó a ella sin aliento. Debajo de su barba y su ropa holgada percibió una complexión delgada y tez pálida. La miró con ojos desesperados que de inmediato le parecieron familiares.

—¿Sabes dónde vive Hedy Fischer? —preguntó.

La emoción del reconocimiento apretó el corazón de Gertie.

—Eres Arno.

El hombre levantó las cejas asombrado antes de que un pensamiento lo golpeara.

—Eres Gertie Bingham.

Gertie asintió. Sus ojos se desplazaron desde su rostro hasta el bebé en sus brazos.

—¿Y ella es...?

Su voz se desvaneció en un susurro. Gertie extendió a la bebé para que la viera.

—Ella es Else.

Arno dio un grito de felicidad y dolor profundo a la vez. Se tocó el pecho y contempló el rostro del bebé.

—¿Puedes llevarme con Hedy? Por favor —susurró como si no se atreviera a creer que ésto fuera posible.

Gertie lo llevó por el sendero y se detuvo afuera de la puerta del jardín que conducía a la casa. Arno la miró por un momento.

—Ve y toca la puerta —dijo Gertie—. Yo me quedo aquí.

Él asintió brevemente antes de dirigirse hacia el escalón de entrada. Gertie observó cómo tocaba el timbre y esperaba. Cuando Hedy abrió la puerta, se quedó petrificada al verlo. Hermano y hermana se miraron en silencio, incapaces de creer que fuera real. Luego, Hedy corrió hacia él, abrazándolo, y se desplomaron en el suelo en un reencuentro lleno de alegría, tristeza y amor.

Más tarde, sentados alrededor de la mesa de la cocina, Gertie notó un nuevo destello en los ojos de Hedy. Ella se acurrucó junto a su hermano y escuchó con cuidado cada palabra suya, como si temiera que pudiera desaparecer de nuevo en cualquier segundo.

—¿Cuándo fue la última vez que viste a mamá y papá?

El rostro de Arno se nubló al recordar.

—1943. Estábamos en Theresienstadt antes de ser enviados al este. Querían hombres jóvenes para trabajar en la fábrica, así que fui elegido. Sabíamos que probablemente sería la última vez que nos veríamos. —Miró absorto la taza frente a él. Hedy agarró su mano—. Mamá escribió algunas cartas. —Miró de Hedy a Gertie—. Una para cada una de ustedes. —Metió la mano en el bolsillo y sacó dos sobres marrones descoloridos—. Me dijo que tenía que sobrevivir para encontrarte y entregártelas. Creo que eso me dio valor. Ella dijo que, si nos encontrábamos de nuevo, debíamos recordar que ella y papá siempre están con nosotros, que todo lo que tenemos que hacer es mirar hacia el cielo nocturno y encontrarlos. —Hedy asintió entre lágrimas mientras tomaba la carta. Le entregó la otra a Gertie—. Gracias por cuidar de mi hermana —le dijo.

—Tu hermana ha cuidado de mí —le respondió Gertie.

Gertie esperó hasta llegar a casa para leer la carta. Su cabaña estaba justo al lado del camino de Sam y Hedy, con una magnífica vista al mar. El sol anaranjado besaba el horizonte mientras ella y Hemingway se abrían paso por la puerta principal. Gertie preparó un poco de té y lo llevó al jardín, disfrutando del frescor del aire de la temprana noche. Inhalando el aroma de lavanda, se detuvo para admirar una nueva rosa color salmón que recién había florecido ese día, y luego se sentó en la banca que Sam había colocado para ella en el lugar perfecto con vista al mar. A medida que el cielo oscurecía, Gertie levantó la vista, notando dos estrellas vivas en la distancia. Recordó la promesa de Else y sonrió mientras comenzaba a leer.

Theresienstadt, 14 de enero de 1943

Querida Gertie,

Espero no te importe que me dirija a ti de una manera tan informal. Es sólo que después de las cartas de Hedy, siento que te conozco como a una amiga. No estoy segura de cuándo ni cómo llegará esta carta a ti, pero se la he confiado a mi querido hijo, ya que sé que si alguien podrá entregarla será él. Siento que éstas serán las últimas cartas que podré escribir. Mis manos tiemblan al pensar en esto porque significa que nunca volveré a ver a mi querida hija. Me duele profundamente pensar que nunca podré contemplar su hermoso rostro, abrazarla entre mis brazos o besar sus suaves mejillas una vez más. Rezo para que algún día ella se convierta en madre y así comprenda la fuerza de los sentimientos que tengo por ella. Hedy y Arno nos han brindado una alegría y amor incontables a mi esposo y a mí. Nunca he sentido un amor como éste. Es tan vasto como el océano, tan constante como el cielo nocturno y vive conmigo para siempre, sin importar lo que suceda. También es la razón por la que decidimos enviar a Hedy a Inglaterra. *Necesito que entiendas lo difícil que fue tomar esta decisión. Pasé muchas noches en vela cuestionándome si era lo correcto y volví loco al pobre Johann con mis preocupaciones. El día que Hedy se fue, estaba inconsolable. Recordaría siempre su dulce rostro mirando por la ventana del tren, tan valiente, tan estoica. Todas las noches en mis sueños, la veía llorando, rogándonos que la dejáramos quedarse. Despertaba empapada en sudor frío, temerosa de lo que le había sucedido. Pero luego comenzaron a llegar las cartas de Hedy y ella nos hablaba de ti y de lo amable que eres.*

Podía imaginarte sentada en el jardín con Hemingway. Eso me hizo pensar en nuestra querida Mischa. Supe entonces que habíamos tomado la decisión correcta. Perder a tu hija y saber que nunca la volverás a ver es una pesadilla viviente, pero el pensamiento de que estabas cuidando de ella, actuando como la madre que las circunstancias me impidieron ser, lo es todo para mí. Nunca podré agradecerte lo suficiente por lo que has hecho. Es un consuelo infinito para mí, como madre, saber que mi hija está rodeada de amor y bondad. En tiempos desesperanzadores, cuando no hay nada más que oscuridad en el mundo, eso es lo único que necesitamos.

Siempre tuya,
Else Fischer

El boletín de la Librería Bingham, Navidad 1952

Cálidos saludos a todos los miembros de nuestro club de lectura, antiguos y nuevos.

Como saben, ha sido un año ocupado con dos nuevas sucursales de la Librería Bingham abriendo en Hoxley y Meerford. Nos complace informar que Cynthia y Archibald Sparrow han asumido los roles de gerente y subgerente, respectivamente, en la Librería Bingham original en Beechwood.

Hemos tenido una maravillosa selección de lecturas y reuniones del club de lectura para disfrutar, organizadas por nuestro empleado más nuevo de la Librería Bingham, Will Chambers (hijo de la ilustradora de libros infantiles y residente local, Elizabeth Chambers). Algunos momentos destacados fueron la visita de la señorita Barbara Pym para discutir su libro Mujeres excelentes *y la reunión del club de lectura infantil para hablar sobre* La telaraña de Charlotte, *¡todos los niños hicieron máscaras de cerditos!*

Nos entristeció escuchar sobre el fallecimiento de Thomas Arnold, quien dirigió la Librería Arnold durante más de cincuenta años y fue muy respetado por todos en el mundo de los libros. Nuestra vieja amiga y sobrina del señor Arnold, Gertie Bingham, nos pidió transmitir lo agradecida que ha estado por sus mensajes de condolencia. Aún disfruta de su jubilación en la costa de Sussex, viviendo cerca de nuestra autora infantil favorita, Hedy Fischer. Nos emociona informar que ni más ni menos que Walt Disney planea adaptar su exitoso libro Las aventuras de Gertie y Arno *(ilustrado por la mencionada Elizabeth Chambers) en una película animada.*

En otras noticias, enviamos nuestras felicitaciones a la exasistente de librera de Librería Bingham, Betty Hardy, y a su esposo William, quienes se mudaron a Florida después de la guerra y recientemente dieron la bienvenida al mundo a su segundo hijo, Jimmy, un hermano para Scarlett. También enviamos nuestros mejores deseos a la exempleada de pedidos de la Librería Bingham, la señora Eleanora Higgins, quien recién abrió un negocio de taxidermia junto a su esposo, el señor Horatio Higgins. Le deseamos muchos años felices a la señora Constantine y al señor Reynolds, dos de nuestros miembros más leales del club de lectura, quienes celebraron su nonagésimo cumpleaños este año. Por último, pero no menos importante, felicitaciones al señor Gerald Travers, otro asiduo del club de lectura, quien ganó el premio al mejor huerto de Kent de 1952, y a su esposa, la señora Margery Travers, quien apenas fue nombrada presidenta nacional del Instituto de la Mujer (Está buscando a alguien que la reemplace a nivel local y solicita que las interesadas se pongan en contacto directo con ella en el domicilio Beechwood 8153 para concertar una entrevista). Esperamos darles la bienvenida a la próxima reunión del Club de Lectura de Bingham en nuestra sucursal de Beechwood el jueves 15 de enero a las 7 en punto. Discutiremos la nueva novela de espías, Un disparo en la oscuridad, escrita por Philip du Champ, que como muchos de ustedes saben, es el pseudónimo del viejo amigo de Gertie Bingham, Charles Ashford.

Aprovechamos esta oportunidad para desearles a todos una feliz, bendita y tranquila Navidad.

Atentamente,
Florence y Nicholas Hope

El Club de Lectura de la Librería Bingham recomienda...

Clásicos añorados:

Las mil y una noches
Orgullo y prejuicio de Jane Austen
La inquilina de Wildfell Hall de Anne Brontë
Jane Eyre de Charlotte Brontë
Cumbres borrascosas de Emily Brontë
La buena tierra de Pearl S. Buck
Cuento de navidad de Charles Dickens
Grandes esperanzas de Charles Dickens
Middlemarch de George Eliot
Regency Buck de Georgette Heyer
Cuentos de hadas de los Hermanos Grimm
Tess, la de los d'Urberville de Thomas Hardy
Mujercitas de Louisa May Alcott
¡Qué verde era mi valle! de Richard Llewellyn
Moby Dick de Herman Melville
Lo que el viento se llevó de Margaret Mitchell
A la caza del amor de Nancy Mitford
Las uvas de la ira de John Steinbeck

Misterio:

Los treinta y nueve escalones de John Buchan
Cita con la muerte de Agatha Christie
El sabueso de los Baskerville de Arthur Conan Doyle
Rebeca de Daphne du Maurier

Excelentes héroes:

Las historias del detective Lord Peter Wimsey
    de Dorothy L. Sayers

*El Código de los Wooster*s de P. G. Wodehouse

Favoritos de los niños:

Peter Pan y Wendy de J. M. Barrie

Alicia en el país de las Maravillas de Lewis Carroll

Las aventuras de Gertie y Arno de Hedy Fischer, ilustrado
    por Elizabeth Chambers

El jardín secreto de Frances Hodgson Burnett

Emilio y los detectives de Erich Kästner

La isla del tesoro de Robert Louis Stevenson

Winnie the Pooh de A. A. Milne

Mary Poppins de P. L. Travers

RECURSOS HISTÓRICOS

Esta historia fue inspirada por una investigación abundante, la mayor parte realizada de forma remota debido a la pandemia. Los siguientes recursos resultaron particularmente útiles:

Libros

Millions Like Us: *Women's Lives In War And Peace 1939-1949* de Virginia Nicholson, Penguin, 2011

The Truth About Bookselling de Thomas Joy, Sir Isaac Pitman & Sons Ltd, 1964

1939: A People's History de Frederick Taylor, Picador, 2019

Blitz Spirit: *Voices of Britain Living Through Crisis*, compilado por Becky Brown del Mass-Observation Archive, Hodder and Stoughton, 2020

Películas / programas de televisión

I Was There: *The Great War Interviews*, BBC documental, YouTube, 2020

Blitz Spirit, Lucy Worsley, BBC, 2021

Into the Arms of Strangers: Stories of the Kindertransport, escrita y dirigida por Mark Jonathan Harris, 2000

Páginas Web

The Imperial War Museum

WW2 People's War, BBC

AGRADECIMIENTOS

Gracias a mi agente, Laura Macdougall, a quien cuando le hablé sobre la idea de este libro dijo: «¿Qué tan rápido puedes escribirlo?». Siempre me ha apoyado, siempre es honesta y siempre es brillante. También agradezco a Olivia Davies por su sabiduría y aliento. Un enorme agradecimiento al más amplio equipo de United Agents por su ayuda para dar vida a este libro, especialmente a Lucy Joyce por responder mi gran cantidad de preguntas, así como a Amy Mitchell y al brillante equipo de derechos internacionales.

Gracias a Emily Krump y al equipo de William Morrow en los Estados Unidos, quienes publicaron *Eudora* con tanto amor y cuidado y ahora demuestran lo mismo para Gertie y Hedy.

Agradezco a Sherise Hobbs por compartir mi visión para este libro y a todos en *Headline* por su entusiasmo y pasión.

Gracias a mis editores alrededor del mundo que leyeron la historia de Gertie y Hedy y la comprendieron de inmediato. Ahora todos ustedes son miembros oficiales del Club de Lectura de Bingham.

Muchas gracias a Catherine Flynn, archivista principal en el archivo de Penguin Random House, quien me envió una cantidad increíble de información valiosa sobre la historia de la venta de libros; a Lindsay Ould, archivista del Municipio en el Museo de Croydon, quien me dirigió hacia los maravillosos directorios locales de Ward que me llevaron a descubrir los igualmente maravillosos directorios locales de Kelly; a Raphaelle Broughton en Hatchards, quien recomendó el fascinante libro de Thomas Joy, *The Truth About Bookselling*; a Melissa Hacker, presidenta de la Asociación Kindertransport, quien me brindó mucha información y referencias adicionales de recursos, y a la comunidad de la página de Facebook Bromley Gloss, quienes ofrecieron fotos y datos sobre la historia local y las librerías.

Les deseo amor y gratitud a mis compañeros escritores, quienes siempre son generosos con su apoyo y sabios con sus consejos, especialmente a Celia Anderson, Kerry Barrett, Laurie Ellingham, Fiona Harper, Kerry Fisher, Ruth Hogan, Andi Michael, Helen Phifer y Lisa Timoney.

Gracias a los libreros, bibliotecarios y comunidad en línea que incansablemente leen, reseñan y comparten su amor por las historias y la lectura. Este libro está inspirado en su pasión.

Un agradecimiento especial a Jenna Bahen (@flowersfavouritefiction), quien es amable, generosa y ha sido una increíble animadora de mis libros dentro de la comunidad de Bookstagram.

Gracias a mis amigos que me animan en cada paso del camino: a Carol por la mermelada de moras, los martinis de lichis y los viajes a charlas de autores; a Jan por todas las conversaciones y risas dentro y fuera de la cancha de tenis; a Melissa por los Wordles diarios, la amabilidad y las excelentes recomendaciones culturales.

Para Nick, Becs, Eva y James, por todo su amor (¡saludos!); para Julia por sus amables palabras y risas; para Helen (y Kobe) por los paseos clarificadores de mente con el perro en todo tipo de clima; para Gill, que creyó en mí desde el día en que leyó mi primer libro hace casi una década; para Pammie y Rip (BBHBs), por los juegos de Perudo y su amabilidad; para Sal por los paseos para desarrollar la trama y su excelente gusto en vinos; para Sarah por siempre enviarme un mensaje cuando más lo necesito y, lo más importante, por tomarse el tiempo para contarme la experiencia de su familia al huir de Alemania en la década de 1930.

Todo mi amor y gratitud a mi querida amiga, Helen Abbott, quien falleció en junio de 2022, justo cuando terminaba este libro. Ella me brindó un apoyo infinito en mi escritura a lo largo de los años y me enorgullece dedicar este libro a su memoria.

Un sincero agradecimiento a mis difuntos padres, Margaret y Graham, quienes me obsequiaron un amor perdurable por los libros y la lectura.

Un último agradecimiento enorme a mis personas favoritas: Rich, Lil y Alfie, por el amor, las risas y los innumerables episodios de *Taskmaster* y *Better Call Saul*. Y gracias a Nelson por todos los paseos para desarrollar la trama.